# 母《はは》子《こ》月《づき》

# 神の音《ね》に翔ぶ

装 画=村田涼平
装 丁=鈴木俊文
（ムシカゴグラフィクス）

目次

# 序幕　横死

『先《ま》ずは、お栄《えい》さん。あんたにはずいぶんと世話になったなァ。母子ともども達者で暮らせよ』

情夫《いろ》役の男がお栄役を演じるお師匠様の盃《さかずき》に水を注《つ》いだ。

手にした盃を見つめる「お栄」は寂しげで、愛する男との今生の別れを嘆いているのが伝わってくる。長い間のあと、「お栄」はゆっくりと盃を唇に近づけた。白い喉をのけぞらせ一気に水を飲み干すと、情夫を見てたおやかに微笑《ほほえ》む――はずだった。

ところが、「お栄」は盃を落とすといきなり前屈《まえかが》みになった。右手で胸の辺りを苦しげに押さえている。白粉《おしろい》を塗った美しい顔は激しく歪《ゆが》み、赤い唇からは水だか涎《よだれ》だかわからないものが滴り落ちている。

これはお芝居なんだろうか。

目の前で苦しむお栄役のお師匠様を見て、与一《よいち》は当惑した。

芝居だったら――

かかさま。かかさま。しっかりして。

そう言って、すがりつけばいいのだろうか。

でも、現《うつつ》だったらどうすればいいのだろう。

前に座る情夫役の男も呆然《ぼうぜん》とした面持ちでお師匠様を眺めている。

そうか、この人もどうしていいか、わからないのだ。

すると、苦しんでいたお師匠様が唐突に突っ伏した。情夫役の男が夢から覚めたかのようにはっとした表情になり、両腕で倒れた人を抱き起こす。

「おい、路京《ろきょう》さん！　どうした？　おい、路京さん！」

誰か、来てくれ！　早く！

男はその人を膝に抱いたまま舞台下手《しもて》へ向かって声を張り上げた。

それまで水を打ったように静まり返っていた土間席が俄《にわ》かにざわめき、大きな波となって与一のいる場へと這《は》い上ってくる。

倒れたんだ。

え、あれは芝居じゃないのかえ。

芝居なもんか。見てみろ、ぴくりとも動きゃしねぇ。

何だい、死んだのかい。

死んだ——ざわめきのひとつがはっきりと耳朶《じだ》を打ち、与一はようやく我に返った。裏方の手で慌《あわただ》しく幕が引かれ、
何だ！　何が起きた！

土間席のざわめきが怒号となって舞台に押し寄せる。

与一は恐る恐る倒れた人を見る。どうしてだろう、最前までの苦悶《くもん》の表情は嘘《うそ》のように消えていた。端整な顔はいつもと変わらずに美しく、紅も艶《つや》やかな唇は微笑んでいるようにさえ見える。たった今、

胸をかきむしり、苦しんでいた人とは思えぬほど穏やかな笑みだった。

それで、ようやく与一は気づいた。

さっきの苦悶の表情はお芝居だったのだと。

この人は「お師匠様」ではなく「お栄」なんだと。

だから、この場が終われば、きっと起き上がるのだ。

だったら、自分もこのまま芝居を続けなければならない。幕が引かれても、この人が芝居を続けている限り、それに合わせなければならない。そうしなければ、自分はずっと独りぼっちの乞食小僧《こじき》のままだ。

「かかさま、かかさま。しっかりして」

与一は「お栄」にすがりついた。細い腕でその身を揺すった。

「おい、与一坊、やめねぇか」

いつの間にか舞台の袖から出てきた大勢の裏方が、「お栄」から与一を無理に引き剝がそうとしたけれど、与一は動かぬ身にしがみついたまま揺すり続けた。

おいらは与一坊なんかじゃない。初太郎《はったろう》だ。「お栄」の息子の初太郎なんだ。

「かかさま、かかさま、初太郎のかかさま。ねえ、かかさま、目を開けておくれよ」

懸命に懇願した。初太郎になりきったまま、与一は声を嗄《か》らしてその人を呼び続けた。

これはお芝居だから。

場が変わればこの人は起き上がるのだ。

そうして、与一にお稽古をつけてくれる。

もういっぺん。もういっぺん。

与一、もういっぺん。

与一が上手にできるまで、何度でも何度でもお稽古をつけてくれる。

「ねえ、お願いだから」

お師匠様、もういっぺん、目を開けてください。

＊＊＊

寛政《かんせい》三年（一七九一）八月七日　江戸市村座《いちむらざ》の興行中、立女形《たておやま》の瀬川《せがわ》路京が舞台上で死んだ。

死因は小道具の酒土瓶に入れられていたトリカブトによるもので、科人《とがにん》は実子の円太郎《えんたろう》（十四歳）と判じられた。本人も罪を認めており、円太郎が毒を入れるのを見たという半畳売りの証言もあるという。

十五歳以下のため死一等を減ぜられ、遠島刑が妥当と思われたが、江戸払いとなった。母親と共に上方《かみがた》の祖父に引き取られたという。

# 第二幕　亡魂

## 一

二代目瀬川路京は芝居小屋の大木戸から表に出た。

出し抜けに、むっとするような暑さに抱きすくめられ、ぎょっとする。何しろ体の芯は冷え冷えとし、瞼《まぶた》の裏では未《いま》だ激しく雪が舞っている。何かに謀《たばか》られたような心持ちで凝《こ》った首をもたげれば、初秋の空では黄色味を帯びた陽《ひ》が今日最後の力を振り絞るように輝きを放っていた。唇からふっと苦笑が洩《も》れる。

いかにも謀られたのだ。鶴屋南北《つるやなんぼく》という奇才に。

ともあれ、あれは凄《すさ》まじい芝居だった。

『東海道四谷怪談《とうかいどうよつやかいだん》』

中村《なかむら》座の座付き作者、四代目鶴屋南北の書いた狂言である。

南北は遅咲きの狂言作者だ。尾上松助《おのえまつすけ》と組んで『天竺徳兵衛韓噺《てんじくとくべえいこくばなし》』を書き上げたのが五十歳のとき。齢《よわい》七十を過ぎてもその創作意欲は衰えるどころか、ますます軒昂《けんこう》で、文政《ぶんせい》八年（一八二五）の今年、江戸っ子を熱気と興奮の坩堝《るつぼ》に巻き込んでいる。

かぶき狂言では「世界」というものが定められており、この世界に依《よ》って類似の名題《なだい》が創作され、組み合わされる。中村座の七月狂言は『忠臣蔵《ちゅうしんぐら》』の世界を縦糸とし、『四谷怪談』を横糸にして編まれた一大狂言なのである。『忠臣蔵』の「善」に対して、残酷非道な「悪」を作り上げ、表裏一体として見せたのだ。

表裏のつなぎとなっているのが三幕目の「戸板返し」だ。「隠亡堀《おんぼうぼり》の場」で釣り糸を垂れていた伊《い》右衛門《えもん》の前に戸板が流れ着き、憶《おぼ》えのある杉戸を引き上げてみると、お岩《いわ》の遺骸、裏返すと今度は小《こ》仏《ぼとけ》小平《こへい》の遺骸が現れる。

戸板の裏表であるお岩と小平の両方を演じているのが、三代目尾上菊五郎《きくごろう》。彼は伊右衛門を討つ與《よ》茂七《もしち》も演じていた。立役《たちやく》、女形、老役《ふけやく》、若衆《わかしゅ》、道外方《どうけがた》までこなす美貌の持ち主であるからこその一人三役である。シテの伊右衛門役は豪快さと男の色香を併せ持つ七代目市川團十郎《いちかわだんじゅうろう》。重要なワキである直助権兵衛《なおすけごんべえ》役は鼻高幸四郎《はなたかこうしろう》こと、五代目松本《まつもと》幸四郎。様々な趣向を凝らした狂言に当代の人気役者を揃《そろ》えた芝居が当たらぬはずがない。

残暑を帯びた二丁町、いわゆる芝居町には人の熱が溢《あふ》れ返っている。夢うつつで足元が覚束《おぼつか》ない者、興奮冷めやらず口角泡飛ばす勢いで連れと喋《しゃべ》っている者。皆、『四谷怪談』に魅入られた人々である。

「こう、提灯《ちょうちん》から手が出てきたときはよぉ」

前を歩いていた町人髷《まげ》の男が連れの女の首に腕を回した。

「何すんのさ。やめておくれ」

女が顔をしかめてそれを振り払えば、男は愉《たの》しげに喉を鳴らし、

「女房のくせにつれねぇこと言うなよ」

女の肩を抱く。人前で恥ずかしいったら、と女は男の腕からするりと逃げたが、色白のふくよかな顔には喜色が浮かんでいた。しおれた活《い》け花を水切りすれば再び艶を取り戻すように、夫婦の仲も芝居見物のお蔭《かげ》でしばらくは濃密でなめらかになるのだろう。変わりばえのしない退屈な日々から束《つか》の間《ま》でも逃れて夢を見んがため、人は芝居小屋に足を運ぶのかもしれなかった。

ただ、作り事へのふれ幅が大きすぎれば、いかにも空々しいと見物衆はそっぽを向いてしまう。奇を衒《てら》いすぎれば芝居はこける。

そう考えると、虚実が絶妙に入り混じっている『忠臣蔵』と『四谷怪談』が見物の胸を捉えるのは当たり前といえば当たり前かもしれない。連日の大入りに気をよくし、中村座では九月狂言も『四谷怪談』でいくのではないかと楽屋雀《がくやすずめ》たちは姦《かしま》しい。

九月とは――

来年の居場所が決まる頃だ、と路京は独りごちた。

堺町《さかいちょう》の中村座に葺屋町《ふきやちょう》の市村座、そして木挽町《こびきちょう》の森田《もりた》座が江戸三座と呼ばれ、奉行所からかぶき興行を認められており、各座は役者と一年毎《ごと》の契約を交わすのが慣例になっている。その一年は十一月の顔見世興行から始まるため、大体九月初旬には主だった役者の居場所は決まるのだ。

だが、己にはどこからも話がない。

――今年は残暑が厳しいですからね。七月狂言は若いもんに任せて、路京さんは休んでおくんなさい。

端整な顔に作り笑いを浮かべながら市村座の座元、十二代目の市村羽左衛門《うざえもん》は言った。座元といっても弱冠十四歳の少年である。その少年に憐憫《れんびん》のこもった目で見下ろされ、四十五歳の役者の矜持《きょうじ》は少なからず傷ついた。

花の盛りをとうに過ぎた女形などお呼びでないということか。

溜息《ためいき》を呑《の》みくだし、路京は思わず顎の辺りに右手を当てた。ざらりとしたひげの下には、たぷんとした肉の感触がある。日々の鍛錬を欠かさぬつもりでも、四十の坂を越えた身と容貌は下る一方だ。

だが、あの男――三代目尾上菊五郎は己とそう変わらぬ歳《とし》の頃。それなのに、白い首の艶《なまめ》かしさといったら。ことに、一日目の最大の見せ場。毒を喰《く》らって右瞼の崩れたお岩が鼈甲《べっこう》の櫛《くし》で髪を梳《と》く場は息を吞むほどの凄艶さだった。醜く崩れた片側があるからこそ、もう半分の美しさが際立って見える。鶴屋南北はそれを狙ってお岩の顔の半分をああまで崩れさせたに違いない。

だが、壮絶ともいえる美しさを醸しているのは芸の力のみならず、やはり狂言の力なのだろう。『四谷怪談』のようないい新作狂言さえあれば、いや、新作でなくとも――

そこまで考えたとき、胸の底で黒い影が不意に頭をもたげた。影は水に落ちた墨のようにもやもやと広がっていく。

あの狂言ならば『四谷怪談』に劣らぬ芝居が作れるかもしれない。

だが、あれを上演することをお上が許すだろうか。いや、己自身が平然とあの役を演ずることができるだろうか。三十年以上経《た》った今でも、あの日、舞台の上で起きたことを手繰《たぐ》り寄せんとすれば、心《しん》の臓《ぞう》がひねり上げられたように苦しくなるというのに。

胸裏で繰言《くりごと》を呟《つぶや》いているうち、市村座の小屋の前に立っていた。凝った首をもたげれば、正面櫓《やぐら》の下、招き看板が斜光でかすんで見える。中村座に押され、今日も桟敷はがらがらだったのだろうな

「ああ、二代目。どちらへ」

しわがれた声に顔を上げると、小屋前を掃いていたのは半畳売りの佐吉《さきち》であった。半畳売りとは土間席に用いる敷物を賃貸しする者のことである。半畳を売るだけでなく、小屋の雑務を諸々《もろもろ》行うが、佐吉は腕っ節が強い上に素直なので、還暦間近というのに何かと駆り出されることが多かった。

「ちょいと野暮用でね。小屋前の掃除かい。ご苦労さん」

路京は老いた半畳売りをねぎらった。

いえいえ、これが仕事ですからと佐吉は小さく笑った後、

「今日もがらがらでしたよ」

皺《しわ》んだ顔を悲しげに歪めた。右頰から首元までを覆う火傷《やけど》の痕が痛々しく引きつる。子どもの頃に火事に遭い、命は助かったものの、顔半分に一生消えぬ稲妻のような痕が印《しる》された。つぶれた声もそのせいだと聞いている。

「そうかえ」

路京が短く返すと、佐吉は歪んだ顔のまま怒ったような口調で言った。

「二代目が出ていないからですよ」

半畳売りにまで憐《あわ》れまれるようになったか、と思えば首根の辺りがかっと熱くなる。勘のいい半畳売りは路京の顔色が変わったことに気づいたのか、頰の辺りをみるみる強張《こわば》らせ、

「すみません、差し出がましいことを」

これ以上ないと思えるほどに身を縮めた。その様子に路京の胸は強く引き絞られる。この世界に入

って四十年近くが経った今、佐吉は路京の子役時代を知る、数少ない人間であった。しかも、幼い頃から「与一坊、与一坊」と可愛《かわい》がってくれ、今も路京の芝居を楽しみにしているのだ。

「いや、いいんだ。あたしはもう落ち目だからさ。そろそろ引き際を考えなきゃ」

屈託を無理して自嘲の笑いに包めば、

「何をお言いで。二代目はまだまだお綺麗《きれい》ですよ。そんなことを言えば御贔屓《ごひいき》が悲しみますよ」

佐吉は片方しかない眉を吊《つ》り上げ、路京の弱気を打ち消した。ちょうどそのとき、お師匠様、と息せき切った声が下駄の音と共に近づいてきた。

「どこに行かれてたんですか。ずいぶんと探しましたよ」

頬を上気させ、駆け寄ってきたのは内弟子の松丸《まつまる》である。切れ長の大きな目は眸《ひとみ》の輪郭がくっきりとして見る者を惹《ひ》きつけるが、役者としての将来はまだ模糊《もこ》としている。女形でやっていくのなら所《しょ》作《さ》をみっちりしつけなければならなかった。

「何かあったかい」

水を弾《はじ》くような若い肌に軽く妬ましさを覚えつつ用向きを問えば、

「竹田《たけだ》先生が、お師匠様にお話があるそうです」

と美しい弟子は案外なことを告げた。

「徳《とく》さんが?」

「はい。小屋のほうではなく、お屋敷のほうへいらしてほしいと」

徳さんこと、竹田徳次郎《とくじろう》は市村座の立作者だ。上方で長らく筆を振るっていたが数年前に江戸へ下ってきた。宝暦《ほうれき》の時代に活躍した狂言作者の竹田治蔵《じぞう》に心酔し、竹田の姓を名乗っているとの噂《うわさ》があった。

竹田治蔵は場を回転させて別の書割を出す〈ガンドウ返し〉を考案したと言われているが、徳次郎もそれを気取ってか、舞台の仕掛けに色々と注文をつけたがるので、大道具方からは厭《いと》われているようだ。小才が利くというのか、添作や改作が多く、〈洗い張りの徳次郎〉と称されていた。

その徳次郎が己を自宅に呼ぶということは、九月狂言についてだろうか。だが、座元の羽左衛門をすっ飛ばして役者にいきなり話を振るだろうか——一瞬よぎった期待と疑念に、

「お師匠様。お岩さまはほんに美しいと評判だそうですね」

松丸の夢見がちな声が割り込んだ。澄んだ目は路京の肩越しをすり抜け、中村座のほうへ向かっている。楽屋雀たちの話を小耳に挟んだのだろうが、興味の向かう先が芝居の仕掛けではなく、尾上菊五郎演じるお岩の容貌であるのは、松丸自身が女形を志しているからだろう。

松丸を弟子にしたのは四年前、彼が七歳の頃だ。芝居茶屋の小僧として働いていたのだが、その美貌が偶《たま》さか路京の目に留まったのである。茶屋の女将《おかみ》に事情を訊《き》けば、両親を喪《うしな》い、親戚の家をたらい回しにされた挙句、奉公に出されたのだという。背中や尻には打擲《ちょうちゃく》の痕が無数にあるのだ、と女将は青眉をひそめた。

面差《おもざ》しの美しさと真《ま》っ直《す》ぐな目に惹かれ、引き取ってみたところ、澄んだ声としなやかで柔らかい体を持っていた。ただ、いささか不器用なのか、持って生まれたものを上手く使うことができず、路京の思惑通りにはせりふも所作も上達しない。

たまには他所《よそ》の芝居を観《み》るのもいいだろう。

「観たいか」

「はい」

「そうか。ならば、明日にでも観ておいで」

「よろしいので？」

「ああ。舞台袖から観ればいいさ。中村座のほうに話をつけといてやる」

落ち目の役者でもそれぐらいのことはできる。

「ほんとですか。ほんに観てもよろしいんですか」

見上げる目には強い光が宿っている。欲しくて欲しくてたまらないものを見つけ、そこが針の山でも火の海でもためらわずに飛び込んでいきそうな、痛いほどの切実さがこめられた目だ。この目があれば、多少の不器用さなど克服するだろう。と、同時に、もしかしたら七歳の己もこんな目をしていたのだろうかと懐かしく思う。だから、師匠——初代瀬川路京も乞食同然の己に手を差し伸べてくれたのかもしれない。

「お師匠様、どうされました」

長い間を訝《いぶか》しみ、松丸が形のよい眉をひそめた。

「大丈夫だ。ちゃんと一筆書いて持たせてやる。安心しな」

「ありがとうございます」少年の頰の辺りがほっと緩んだ。「このまま竹田先生のお宅へ行かれますか」

「そうだな」

「お供しますか」

「いや、おまえは先に帰って飯の手伝いをしときな」

二丁町の裏通りにある自宅の方角を顎で指すと、松丸は元気よく返事をし、からころと下駄を鳴らして駆けていった。

「芝居ってぇのは、そんなに面白いもんなんですかねぇ」

塩辛声に振り向くと、小柄な老人が立っていた。万筋《まんすじ》の着物は仕立てがよく、それなりのお店《たな》の番頭といった風情だ。

「ええ、面白いですよ」

路京が答えると、なるほど、と老人は頷《うなず》いた後、身の上を語りだした。

「あたしゃ、呉服屋で番頭として働いてたんですよ。けど、歳を取って暇を出されたら急にやることがなくなってねぇ。気晴らしに芝居でも観たらなんて、近所の人が言うもんだから、こうして様子を見にきたんだけど。『四谷怪談』ってぇのは化けもんが出てくるっていうから怖くなっちまって。そいで――」

独り言めいた老人との会話を適当に切り上げ、路京は歩き出した。

いつの間にか佐吉の姿も消えていた。小屋前は大柄な半畳売りが箒《ほうき》を使った跡がまるで測ったような間隔で残っている。その跡を見ているうち、どうしてか不意に足元が覚束なくなった。家路を急ぐ足音や、着物の裾がこすれる音、女たちの笑いさざめく声、往来に溢れ返る喧騒《けんそう》が遠ざかり、不意に四十年近くも前のことが蘇《よみがえ》る。与一と呼ばれていた七歳の頃のことだ。

――与一、ごめんね。

背後から懐かしい声が聞こえた気がして、路京は思わず振り返った。

耳元でおっかさんの声が聞こえたように思い、与一はぱっちりと目を覚ました。

だが、部屋の中はしんとしていて、夜着に包《くる》まれたおっかさんの薄い体は薄闇の中でお行儀よく横たわっている。

夢だったのかと目をこすって油障子の向こうを見れば、まだ薄藍《うすあい》に沈んでおり、早起きのおかみさんたちが小気味よく鳴らす煮炊きの音も聞こえてこない。そんな夜と朝のあわいの静けさを、と、きょきょきょきょ。

不意に鳥の鳴き声が破った。びくりと肩をすくめ、またかと与一は呟いた。ここのところ、夜中や白々明けの時分にこの鳴き声がするのだった。ホトトギスだ。

——ホトトギスは口の中が血の色なんだ。

近所の子どもがそんなことをしたり顔で話していたのを聞いて以来、ホトトギスという鳥が何だか不吉なもののように思われて仕方ない。

夜中の鳴き声を怖がる与一を、

——帰りたい、帰りたいと鳴いているんだよ。だから怖がらないでおやり。

おっかさんは優しくなだめた。どこに帰りたいの、と与一が訊くと、おっかさんのところかもしれないね、とほんのりと笑った。

そのホトトギスが今朝はやけにけたたましく鳴いている。あまりの激しさに背筋の辺りがぞわぞわし、与一は煎餅布団から這い出すと、隣に寝ているおっかさんの横にそろそろともぐりこんだ。近頃のおっかさんは咳《せき》ばかりしているから与一も甘えるのを控えていたけれど、今日はどうにも辛抱できなかったのである。

しょうがないねぇ。こっちへおいで。

いつもなら、おっかさんは夜着を開いて優しく迎え入れてくれる。それなのに、今日はぴくりとも動かない。

「おっかさん、苦しいのかい」

与一の問いかけに返ってきたのはひんやりとした沈黙だけだった。代わりにホトトギスがひときわ高く鳴く。心配になってもう一度呼んでみたけれど、おっかさんはやはり身じろぎひとつしない。何より、細い腕はいつになく冷たく感じられ、夜着の中も何となしにすうすうする。俄かに恐ろしくなって跳ね起きた途端、与一は大きく息を呑んだ。

おっかさんの唇の端には赤黒い筋がついていたのである。よく見れば首元や少しはだけた胸にも同じ色が点々と散らばっていて、まるで赤黒い花がおっかさんの上で散ったかのようだった。恐る恐る小さなひとひらを指で拭うと、既に固まっているそれは鉄気《かなけ》くさいにおいがした。

「おっかさん！」

どうしたんだい、と痩せた体を揺すってみたが、うんともすんとも言わない。

「ねえ、おっかさん、おっかさんてば」

次は耳元に口を寄せて呼んでみたけれど、色を失った唇からは言葉はおろか、いつものぜいぜいと乾いた音さえ洩れてこなかった。さっきまで騒がしかったホトトギスもなぜか鳴きやんでいる。すると、この世に自分ひとりだけが取り残されたような気がして、寂しくておっかなくて与一はおっかさんの身にひしとすがりついた。呼ぶことしかできずに、おっかさん、おっかさん、とただひたすら呼び続けた。

やがて、その声を聞きつけたのか、隣のおかみさんがあたふたとした様子で駆け込んできた。

「与一っちゃん、どうしたい？」

そう言っておっかさんの顔を覗《のぞ》き込んだおかみさんは青くなったかと思えば、こりゃ、大変だと出て行き、すぐさま差配さんを呼んできた。

その後はお医者さまなのかお坊さまなのかよくわからぬ、頭のつるりとした人がやってきて、おっかさんの手首に触れたり、指先で瞼を開いて覗き込んだりしたのだが、おっかさんは結局起き上がることも口を利くこともなかった。

そうこうしているうちに陽はすっかり高くなっていた。光の中で見るおっかさんの顔は昨夜とは違っている。透き通るように白かった肌は蠟《ろう》のようなべたりとした色に変わり、目元にも口元にも表情というものがなくなっていた。不思議な心持ちでおっかさんの顔を覗き込んでいると、

「坊。かわいそうだけどおっかさんは死んじまったんだ」

差配さんが半白のぼさぼさ眉を八の字に下げ、与一の肩を皺だらけの手でぽんと叩《たた》いた。

死んだということが与一にはよくわからなかったけれど、おっかさんの喉からは咳だけでなく優しい言葉も温かい息も出なくなっている。体の中からすべてがなくなってしまうこと。それが死ぬことなのだろうか。

そんなようなことを訊《たず》ねると、

「いや、すべてがなくなったわけじゃない。死んでも人の魂は残るんだ」

差配さんは神妙な顔で告げた。

どこに残るの。

そう訊こうとして与一は口を噤《つぐ》んだ。

おっかさんの唇に残った赤黒い血の色と鉄気くさいにおいが頭をよぎったからだ。

――ホトトギスは口の中が血の色なんだ。

もしかしたら、おっかさんの魂はホトトギスに連れていかれたのかもしれない。でも、あんなにたくさんいたホトトギスはどこへ行ったのだろう。どこへ行けばおっかさんの魂に会えるのだろう。

与一はそんなことを考えながら、脱《ぬ》けがらになってしまったおっかさんの傍《そば》に長いこと座っていた。

その後は差配さんがいろんなことを手配してくれた。おっかさんの入れられた座棺《ざかん》はあまりに小さくて窮屈ではないかしらと案じたけれど、せっかく支度してくれた差配さんのことを思うと口にするのは憚《はばか》られ、与一は隣のおかみさんに手を引かれるまま野辺送りに加わった。

おっかさんが死んだのに涙ひとつこぼさない。あの子は何て健気《けなげ》なんだろう。

お寺に向かう道々、近所のおかみさんたちがそう言っているのが聞くともなしに耳に入ってきた。健気というのがどういうことなのか、与一にはよくわからない。ただ、胸の奥に何かが刺さったような痛みがあるにもかかわらず、与一の目はひりひりと乾いたままだった。

寺へ向かう川べりの道には初夏の風が吹いていた。そこから見る西空は気味が悪いくらいに赤く染まっていて、それもまた血の色を思わせた――


母が死んだ日のことを思い出しながら歩いているうち、二代目瀬川路京は堀江町四丁目の竹田徳次郎宅に着いていた。陽はすっかり低くなり、板塀の前には濃灰色の影がべたりと貼りついている。たいした道のりを歩いたわけでもないのに越後上布《えちごじょうふ》の背はじっとりと汗ばんでいた。

裏木戸を開けると、

「ああ、二代目、ご苦労さん。うちのがお待ちだよ」

徳次郎の女房、おれんが出迎えた。亭主について上方から江戸へ来て五年ほどになるらしいが訛《なま》りはほとんどない。四十路《よそじ》を過ぎているが、子を産んでいない身はさほど崩れておらず、肌の白さとも相俟《あいま》って歳よりも若く見える。

「待たせてすまなかったね」

「どこへ行っておいでだい。家にも小屋にも姿が見えないってんで、お弟子さんが弱り果ててたよ」

おれんの足元には水に濡《ぬ》れた朝顔の鉢が三つ並んでいる。朝には大輪の花を咲かせていたのだろうが、今はすっかりしぼんでしまい、どの鉢も水滴をまとって重そうにうなだれていた。

「ちょいと野暮用でね」

堺町でのんびりと『四谷怪談』を観ていたとは言いづらい。

「そうかえ。芝居にしか興味のない、真面目一方のあんたに妾《おんな》がいるとは知らなんだ。それにしても」

盆が過ぎたってぇのにいつまでも暑いねぇ、と顔の前を右手でひらひらと扇《あお》いだ。卯《う》の花《はな》色の地に藍の細縞《ほそじま》が入った夏紬《なつつむぎ》はいかにも涼しげだが、水遣《みずや》りをしていたせいか額の辺りにはうっすらと汗をかいていた。

「おう。待ちくたびれたで。二代目」

庭先での声が届いたのだろう、下駄を突っかけた徳次郎が戸口の前に姿を現した。丸顔にふさわしいどんぐり眼《まなこ》と団子鼻、はだけた浴衣から覗いているのはたるんだ胸と腹である。肥えているせいで余計に暑さがこたえるのか、汗でてかった腹は忙《せわ》しなく波打っていた。

「ああ、すまん。野暮用でね」

路京が同じ言を繰り返せば、

「ははん。野暮用かいな」

持っていた団扇《うちわ》を胸の前でひと振りし、ともかく上がりなはれ、と徳次郎は丸い目をたわめた。

通されたのは庭に面した座敷である。障子は開け放されてはいるが、風のない夕刻とあって蒸し暑い。文机《ふづくえ》の周囲は野放図に積まれた書物と数え切れぬほどの反故紙《ほごがみ》で埋め尽くされており、なお暑苦しさが増した。

「すんまへんな。ごたごたしよってからに。ま、その辺の紙を除《の》けて座りなはれ」

ぞんざいに言い、自らは文机の前にどっかりと腰を下ろす。言われた通り、反故紙を幾枚かずつまとめて脇にやり、路京も座した。

「いやぁ、さすが名女形やな。何気ない手つきでも、美しゅうて惚《ほ》れ惚《ぼ》れするわ」

薄っぺらな褒め言葉はやり過ごし、

「用ってのはなんだい？」

路京は襟元をくつろげ、先を促す。

「立作者が役者を家まで呼びつけたんや。言わんでもわかってるやろ」

薄い笑みを口辺に浮かべ、傍にあった煙草盆《たばこぼん》を引き寄せる。

「九月狂言のことかい」

「いや、九月やない。八月や」

「八月？」

我知らず声が裏返った。

芝居の上演は年に五回が通例である。十一月の顔見世興行から一年が始まり、正月興行から順に三月、五月、九月と行われる。六、七月の暑い時期に若手役者を中心とした芝居が組まれることはあるが、八月に芝居小屋を開けることは珍しい。だが、『四谷怪談』の顔ぶれと盛況を見れば、その慣習も変わってきたことを実感する。

「せや。八月や。そこで大当たりを取れば、九月もそれで行く。駄目なら、違うもんをぶつけたる。座元にも話はつけとるさかい。あんたは心配せんでも大丈夫や」

――今年は残暑が厳しいですからね。七月狂言は若いもんに任せて、路京さんは休んでおくんなさい。

すると、羽左衛門の言はあながち嘘でもなかったということか。

だが――

「狂言は何にするんだい。まさか今から新作を書くってわけにはいくまい」

期待だか不安だかわからぬ、得体の知れぬものが胸中で蠢《うごめ》くのを感じつつ路京は訊いた。

「それはそうと、二代目、あんたの野暮用ってのは堺町でっしゃろ」

どんぐり眼を眇《すが》めるようにして、徳次郎がこちらを見る。どうやら『四谷怪談』を観にいったことは先刻承知のようである。返答の代わりに路京が肩をすくめると、徳次郎は苦笑しながら言葉を継いだ。

「まあ、他所様の芝居を観はるんはええことや。ここでええわ、と思うたら役者に限らず人は終わりやさかい。けど、あれにはたまげたわ。わしも観たが、この暑さが吹き飛ぶほどの大芝居や。とりわけ、菊五郎のお岩はぞっとするほど美しい」

太い指で煙管《キセル》に煙草を詰め、ゆっくりと火を点《つ》ける。こちらを焦《じ》らすような手つきに苛立《いらだ》たしさを覚えながら、路京は分厚い唇から白い煙が吐き出されるのを待った。

「そいでな」徳次郎が煙管を置き、丸い目を剝《む》いた。「あれをやろう、思うてんのや。あんたなら、いやあんたにしかできひんやろ」

「あれ、ってぇのは？」

知らぬふうで訊いたが、胸は高い音を立てている。

「いややな。わかっとるやろ。あれ、言うたら、あれしかおまへんがな。ともあれわしに任せとき。伊達《だて》に〝洗い張りの徳次郎〟と言われとるわけやないねんで。前のよりずっとええ狂言になったわ」

ずっとええ狂言になった、とは。

「もう、台帳《ほん》は書き上がったのかい」

「せや。ほぼできあがっとる。座元も帳元もやる気満々や」

「だが、あれは――」

「何を気弱なことを言うとんのや。昨年の皐月《さつき》狂言の顚末《てんまつ》を忘れたわけやないやろな」

分厚い唇からさらりと本音が出る。名女形と持ち上げておきながら、やはり落ち目の役者というのが大方の見方なのだ。

昨年、市村座は『絵本合法衢《えほんがっぽうがつじ》』を皐月狂言の演目とした。大坂の合邦辻閻魔堂《えんまどう》で実際に起きた仇《あだ》討《う》ちを元に、勝俵蔵《かつひょうぞう》――かつての鶴屋南北――が何人かの作者と合作で書き上げたものである。多《た》賀《が》家横領を企む左枝大学之助《さえだだいがくのすけ》に兄を殺された高橋弥十郎《たかはしやじゅうろう》が仇討ちをするまでの話に、大学之助と瓜《うり》二《ふた》つの立場《たてば》人足、太平次《たへいじ》の悪行を絡ませていく。無論、大学之助と太平次という悪役は一人二役で、文化《ぶんか》七年（一八一〇）の初興行以来、五代目松本幸四郎の当たり役となっている。

悪人の仇討ちを果たす弥十郎の妻役にと路京に話があったのだが、結局、立ち消えとなった。

そのわけは己《おの》が耳にも聞こえてきた。

――高村《こうむら》屋かい。ありゃ駄目だ。若いときの美貌恃《だの》みが抜けねぇ。そこに突っ立ってるだけの女形なら、いらねぇよ。

幸四郎本人が眉をひそめたそうである。

そこに突っ立ってるだけ。

二役をこなす、還暦過ぎの芸達者がそう言ったのは、前年の『役者評判記』を読んだからだろう。『役者評判記』とは京の八文字屋を筆頭に、和泉屋、鶴屋などの大きな板元が手掛ける、役者の芸評を載せた書だ。十一月の顔見世狂言の評判が主に記され、翌年の正月に出板される。そこでの、二代目瀬川路京の評はさんざんで、かつては〝上上吉〟ともてはやされた役者は〝上〟すらつかず、〝中〟に成り下がった。

稽古を怠っているつもりはない。だが、舞台に立った途端に四肢は縮こまり、味気ない所作をさらすだけになっていた。

辛辣なのは評判記だけではない。

――美貌が廃ればただの人。

見物衆にもそう揶揄《やゆ》されているのは百も承知だ。

「まあええわ。ともかくもう話は進んどるんや。きっと」

あんたの当たり狂言になるで、と徳次郎は黄色い歯を見せて笑った。

不意に庭木の葉がざわっと鳴いた。部屋のそこかしこで反故紙がかさかさと乾いた音を立てる。路京の膝元で重ねられた束がめくれ、まだ墨の色も新しい一枚が目に飛び込んできた。

『大川秋野待夜月《おおかわあきのまつよづき》』

書き損じた「月」の文字が、こちらを嘲笑《あざわら》うようにひしゃげて見えた。

二

芝居がはね、半畳売りの佐吉が楽屋へ続く梯子段《はしごだん》の傍を通ったときだった。

「中村座の『四谷怪談』を見たかい」

小道具方の若い衆が薄暗い梯子段の陰で話しているのが耳に入った。

「いや、見てねぇ。けど、何でもお岩の顔が凄まじいらしいな」

「ああ、あの化粧はすげぇぜ。けど、ここの化けもんには負けらぁな。何しろ、年季が入ってら――」

口を噤んだのは佐吉に気づいたからだろう。男らはそそくさと小道具部屋へ去っていった。

確かに年季が入ってらぁ。何しろ五十年以上もこんな面《つら》だからな。

胸裏で呟きながら火傷痕に右手で触れると、佐吉は見物席へと向かう。

客を吐き出した後の小屋には芝居の残滓《ざんし》が満ちていた。瞼を閉じれば、人の熱や弁当のにおいの中から様々な音が飛び出してくる。柝《き》の音、役者が床を踏む音、軽快なせりふ、見巧者《みごうしゃ》たちの大向こう。どれもが佐吉の心を躍らせるものだ。

だが、今日の芝居はどこか物足りなかった。

二代目瀬川路京が芝居に出ていないからだ。初めて会った日から二代目——与一はずっと輝き続けていた。暁闇《ぎょうあん》の空でひときわ輝く明星から目を離せぬのと同じように、誰もがその眩《まばゆ》いばかりのきらめきに惹きつけられた。それなのに。

——いや、いいんだ。あたしはもう落ち目だからさ。そろそろ引き際を考えなきゃ。

いつから輝きを失ってしまったのだろう。

瞼を開けると種々《くさぐさ》の音は潮が引くように過ぎ去り、役者のいないがらんとした舞台が目に入った。佐吉は下手側の舞台下へとゆっくりと進んでいく。

ここが佐吉の定位置だった。半畳売りは半畳を売るだけが仕事ではない。十歳から小屋で働く佐吉がいつの間にか担っていたのは、舞台下で見物衆が騒いだり興奮して舞台に上がったりするのを止める役目だった。剣呑《けんのん》な見物から役者を守る用心棒のようなものだ。それも、この六尺の図体《ずうたい》と化けもん面のせいだろう。

——ここの化けもんには負けらぁな。

何十年も同じようなことを言われ続けてきた。そのたびに傷つけられた心は今では肉厚になり、ちょっとやそっとのことでは何も感じなくなっている。だが、柔らかな皮膚が剝き出しになっていた若い頃はいつも怯《おび》えていた。怖いと言われることが恐ろしくて人の顔をまともに見ることができなかった。こんな面をしていながら、誰よりも人を怖がっていたのだ。

だが、与一だけは皆と違った。

——ちっとも怖くないよ。

あの子だけは初めて会った日から己を、この顔をまったく恐れなかった。

忘れもしない。己が二十歳で、与一が七歳のときのことだ。

初代瀬川路京が生きていた頃のことだ。

もう三十八年も前のことだ。

それでも、昨日のことのように思い出せる。


その日、二十歳の佐吉はいつものように舞台下で芝居を観ていた。

市村座の控櫓、桐座《きりざ》の皐月狂言で上演されているのは『恋女房染分手綱《こいにょうぼうそめわけたづな》』の十段目。通称『重《しげ》の井子別れ《いこわかれ》』である。

由留木《ゆるぎ》家の息女調姫《しらべひめ》は東国へ嫁すことになったが、出立の間際に「いやじゃ」と言い出す。そんな姫の機嫌を直すため、道中双六《すごろく》を持っていた馬子の三吉《さんきち》が呼ばれることとなった。ところが、三吉は重の井がかつて不義密通した際に生まれた子であった。姫の縁談を考えれば当然母子の名乗りを上げられず、母と子は泣く泣く別れることとなる。

重の井を瀬川路京、三吉を実子の円太郎が演じている。まさしく本物の親子での共演である。もう何遍も観ているはずの芝居なのに少しも飽きることがないのは、瀬川路京の真に迫った演技ゆえであろう。母の複雑な心中を表情とせりふで見せる役者っぷりはまさしく立女形——太夫《たゆう》の呼称にふさわしい。浅葱《あさぎ》の股引《ももひき》に藍色の腹掛け姿の円太郎も愛らしく、父親仕込みの所作やせりふは堂々として清々《すがすが》しい。

さて、ここから先はいよいよ母子の愁嘆場だ。子の健気さに胸が打たれ、見物衆が涙する場である。

それにしても金糸の刺繡《ししゅう》を施した打掛の豪華絢爛《けんらん》さはもちろん、それを羽織った太夫の立ち姿の凜々《りり》しく美しいこと。佐吉が感嘆の溜息を吐き出したときだった。

「おっかさん！　行かないで！」

甲高い声がした。いったいどこから上がったのだろう、舞台に見知らぬ子どもがまろび出て、太夫演ずる重の井の打掛を摑んでいた。傍らでは役を奪われた形の円太郎が茫然《ぼうぜん》としている。

あのガキ、いつの間に舞台に上がったんだ。

佐吉は思わず舌打ちをした。見れば、地味な紺絣《こんがすり》の着物ながら子どもはやけに舞台に馴染《なじ》んでいて、まるで最初からその場にいたかのようである。見物も同じことを感じているらしく、土間席も二階桟敷もしんと静まり返っていた。

だが、これでは芝居が進まない。可哀相《かわいそう》だが舞台から下ろさなくては。

佐吉が動こうとしたときだった。

何だ！　あの小僧は！

西の二階桟敷から怒鳴り声が降ってきた。それを合図にあちこちから芝居をぶち壊しにした子どもへの罵言が投げつけられた。

ああ、いけない。おれの失態だ。どうして子どもが舞台に上がる前に気づかなかったのだろう。後で座頭に叱られる。いや、もしかしたら直々に太夫からお呼びがかかるかもしれない。佐吉が頭を抱えたときだった。

その太夫が子どもの手を優しく振り払い、舞台の前方へすっと進み出た。途端に、子どもへの罵り声が、戸惑いを含んだざわめきに変わる。

打掛の裾を払い、太夫が大きく息を吸った。続いて、美しい切れ長の目で見物席をぐるりと見渡し、朗々と啖呵《たんか》を切った。

「世の中も芝居も筋書き通りには行かぬもの。ここにおじゃる皆様方はそれがわからぬほどに野暮ではござりませんでしょう」

小屋中が水を打ったように静まり返った。誰もが太夫の威厳に胸を打たれているのがわかった。

すると、太夫が子どもへ目を転じ、柔らかに微笑みかけた。目もあやな打掛を大きく広げ、

「こう、ここへおいで」

母のごとく手招きしたのである。

陽が差し込んだように子どもの顔がぱっと輝いた。そこで佐吉はようやく気づいたのだった。子どもが恐ろしく美しいことに。色白の頬は桜色に染まり、大きな黒眸《くろめ》は濡れたように輝いている。佐吉が狼狽《うろた》えているうちに、子どもは重の井の打掛に近づくときっぱりと見得を決めていた。

もしも、神の童というものがこの世にいるのなら、この子どものことではないか。

それほどまでに子どもは清らかで可愛らしかった。佐吉も見物衆も三吉役の円太郎のことなぞ忘れ、飛び入りで舞台に上がった可憐《かれん》な子どもの姿に見入っていた。

母と子の絵面《えめん》。まさしく錦絵のごとく絢爛だった。

それから程なくして、佐吉はその美しい子どもと一緒に楽屋へ向かう渡り廊下を歩いていた。

子どもが見得を決めた後、舞台上の太夫は佐吉に目配せをした。芝居がはねた後にこの子を楽屋へ連れてこいと囁《ささや》いた後は、何事もなかったように重の井として芝居へ戻ったのである。

子どもの名は与一だという。舞台下で色々と訊ねたのだが、夢中になって芝居を観ていたせいで少

ら仕方ない。

しも要領を得ず、結局詳しい身の上はわからなかった。ただ、並外れた美貌から葭町《よしちょう》の陰間《かげま》茶屋から逃げてきたのではないかと察せられた。いずれ茶屋から迎えが来るだろうが、太夫はこの子をいったいどうするつもりなのか。そんなことをつらつらと考えていると、

「小父《おじ》さんの顔はどうしたんだい」

思い出したように与一が訊いた。大人は見て見ぬふりをしてくれる者もいるが、子どもは正直だから仕方ない。

「ああ、これか。小さい頃に火事に遭ったんだ。怖い顔でごめんな」

顔を与一から背けるようにして佐吉が言うと、

「ちっとも怖くないよ」

きっぱりとした声が返ってきた。思わず佐吉の足は止まった。

「怖くないって、このおれが？」

「うん、怖くない。だって、小父さんの目は綺麗だもん」

「綺麗？」

思いがけぬ言葉だった。この顔のどこに〈綺麗〉だなどという形容が当てはまるのか。まさか、からかっているわけではあるまい。

腑《ふ》に落ちぬ思いで見下ろすと真っ直ぐな眼差《まなざ》しにぶつかった。大きな目は澄み切っていてひとかけらの嘘もない。その目を見つめているうち、得も言われぬ思いがこみ上げ、重みで胸がつぶれそうになった。何だ、これは。佐吉が戸惑っていると子どもは続けた。

「うん。火傷してないほうの目は綺麗だよ。お坊さんなんて蛇の目をしてるから」

お坊さん——

やはり、この子は陰間茶屋から逃げてきたのだ。〈蛇の目〉という言いざまを思えば、子どもがどんな目に遭ったのかがわかるような気がした。

「おいら、おかしいことを言ったかな」

佐吉が黙っているからか、与一はどこか困《こう》じた様子で問うた。

胸に溜《た》まった熱い息をそっと吐き出すと、

「いや、少しもおかしかないよ。ありがとうな」

佐吉はにっこり笑ってみせた。さ、行くか、と再び歩き出す。

「坊。さっきの舞台はよかったぞ」

怖くないと言われたからか、与一のほうへ安心して顔を向けられる。人に対してそんなふうに心がほどけるのは滅多《めった》にないことだった。

「さっきのを、見てたの」

「ああ、見てたさ。おれはいつも舞台の下にいるんだ」

「いつも舞台の下に？」

「そうさ。そこで見物が舞台を邪魔するのを見張ってるんだ」

佐吉が言った途端、与一は眉を曇らせた。なるほど。舞台を邪魔したという自覚は多少はあるんだな。

「坊は邪魔してないぞ」佐吉は苦笑しながら続けた。「何しろ、あの見得はすばらしかったからな。いったいどこで覚えたんだい」

役者の見得を真似《まね》し、遊ぶ子どもは少なからずいる。どんな経緯《ゆくたて》で陰間茶屋へ売られたのかは知らないが、恐らくこの子は芝居が好きなのだろう。好きが昂《こう》じて芝居小屋に入り込み、そのまま舞台に上がってしまったに違いない。

「見得？」

「ああ。坊がさっきやってただろう。大きく目を瞠《みは》って、首を振ってたじゃないか」

ああ、と与一は頷いた後、

——おまえも顔をお上げ。そら、目を大きく見開いて前を見るんだ。

重の井が教えてくれたよ、と赤い唇をほころばせる。

「あの場でかい」

「うん。そうだよ。打掛の中に入ったときにそう言ってくれた。あれ、見得っていうんだね」

もしかすると。

「坊は芝居を観たのは初めてかい」

「うん。初めてだよ。面白かった」

佐吉の二の腕が粟立《あわだ》った。あれが、あの堂々たる見得が初めてだと。驚愕《きょうがく》とも恐れとも言えぬものが胸底から沸き起こるのを感じながら、佐吉は美しい顔をまじまじと見つめた。だが、佐吉の胸中なぞ想像もつかぬのだろう。与一は嬉々《きき》として芝居の話を続ける。

「三吉って子は踊りが上手だったたねぇ。長い廊下を走って出てきたときはびっくりしちゃった」

「ああ、あの子は太夫の実の子だ。円太郎さんと言いなさる」

「太夫？　実の子？」

大きな目が当惑げに泳いでいる。そうか。まだ芝居と現の区別がよくついていないんだな。何しろ舞台に上がって重の井の打掛を摑んじまうくらいなんだから。

「太夫というのは、舞台で重の井役をしていたお方だ。瀬川路京と言いなさる。で、馬子の三吉役をしていたのが、実の子の円太郎さんだ」

「ふうん。円太郎さんっていうんだ。あの子とっても綺麗だったね。そうそう、見得っていうのがすごく上手だった。ああ、おいらもまた見得をやりたいな」

あれ、気持ちいいねぇ、と屈託のない物言いでにこりと笑う。

「そうか。気持ちいいか」

美しい笑顔を見ながら胸にすとんと落ちるものがあった。なぜ太夫がこの子を楽屋へ連れて来いといったのか。

たぶん、太夫は一瞬のうちにこの子の才を見抜いたのだろう。美貌でも舞台度胸でもない。この子が内に秘めているものをあの舞台で掬《すく》い取ったのだ。

やはり——この子は神の童なのかもしれない。胸底から沸き起こったものは、確かな畏怖となって佐吉の総身を貫いていく。そうだ。神の童だから己の醜い顔も恐ろしくないのだ。

「ねえ、なんて書いてあるの」

澄んだ声で我に返った。楽屋へ上がる梯子段の前に着いていた。与一の眼差しは太い柱に貼られた紙へと向いている。

——二階、中二階へ女中方 幷《ならびに》 他所者堅無用

「女とよそ者はここから先へ行っちゃいけない、と書かれてるんだ」

与一の頬の辺りが引きつるのがわかった。〈よそ者〉という言葉に怯えたのかもしれない。こういうところは単なる子どもなんだな、と苦笑しながら、

「おまえさんは大丈夫さ。太夫が呼んでいなさるから」

与一を安心させるように告げると、佐吉は梯子段を先に立って上り始めた。

中二階は女形の楽屋になっている。役者は化けてなんぼの世界だが、ここには半端な化け物がうようよいる。サイコロにカルタに化粧箱に弁当のがら。雑多なものが転がった大部屋では、女なのか男なのかわからない襦袢《じゅばん》姿の者たちが煙管を吹かしたり椿油《つばきあぶら》でせっせと白粉を落としたりしている。雑《ざっ》駁《぀く》なにおいのする大部屋を通り過ぎたとき、

「あらぁ。先《せん》に舞台に上がってきた坊やじゃないの。なんともかわゆい。ささ、こっちへおいで」

きんきんと作った声が佐吉の耳朶を打った。振り向けば与一が驚いたような顔をして大部屋の前で足を止めている。

「与一坊、行くぞ」

佐吉が声を掛けると、与一ははっとしたようにこちらを振り返り、慌てて佐吉へ駆け寄った。

「あの人たちは女なのに、ここにいていいのかい。叱られないのかい」

心配そうに声をひそめる。

「ああ、大丈夫さ。あの人らは男だから」

「男――」

「ああ、そうさ」

そうか。芝居を観るのは初めてなんだもんな。太夫も女じゃなく、男なんだぜ。そう言おうとして

やめた。あの人だけは男でも女でもない。非の打ち所のない全《まった》き化け物だ。女形という美しい化け物。だから、大部屋ではなく独り部屋にいる。

その独り部屋の前に座せば既に漂ってくる気配からして違う。大部屋に漂っていた作り物めいた甘ったるい香りではない。甘さはあるがすっきりとした香り。着物に焚《た》き染《し》めた香のにおいですら格がある。

「太夫。佐吉です。子どもを連れてきました」

長暖簾《ながのれん》の前で背筋を伸ばして告げると、

「ご苦労だったね」低いが品のよい声が返ってきた。「すぐに終わるから、そこで待っていてくれるかえ。子だけ中へ入れておくれ」

「承知しやした」

さ、行きな、と佐吉は与一の背を軽く押した。

「もっと近くへおいで」

長暖簾の向こうで太夫の声がする。だが、与一の声は聞こえない。太夫の姿を見て驚いているのだろう。白粉を落とした顔はもう優しげな乳母ではないだろうから。

太夫は子の名を聞いた後、

「なかなかいい見得だったね」

やはり褒めた。色に喩《たと》えれば少しばかり赤みを帯びたような声。気持ちが昂じたような声。やはり太夫はあの子の類まれなる才を見抜いていなさるんだ。そして喜んでいる。まあ、そうだろう。誰よりも間近であの子を見たのだから。

「重の井も男だったの」

与一が遠慮がちな声音で問うた。

「すまないね。恋しいおっかさんじゃなくて」

今度の声は寂しげな色を含んでいる。

「おっかさん、を知ってるの」

「たぶん、知らないねぇ。けど、おまえのおっかさんはもういないんだろう」

おっかさんはいないない。太夫の声は佐吉の胸の柔らかい部分まで撫《な》でさすった。すると、頰の火傷痕がひりっと痛み、まるで申し合わせたかのように首から脇腹に掛けて焼け火箸を当てられたような熱さが走った。膝に置いた手をきつく握り締めて熱の記憶を押し込める。

と、太夫が低い声で続けた。

「与一、と言ったかね。おまえの顔は滅法界《めっぽうかい》綺麗だ」

「おいらは葭町に、店に、帰されるんですね」

すかさず与一の声がした。見なくとも美しい顔が落胆に沈んでいるのがわかる。〈蛇の目〉という言いざまを思い出せば〈綺麗〉というのは与一にとっては忌まわしい言葉なのかもしれなかった。

「なるほど、そんなに陰間がつらかったかえ」溜息を混ぜたような声だった。「まあ、まだその歳だからひどいことはされなかったろうけど。だが、その顔じゃ、あと数年もすれば……」

言葉を濁した後、こっちを見な、と太夫が凜《りん》とした声音で命じた。

「もう茶屋には戻らなくてもいい。話はつけとくから安心しな。それより、おまえの、その面も舞台度胸もあたしは気に入った。いずれも天賦のもんだよ」

「てんぷ？」

子どもには難しい言葉だ、と佐吉は苦笑する。

「そう。神様がくれたもんだと考えりゃいい。けど、いくら神様がくれたもんでも放っておいたらいずれ腐る」

腐る。十歳から芝居小屋で働き始めた佐吉には、その言葉の意味がよくわかる。

佐吉が舞台下に配されるようになったのは十五歳のときだ。その頃には既に背丈が五尺八寸ほどもあった。顔の火傷痕のせいもあり、到底十五のガキには見えなかっただろう。だが、役得だと我ながら思った。何しろ舞台の下にいると役者たちがよく見えるのだ。これから羽ばたこうとして目が爛々《らんらん》と輝いている若鷹《わかたか》もいれば、時を経ていぶし銀のような味わいのある輝きを放つ役者もいる。だが、いっとうよくわかるのは腐りかけた役者だ。腐ったものには光がない。ただそこに影のごとくどんよりと在るだけだ。最前通りかかった大部屋にもそういった輩《やから》はいる。

「元が綺麗だった分、腐り始めたら始末に負えない。どろどろになって、そのうち異臭を放つんだ。だから神様から貰《もら》ったもんを懸命に磨きな。磨けば磨くほどそいつは輝く」

太夫の言う通り、確かに神様は与一に人を惹きつける輝きを与えたのだろう。そして、それは磨かなければいずれ腐るというのも真実だ。

だが、神様は輝きとは別のものも与一に与えている。

孤独だ。

七歳にして与えられた孤独はどうなるのか。放っておいたらいずれ腐るものなのか。磨く、という言葉が妥当なのかはわからぬが、自らの手でどうにかなるものなのか。

そんなことを思っていると、またぞろ頰の火傷痕が熱く疼《うず》いた。最前は封じ込めた記憶が否応《いやおう》なく引きずり出される。ごうと風の唸《うな》る音が耳奥に、緋色《ひいろ》の炎が眼裏《まなうら》に朧《おぼろ》げに蘇った。

もう十五年も前、佐吉が五歳のときのことだ。目黒の大円寺から出た火は南西からの春風に煽《あお》られ、みるみる膨れ上がった。巨大な炎は御城下の武家屋敷を舐《な》め尽くし、佐吉の住んでいた神田の町まで呑み込まんとしていた。

——逃げろ！　佐吉！

それが最後に聞いた父の声だった。

焼け落ちた梁《はり》で足を怪我《けが》した母を背負っていたから、父は逃げることを諦めたのだろう。それでも、おまえだけは生きろ、と佐吉の背中を渾身《こんしん》の力で押し出したのだ。幼かったから父の顔はよく憶えていない。けれど、大きな手の感触だけは今もこの身のど真ん中にずしんと残っている。

その手に押され、佐吉は駆けた。炎の中をひたすらに駆け通した。夢中で逃げたから、炎をまとった木っ端や瓦が顔に当たったことも、足裏が焼けていたこともそのときは気づかなかった。

逃げろ！　佐吉！　父の声を背負いながら駆けて駆けて辛《かろ》うじて命をつないだ。

大きな火事だったから佐吉のような孤児はたくさんいて、そんな孤児を救ってくれる大人も少なからずいた。お救い小屋を出た後、佐吉は寺に預けられて十歳になるまでそこで食わせてもらった。養い親の住職の口利きで芝居茶屋で働くようになったのだが、そこから佐吉の本当の苦悩は始まった。境内にいるうちは見えなかった、世間というものの残酷さと冷淡さを、身を以《も》って知ることとなった。

おまえだけは生きろ。父の手は確かにそう叫んでいた。

だが、今日まで生きていてよかった、と思ったことはない。

――おお、怖い。

――なんだえ、あの気味悪い顔は。

そんな言葉を投げつけられる度に果てのない孤独へと突き落とされた。その度に父を恨んだ。あのとき、己を前へ押し出した大きな手を恨み、父母と一緒に死ねばよかったと悔やんだ。

己の中にある――佐吉は胸にそっと手を当てる。

この孤独はどうすればいいのか。

放っておけばいいのか。それとも磨けばいいのか。だが、孤独を磨くことなぞできるのだろうか。

二十歳になっても佐吉にはわからない。

そして、あの子の孤独は今後どうなるのか。

それもまた佐吉にはわからない。

「佐吉。この子はひとまず頭取部屋《とうどり》に預けてくれるかえ」

凛とした声で我に返った。

「へえ」

居住まいを正すと、長暖簾がふわりとめくれ、与一が目の前に立っていた。色白の頰を上気させ、どこか夢見るような面持ちでいるのは、葭町に帰らずに済む喜びのためかもしれなかった。

「行こうか」

佐吉が微笑むと、与一は頷いて佐吉の手を自ら取った。そこには、何の恐れも迷いもなかった。ひょっとするとこの子どもはおれの孤独をわかっているのではないか。そんな埒《らち》もないことを思ったのは、人の手の温《ぬく》もりに触れたのが久方ぶりだったからだ。

他人のほうから己の手に触れてくれるなんて、両親と死に別れてから初めてのことだったからだ。

――ちっとも怖くないよ。

最前の子どもの声が胸奥で鳴り響いた。

火事の日以来、己の内側に巣くった孤独が、年々歳々肥えていくばかりだった孤独が、澄んだ音色でほんの僅かに身を縮めるのがわかった。

己の孤独もこの子の孤独も、この先どうなるのか、佐吉にははきとはわからない。わからないけれども、今ここにいる子どもの手は紛《まぎ》れもなく温かい。たったそれだけのことで胸がいっぱいになり、涙がこぼれそうになった。さっき胸がつぶれそうになったのもそういうことだったのだ。余人が己に抱く恐れや同情やごまかし。この子の心にはそんなものがない。こちらを見上げる目や差し出される手にはひとかけらの嘘もない。そのことが佐吉には途轍《とてつ》もなく稀有《けう》で、途轍もなく尊いことに思えた。

「ねえ、おいら、茶屋に戻らなくていいんだって」

与一が嬉《うれ》しそうな顔で佐吉を見上げる。その目は佐吉の顔の右半分、火傷で爛《ただ》れたほうへ真っ直ぐに向いていた。

「そうか、よかった」

本当によかった、と佐吉は頷く。手の中の温かなものが壊れないようにそっと握り返すと、立女形の楽屋前を辞した。


ばたん。

明かり採りの窓を閉める音がして佐吉は長い物思いから解かれた。一瞬で、小屋は水に薄墨を落としたようなぼんやりとした暗さに沈んだ。すべての窓が閉められれば、ここは塗り込められたような闇で満たされる。

三十八年も前の追想なのに、与一の手の温みが蘇ったように思え、佐吉はゆっくりと右手を握り込んだ。

あの日を境に佐吉の孤独はずいぶん小さくなった。与一をすぐ近くに感じることで、その光の傍らにいることで佐吉の孤独は腐らずに済んだ。もちろん、何かの拍子に首をもたげることはあるけれど、五十八歳になるまで佐吉を内側から食い破ることなく、胸の隅でおとなしくうずくまっている。

だが、与一の、二代目瀬川路京の孤独が今どうなっているのか、佐吉にはわからない。

三十四年前、『母子月《ははこづき》』の舞台で初代瀬川路京が亡くなり、実子の円太郎が科人として江戸を去ったとき、与一の孤独は膨れ上がってしまったのかもしれない。だが、その孤独に彼が食われることはなかった。太夫の言った通り、神が与えた才を真摯に磨き、輝き続けてきた。そして、二十歳で二代目瀬川路京の名を継ぎ、女形として舞台に立ってきたのだ。

だが、その輝きが近頃、鳴りをひそめているのはなぜなのか。

もしかしたら、神が与一に与えたもうひとつのもの、黒々とした孤独が手を広げ、胸を覆い尽くさんとしているのかもしれない。

できるだけ早く、かつての輝きを取り戻して欲しいと思うけれど、たかが半畳売りの己にできるのは舞台下で二代目路京を見守ることだけだ。だが、今はその舞台に彼は立っていない。ならば、どうしたらいいのか。溜息を吐き出したとき。

最後の窓が閉まる音がし、佐吉は黒々とした闇に囲まれた。

# 三

二代目瀬川路京は何度目かわからぬ寝返りを打った。虫の羽音にも似た乾いた音が耳朶の辺りにしつこくまとわりついている。太息を吐くと夜具から這い出した。

寝間から廊下に出れば、昼間の暑さはずいぶんと和らいで、足裏に当たる板の感触はひんやりとしている。女房のおよしは寝入っているのか、隣の間からはことりとも音がしない。最後に閨《ねや》を共にしたのはいつだったろうかと思い出せば、胸の奥に乾いた風が吹き抜けた。

およしは芝居茶屋の娘であった。

――高村屋に惚れこんでてねぇ。

三十路《みそじ》に差し掛かった頃、贔屓筋に勧められた縁談だった。

見物が二階の桟敷席に座るには茶屋を通さねばならない。その一方で、役者のほうも御贔屓から呼び出しがあれば、芝居がはねた後にどれほど疲れていようが茶屋へと顔を出さねばならなかった。実家が芝居茶屋で、店の屋号を自らの号に用いる役者もいる。芝居茶屋と役者とは持ちつ持たれつ。およしの父親は中村座の座元、中村勘三郎《かんざぶろう》と商いを超えて交誼《こうぎ》を結んでいるという。

初めて会ったおよしは十六歳。花の咲きそめるような可憐さに加え、小さな泣きぼくろと柔らかな喋り方のためか、優しげに見えた。

だが、優しいと思った気性は内向きでおっとりしており、役者の女房に向いているとは言い難かった。三十路を過ぎても娘のようなところがあるのは、子がいないせいかもしれなかった。

溜息を洩らすと、路京は徳次郎の言を手繰り寄せた。

――あれをやろう、思うてんのや。あんたなら、いやあんたにしかできひんやろ。

『四谷怪談』を観終わった後、胸底で首をもたげたのが、まさしく、あれ――『大川秋野待夜月』、通称『母子月』だったのだ。

下り坂に差し掛かった女形。そんな評価も『母子月』ならばひっくり返すことができるやも、いや、『四谷怪談』のお岩以上の評判を取れるやもと思う。

だが、死人の出た曰《いわ》くつきの狂言である。もしも上演すると決まったら、お上から物言いがつくことも考えられる。何より、己が平常心であの役を演《や》ることができるだろうか。幼かったからか、事件の前後については朧げだが、舞台で苦悶の末に絶命した初代瀬川路京の姿だけはまざまざと目に焼きついている。眠っているかのような美しい死に顔を思い出せば、その死にまつわるものまでもが生々しく顔を覗かせそうで恐ろしくなる。

世の中には忘れていたほうがいいものもあろう。

やはり『母子月』を上演するのは無理か――外廊下の突き当たりの厠《かわや》で用を足し、寝間に戻ろうとした。そのときである。

ひたり。

夜の静寂を震わせる微《かす》かな音がした。びくりとして仄暗《ほのぐら》い廊下の先に目を凝らしたが、誰の姿もない。ほっとして見るともなしに庭へ目を遣ると、闇に黒々と沈んだ庭木の傍らに人影が佇《たたず》んでいた。

一瞬、心の臓が縮み上がった。

が、よくよく見れば、動かぬそれは石灯籠である。昼間の芝居の余韻かもしれぬ、と夜気の中に太息を吐く。

『四谷怪談』の五幕目、「蛇山庵室《へびやまあんじつ》の場」は七夕の夜だった。舞台には差し金を使った小さな蛍、空には書割の月が浮かんでいたが、残念ながら現の夜空に月はない。代わりに銀色の紗《しゃ》を広げたような天の川が掛かっていた。

――天の川、浅瀬白波、更くる夜を。

伊右衛門のせりふを呟いたとき。

ひたり。ひたり。

また音がした。最前よりももっとはっきりとした音は、渡り廊下の先、稽古場のほうから洩れてくる。

誰がいるのか。足音を忍ばせつつ廊下を進み、稽古場をそっと覗いた。

薄闇に慣れた目に飛び込んできたのは――

下帯一枚で踊るほっそりした影だった。星明かりを溶かし込んだような仄青い闇の中で白い体がしなやかに蠢き、跳ねる度に汗が飛び散る。家人の耳を憚り、足音を立てぬようにと気を集中させているからか、踝《くるぶし》からつま先まで見ているこちらの胸がひりひりするほどに張り詰めていた。

こんな夜更けに何をしている。言いさした叱咤《しった》の代わりにせり上がって来たのは喉を灼《や》くような熱い塊だった。まだまだ拙《つたな》い所作だ。だが、それを生み出している肉体は得も言われぬほどに美しい。必死に伸ばした指先も張り詰めた太腿《ふともも》も、今、この一瞬に閉じ込め、永遠にしたいと切望するほどに輝いている。知らずしらず嘆息が洩れると、息を呑む気配とともに白い裸体がこちらを向いた。

「お師匠様……」

自ら呟いた声で我に返ったのだろう。廊下にまろび出た松丸は、きちんと膝を揃えて座り、申し訳ございませんとその場で低頭した。

「物音を立てぬように、と気をつけていたんですが。どうか、お許しください」

頭《こうべ》を垂れたまま息を切らしつつ詫《わ》びる、その背は油を丁寧にすり込んだかのように光っている。数年前、親戚の手で刻《しる》されたという打擲の痕が薄赤く浮き上がっているが、そんな醜い傷さえも桜色に上気した若い肌の上では美しかった。

喉元の熱い塊が蠢く。嫉妬か。

「松丸。おまえはそれほどまでに――」

続く言葉がそこで途切れた。愛弟子《まなでし》は顔を上げていた。こちらを見つめる大きな眸は青く濡れ、つい引き込まれそうになる。

――なあ、与一。それほどまでに踊りてぇか。

初代路京の声が耳奥から蘇った。

ああ、ここには。

神聖なる稽古場には、初代路京の亡魂が迷い込んだのかもしれない。『母子月』の千穐楽《せんしゅうらく》を待たずして舞台で息絶えた初代の亡魂が。すると、眼前にうずくまっているのは松丸ではなく己か。独りぼっちで舞台に置き去りにされた幼い己、与一の魂であろうか。

――はい。お師匠様。おいらは踊りたいんです。踊りたくて踊りたくて、いつも体中がかっかしてるんです。

ならば――その魂を己の中に戻さねばならぬ。

「よし。付き合ってやる」

路京は稽古場の隅にある燭台《しょくだい》に火を点《とも》すと、あそこに立ちな、と奥を指し示した。

「よろしいので」

大きな切れ長の目に遠慮の色が浮かんだ。

「さっさとしな。夜明けになっちまうじゃねぇか」

わざと慳貪《けんどん》な物言いをすると、松丸は慌てた様子で奥へ行く。

「先ずはそこからここまで歩いてみな」

路京は稽古場の入り口に立った。

はい、と涼やかな声が返され、白い裸体が真っ直ぐ前を向く。貝殻骨を開き、腰を低く下ろしてすり足で前へ。これができないと何をやっても美しく見えない。

「よし。回れ」

松丸の身がくるりと翻る――

「それじゃ、駄目だ」

路京は立ち上がると、半身になった松丸の肩を摑んだ。

「肩が開くのが早すぎるんだ」

「肩が――」

「そうだ。腰より先に肩が回っちまう」

いいか、と路京は同じ動作をやってみせる。あ、と松丸が声を上げる。

「糸ですね」

「そうだ。身の内を通った糸は真っ直ぐじゃなきゃいけない。おまえの糸は内側でねじれちまってる」

もういっぺん、と路京は松丸の背中を軽く叩いた。

もういっぺんと言われたら最初からだ。松丸は再び稽古場の奥に戻り、腰を落としてそろりと歩き始める。

「そう、そこでくるりと回る」

路京が手を叩くと松丸は反転した。最前よりはましになったが、まだ腰より背中のほうが急《せ》いている。

もういっぺん、もういっぺん。

松丸、もういっぺん。

路京はかつて師匠――初代瀬川路京に言われた言葉を愛弟子に、いや、己自身に向かって繰り返した。

もういっぺん。何度目かわからぬ声を上げたとき、それに唱和するかのように庭の一隅で虫がすだき始めた。美しい音色は邯鄲《かんたん》であろう。すると、その音色を味方につけたかのように松丸の動きが格段によくなった。

過度に張り詰めていた四肢は柔らかさを増し、足裏は流れるような動きで床を踏む。しゃんと伸びた背は小揺るぎもしない。すべるように入り口まで進み、くるりと回る。腰と肩がぶれることのない美しい回転だった。

「よし。その感じを忘れるな」

これで終《しま》いだ、と路京は廊下を指差した。

「お師匠様は?」

「おれはもう少しここにいる」

松丸は少しだけ訝るような顔をしたが、

「お師匠様、ありがとうございました」

その場に手をついて礼を述べ、稽古場を後にした。恐らく、部屋に戻り、床に入ってからも頭の中で所作を繰り返すのだろう。

もういっぺん——

その言を胸の中でなぞったとき、稽古場の闇が微かに蠢いた気がした。

はっとして身を強張らせる。

——与一。もういっぺん。

懐かしい初代路京の声が聞こえた。すると、初めて稽古をつけてもらった、七歳の日のことがくっきりと蘇った。


その日の与一は尻が痛くて何をするのもしんどかった。

こうして井戸端で屈んで青菜を洗っていても、ちょっと身を動かした拍子にずきずきと痛む。昨夜、兄弟子たちに鯨尺《くじらじゃく》でしこたま叩かれたからだ。ついには気を失ってしまうくらい何遍も。このお屋敷へ来てからひと月ほどだが、鯨尺で叩かれたのは初めてのことだった。

ここへ来るまで与一は葭町の陰間茶屋というところにいた。死んだおっかさんの弟という人に連れていかれたのだが、陰間という言葉の意味はよくわかっていない。けれど、そこに何がいるのかは知っている。蛇だ。蛇たちは坊さんの恰好《かっこう》をしているが、夜になると正体を現すのだ。部屋がすっかり闇に閉ざされると、与一は着物を脱がされる。そうして生ぬるい舌で尻や顔や首を舐め回されるのだ。姿が見えなくとも、与一の頭の中には蛇に豹変《ひょうへん》した坊さんの顔がはっきりと像を結ぶ。細く尖《とが》った眸に耳まで切れ上がった赤い口。蛇は恐ろしくて嫌らしい。

でも、ここに蛇はいない。いるのは、瀬川路京――お師匠様とお玉《たま》というお内儀《かみ》さんと息子の円太郎さん。それから、女中のお駒《こま》さんと兄弟子の直吉《なおきち》さんと五郎《ごろう》さんと英二郎《えいじろう》さん。兄弟子たちの歳は上から十四、十三、十二とひとつ違いで並ぶ。七歳の与一とは歳が離れているからか、あまり仲良くしてくれない。

弟子とは名ばかりで、与一は庭の草むしりと廊下の雑巾がけをしている。それ自体は少しもつらくはない。むしろ楽しいくらいだ。蛇の相手をするよりはずっといい。でも、ほんのちょっぴり不満なのは、兄弟子たちみたいに稽古に加われないことだ。時折、三味の音が聞こえてくると、与一は気もそぞろになってしまい、ついつい雑巾がけをする手が止まってしまう。

で、昨日はとうとう稽古場の前へ行ってしまったのだ。

――やめ！

近づくなり、甲高な声がして与一の心の臓は縮み上がった。

円太郎さんと兄弟子たちに指南しているのは女のお師匠様だった。藍縞の地味な着物姿だが、天井から糸で引っ張り上げられているのではないかと思うほどに背筋がぴんとしている。

――何べん言ったらわかるんだい。手も足も胴も全部がばらばらだよ。

女師匠は麻縄で打つようにぴしりと言った。いいかえ、と部屋の真ん中に進み出たかと思えば、天に向かって右手を伸ばし、小さな顔をもたげた。すると、女師匠の周囲だけがぱっと明るくなった。次いで右足がすいと前へ踏み出される。それに合わせてぴんと伸びた背筋も動き、女師匠のまとう明るい色もふわりと動いた。

すい。ふわり。すい。ふわり。

その足は確かに床を踏んでいるのにまるで宙に浮いているようだった。

手妻《てづま》のような動きに見惚《みと》れていると、今度は与一の耳元に音が流れ込んできた。微かだけれど柔らかな響きは、母屋でお内儀さんが爪弾く三味の音だろうか。そう思いながら女師匠から目を離した途端、音は途切れてしまった。

ところが、再び稽古場へ目を移すと柔らかな音色はまた耳奥に戻ってきた。あるか無きかの微かな音色だけれど、それは与一の内側で拍子を刻む。

ちんとんしゃん。すい、ふわり。ちんとんしゃん。すい、ふわり。

女師匠の動きに合わせ、音色も軽やかに舞い踊る。知らぬ間に与一の身もゆらりゆらりと動いていた。ああ、何て楽しい。何て心地いい。

ちんとんしゃん。すい。ふわり。

そうして動いているうちに体の奥がじわりじわりと熱を帯びてきた。自分も着ているものを脱いであそこで踊ってみたい、と与一が身の内の火照《ほて》りを必死にこらえていたときだった。

音色がふつりと途切れた。

いつの間にか、稽古場の真ん中で女師匠が動きを止めていた。身にまとっていた明るい光の輪も消え、板間は薄暗く沈んで見える。

――いいかえ。ここまでをさらってみな。

厳しい声で言い放ち、女師匠は元のように部屋の奥に腰を下ろした。

直吉さんたちは緊張した面持ちで部屋の中ほどへと戻り、女師匠が手を叩くのを合図に手本をさらい始めた。でも、師の流れるような動きに比べればどれも無様と言ってもいいほどで、綺麗だと思えた円太郎さんの仕草でさえ、ぎこちなく目に映る。もちろん美しい音色も聞こえず、稽古場にはべたべたとした足音が響くだけだった。

胸の内の楽しさが俄かにしぼんだときだった。女師匠がおもむろに立ち上がったかと思うと、

――なんだえ、そのへっぴり腰は。

叱りながら直吉さんを叩いたのだ。

あまりの大きな音に、与一は飛び上がりそうになってしまった。けれど、その後はよく憶えていない。ただ、直吉さんの真っ赤な目だけが心に残っている。その目の色が恐ろしく、慌ててその場を去ったのだった。

たぶん、雑巾がけを怠けてこっそり稽古場を覗いたのは悪いことなのだろう。でも、お師匠様や女中のお駒さんに叱られるのならわかるけれど、どうして直吉さんたちに叩かれなくちゃいけないんだろう。

ふう、と溜息をついて青菜の水気を切ったときだった。

「与一」

勝手口から顔を出したのは女中のお駒さんだ。丸顔に小さな鼻と目と口がちょぼちょぼとついている。歳はおっかさんと同じくらい、二十七か八くらいだろうか。丸みのある優しい声もおっかさんに

少し似ている。お内儀さんは与一とは口を利いてくれないから、お駒さんのような人がいてくれてよかった。

「旦那様がお呼びだよ。ここはいいから、すぐにお行き」

旦那様――お師匠様がお呼びって、いったい何の用だろう。不思議に思いながらも、お駒さんに笊《ざる》を託して与一は母屋のほうへ向かった。

どきどきしながら夏陽の差す廊下に座ると、中へ入って障子を閉めろと言われた。言われるままに障子を閉《た》て、お師匠様の前に背筋を伸ばすと腰を下ろした。

お師匠様は藍地に井桁の柄を染め抜いた浴衣姿だ。どことなくさっぱりとした顔つきをしているから行水の後かもしれない。早朝からお稽古をしていて、終わった後に汗だくになっているのを与一も見たことがある。今日みたいに暑い日に水浴びをしたら気持ちいいだろうな。なんて思っていると、

「着ている物を脱ぎな」

出し抜けにお師匠様が言った。なんだか胸の内を覗かれたみたいでびっくりしてしまった。でも、ここで着物を脱げば、しこたま打《ぶ》たれた尻の痣《あざ》が見えてしまう。もしも昨夜のことが知られれば――その先を考えると恐ろしくなり、与一は黙ってかぶりを振った。すると、三日月のような眉の下で大きな切れ長の目がきゅっと吊り上がった。

打たれる。咄嗟《とっさ》に目をつぶって首をすくめた。けれど、頭上から降ってきたのは柔らかな溜息だけだった。おずおずと瞼を開ければ、吊り上がっていた目はいつもの形に戻っている。

「稽古場を覗いたそうだな。どうだった」

ああ、やっぱり。雑巾がけを怠けて稽古場を覗いたことを咎《とが》められるのだな。部屋に入るなり着物

を脱げ、と言ったのは兄弟子と同じように尻を叩くつもりだったのかもしれない。でも、これ以上叩かれたら大変なことになる。

「すみませんでした」

慌てて手をついて詫びると、

「叱っているわけじゃない」

お師匠様は苦笑交じりに言った。

叱っているわけじゃない？　じゃあ、何で呼ばれたんだろう。

「稽古を見て、何を思ったか、と訊いているんだ」

和らいだ声で問いを重ねられ、ようやく肩のこわばりが解けた。すると、女師匠のまとう淡い光と軽やかな弦の音が耳奥から蘇り、

「音が聞こえました」

そう答えていた。

「音が？」

三日月眉の間に皺が寄る。

「はい、とても綺麗な音色でした」

蘇る心地よさに身を預けながら、与一はお師匠様にそのときのことを語った。

女師匠の踊りを見ているうち、三味のような音色が耳を打ったこと。最初はお内儀さんが母屋で三味の稽古をしているのかと思ったが、母屋のほうへ耳を傾けると音がぴたりとやんだこと。そして、再び女師匠の所作へ心を移すと美しい音色が耳に戻ってきたこと。

「だから、つい覗き見してしまったんです」

身の内が火照って自分も踊りたくなったことまでは言わなかった。そんなことを口に出そうものならひどく叱られると思ったからだ。ともあれ、女師匠の動きは美しかった。ちんとんしゃんと軽やかな音が聞こえるのも楽しかった。とにかく楽しくて楽しくて心地よかったのだ。

「なるほど。そんなに楽しかったか」

お師匠様は弾けるように笑った。朗らかな笑い声は障子を隔てた廊下にまで響き渡っている。不意に笑われたことよりも、のけぞった喉の白さに驚きを覚えながら与一はただ目の前の人を見つめていた。

ひとしきり笑った後、なるほどなるほどとお師匠様は頷き、

「そこに立ってみな」

広い座敷の真ん中を扇子で指した。それは与一の知らぬ手だった。近所に住んでいた大工さんの腕には太い血の管がうねり、指はごつごつと節くれだっていた。赤子を抱く近所のおかみさんたちの腕は陽に焼けてたくましかった。おっかさんの手は華奢《きゃしゃ》だったけれど、冬はがさがさでところどころさくれていた。だが、お師匠様の手はそのどれでもない。透き通るように白くてなめらかで指先は女のようにほっそりしている。見たことはないけれど、お大名の奥方はこんな手をしているのではないかと思われた。

笑われたことも立ってみろと促されたことも忘れ、扇子を持つ白い指先に見入っていると、早くしろと低い声で言われた。

慌てて座敷の中ほどへ向かえば、お師匠様もすいと立ち上がる。

「ここをこう。もっと貝殻骨を開くんだ」

いたっ、と思わず声が出てしまった。見た目はお大名の奥方の手でも、それはやはり男の力強さを備えているのだ。

「そうだ。頭のてっぺんを糸で引っ張られていると思え。その姿勢のまま座ってみな」

頭のてっぺんを糸で——ああ、女のお師匠様だ。真っ直ぐに伸びた美しい背筋を思い出しながら与一はゆっくりと屈んだ。昨夜打ち据えられた尻に痛みが走る。いたっ。またぞろ声が出てしまったけれどお師匠様は手加減しない。

「左からだ」

扇子で浮いた左膝を打つ。慌てて体勢を戻し、座り直すと今度は立ってみろと言う。

立つ、座る、立つ、座る。ただそれだけのことがこれほど難しいとは思わなかった。尻が痛いせいではない。与一の背中には女師匠のような糸が通っていないのだ。だから、真っ直ぐにしようと思えば思うほど与一の細い体はふらふらと横に揺れてしまう。

「糸だ。頭のてっぺんの糸を忘れちゃいけない」

いいか、見とけとお師匠様は立ち居の所作を自ら繰り返してみせる。

ああ、糸はお師匠様の背中にもある。しかも女師匠よりずっと強くてしなやかな糸だ。だから、ただ立って座るだけのことなのに溜息が出るほど美しい。

もういっぺん、もういっぺん、と言われるままに半刻《はんとき》ほども立ち居の所作を繰り返しただろうか。与一の太腿はぱんぱんに張り、額からは汗が滴っていた。

でも、お師匠様は許してくれない。もういっぺん、を繰り返す。膝を間違えれば扇子の先がすぐさま飛んでくる。背中が丸まれば美しい手が貝殻骨を強く摑み、糸を忘れればその手が頭のてっぺんを叩く。

もういっぺん。もういっぺん。

蒸し暑い部屋にはお師匠様の声と与一の息遣いだけがあった。

単衣《ひとえ》の背中は汗でぐっしょりと濡れ、喉は渇いてくっつき、唾でさえも呑み込めないほどだ。

もういっぺん、もういっぺん。

お師匠様の声はいつしか与一の拍子になり、立って座るを繰り返していた。

与一、もういっぺん。

朦朧《もうろう》とする頭の隅でお師匠様の言葉をなぞったとき、

「どうだ。難しいか」

ぶっきらぼうな声が聞こえた。

ぼんやりと見上げれば、声と同じく無愛想な面持ちのお師匠様がいた。だが、黒い眸の奥だけは柔らかく笑んでいる。与一はほっとしてこくりと頷いた。

「難しいからこそ、いつも心がけておくんだ。雑巾がけをするときも草むしりをするときもだ」

いいな、とお師匠様は念を押し、退《さ》がるようにと廊下を顎でしゃくった。お辞儀をして立ち上がった拍子に腰の辺りにぴしりと扇子が打ち付けられた。これで終わりだと思った途端に背中の糸が弛《たる》んだのである。

「いつもだ、と言っただろう」

厳しい物言いだった。与一は再び糸を張り、お師匠様のお部屋を後にした。

廊下に出ると、芯から火照った身が涼やかな風の手で抱かれた。ふわっと浮き上がるような心地に驚いて振り仰げば、目にしみるような夏の空がどこまでも広がっていた。

そんな夏の日から瞬く間に秋冬が過ぎ、年が変わって与一は八歳になった。

うっとりするような花時を見送れば、いつしか庭のつつじが満開になっている。夏に向かう庭はまた青草の天下となり、気の抜けない日々が続いているが、雑巾がけも青草との闘いも以前より大変ではなくなった。ひとつ歳を重ねたからというより、背中を通る糸が太くなったからだと与一は思っている。もちろん、お師匠様のようにはいかないけれど、仕事の手が空いたときに立ったり座ったりをしてみると、以前のように体がふらふらすることはなくなった。そんなとき、与一は嬉しくてつい頬が緩んでしまい、お師匠様に見て欲しいと思うのだった。

その日、与一がむしった草を集めているときのことだ。呼ぶ声に振り向くと、廊下に円太郎さんが立っていた。旦那様の息子だから気安く口を利くことはほとんどないけれど、こちらに投げかける眼差しに兄弟子たちのような棘《とげ》は含まれていない。今も眉をひそめてはいるけれど、それは怒っているのではなく、庭に降り注ぐ初夏の陽が眩《まぶ》しいからだろう。

「何か御用でしょうか」

縁先に近寄り、与一が訊ねると、

「すぐに稽古場においで」

円太郎さんは大人びた声で告げた。くるりと踵《きびす》を返し、渡り廊下を稽古場のほうへ去っていく。その背を見送っていると、柔らかな弦の音色と肉を打つ鯨尺の音が同時に耳奥で鳴った。あれ以来、稽古場は与一にとって近づき難い場所になった。女師匠のしなやかな身のこなしを目にしたい、不思議な音色をもう一度聞いてみたいという切なる願いと、焼け爛れるような痛みの記憶との間で心が揺れ動き、結局願いを押し込めるのだ。

折檻《せっかん》はあれ一度きりだったものの、今も小さないじめは続いている。飯時に汁や茶をこぼされることはしょっちゅうで、底冷えのする日に布団を水で濡らされ、畳にじかに寝る羽目になったこともある。そのどれもが与一の粗相とされたのだがあまり気にならなかった。お駒さんが優しいからだ。

——大丈夫よ。

そう言って、濡れた着物や布団を替えてくれるのが嬉しかった。いつだったか、五郎さんが与一の膝上にわざと茶をこぼしたのを見たときは、

——十四歳にもなってみっともない。

ぴしりと言ってくれた。以来、直吉さんたちのいじめはお駒さんの目を盗んで行われるようになったけれど。

ともあれ、ひどい折檻は昨年の夏以来いっぺんも行われていない。だが、円太郎さんに言われるままに稽古場に行ったならどうだろう。鯨尺の音を思い出すと身も心もすくみ、与一は庭に突っ立ったまま迷っていた。

やはりやめよう——胸に溜まった熱い息を吐き出したとき、床の軋《きし》む音が耳をかすめた。

はっとして振り返れば、いつからそこにいたものか、白の夏絣を身にまとったお師匠様が縁先に立っていた。懐手をし、厳しい顔でこちらを見下ろしている。もしかしたら、稽古場に来るようにと円太郎さんに言わせたのはこの人なのだろうか。何かを言おうと思うのに、黒々とした目で見据えられ

ると舌が縛られたようになってしまう。

「糸を忘れるな」

お師匠様はそう言い捨てると、踵を返し、自らの部屋へと戻った。

糸を――

与一は背筋を伸ばして首をもたげる。

そこには、雲ひとつない抜けるような空があった。足元の夏草からむっとするような青いにおいが立ち上ってくる。果てしなく続く空へと思い切り手を伸ばせば。

りん。

身の内で澄んだ音が鳴った。


与一が稽古場へ行くと、円太郎さんたち四人が女師匠の前に座り、話を聞いていた。今日は稽古着の浴衣をまとったままである。何と声を掛ければいいのだろう。与一が廊下に突っ立っていると女師匠が話をやめてこちらを見た。四人の視線も一斉に向けられる。直吉さんの刺すような目にびくびくしながらも、

「相すみません。遅くなりました」

慌ててその場に座り、辞儀をする。

「ああ、あんただね。いいよ、お入り」

女師匠に促された。今日は明るい薄縹《うすはなだ》色の着物に身を包んでいるからか、以前よりも眉間の辺りが和らいで見える。それで、与一も少しほっとして四人の端に腰を下ろした。

初めて入る稽古場は不思議なにおいがした。寺のお堂のような、お香と古い木のにおいが混ざり合ったような、背筋がしゃんと伸びるようなにおいだ。だが、与一のつんつるてんの単衣から立ち上るのは陽をたっぷり吸い込んだ青草のにおいである。それだけで何となしに肩身が狭い。いたたまれない気持ちでいると、

「今からあたしがやるから」

よく見ておくんだよとぶっきらぼうな声がした。

おずおずと顔を上げると、女師匠が稽古場の真ん中に立っていた。その周囲だけ、ひとすじの光が差し込んだように明るく見えて、居心地の悪さはどこかへ消し飛んでしまった。

ちんとんしゃん。

透明な光の帯から柔らかな音色が聞こえる。白い手が美しい生き物のように軽やかに宙を舞う。首がしなやかに回る。背中がぐんと後ろに反る。

ちんとんしゃん。

すい、ふわり。

ああ、なんて綺麗なんだろう。なんて自在なんだろう。なんて心地いいんだろう。とくんとくん、と心の臓が鳴る。それは身の内を流れる血の音だ。血の音が女師匠の奏《かな》でる音と一緒になり、与一の身はひとりでに揺れる。

とくんとくん。ちんとんしゃん。

とくんとくん。ちんとんしゃん。

とくんとくん――

「わかったかえ」

どこかから厳しい声がして、はっと我に返った。女師匠が稽古場の真ん中に立って、じっとこちらを見ていた。怒ってはいないけれど笑ってもいない。与一の胸の内を見通すような真っ直ぐな眼差しだった。その目から逃れるように俯《うつむ》けば、きちんと膝に置いていたはずの手はいつの間にか宙に浮き、身は前に傾《かし》いでいる。慌てて手を膝へ戻し、居住まいを正した。

「そいじゃ、さらってもらおうかね。歳の順に行こうか。先ずは直吉」

十五歳になり、直吉さんはますます背丈が伸びた。たくましい背中に通っているのは明らかに太い糸だ。だが、その糸は鉄でできているようにぎしぎしと動く。そのせいか、大柄な体の割には踊りが小ぢんまりと見えてしまう。それでも、頭の中に女師匠の所作はきちんと入っているようで一連の動きは確かだった。

一方、続く五郎さんと英二郎さんは、何て言うんだろう。まあ、ひどかった。二人共、師匠の手本が少しも頭に入っておらず、途中で何度も動きが止まってしまうのだ。それでもひと通りさらい、すごすごと元の場に戻っていく。

「次は円太郎坊ちゃん」

はい、と涼やかな声で返事をし、円太郎さんがすっくと立ち上がった。

稽古場の中央に身を置けば、その佇まいは既に他の兄弟子たちとは違う。白く長い首がついと伸びた途端に周囲の気が明るくなった。女師匠が初夏の陽だとすれば初冬の陽だ。弱いけれど優しい、ほっとするような光の膜が円太郎さんを取り巻いている。

白い手がひらりと翻り、それに合わせて視線が柔らかく移動する。背中の糸は細いがしなやかだ。

腰はぶれず、足裏は音もなく床に吸い付く。静かで流れるような動きは見惚れるほどに美しい。ただ、不思議なことに音は鳴らない。まるで円太郎さんだけが透き通った壁の向こうにいるかのように、辺りはしんと静まり返っている。

それともうひとつ気づいたことがあった。あの手の返し、足を踏み出す拍子。すべての動きが女師匠と同じなのだ。でも、たぶんそれはいいことなんだろう。なぜなら、女師匠は「さらってもらおうかね」と言ったのだから。でも、どうして同じ動きなのに女師匠のような音が聞こえないのだろう。

ぱん、と手を打つ音がして、与一は座したまま飛び上がりそうになった。気づけば円太郎さんが舞うのをやめ、床に手をつき辞儀をしている。そんな仕草でさえはっとするほど美しかった。

「さすがに上手だね。一度も間違えなかった」

女師匠はにこりともせずに言い、次はあんただよと与一を目で促した。五郎さんが俯いて口を押さえているのが目の端に入り、頬がかっと熱くなる。英二郎さんが「坊ちゃんの後とはね」と呟くのが耳をかすめ、足がすくむ。動けないでいると、

「さっさとおし」

怒ったような女師匠の声に襟首を掴まれた。慌てて立ち上がり、今まで円太郎さんがいた場所へ赴く。

大きく息を吸い込んで目を閉じると、身の内でとくんとくんと血の流れる音がした。

――ちんとんしゃん。

耳奥で三味の音が軽やかに鳴った。

――糸を忘れるな。

お師匠様の声が叱咤する。背中の糸がぴんと張り詰める。自然と顔が上がり、右手がすいと伸びる。目に映るのは空だ。瑠璃玉《るりだま》を磨き上げたような、透き通った青い空だ。その空を摑もうとして与一は精一杯手を伸ばす。

とくんとくん。ちんとんしゃん。

違う違う。これは女師匠の拍子だ。

とっくんとっくん。たっ、たっ、たっ。

うん、これだ。これがおいらの拍子だ。廊下を雑巾がけしているときの拍子だ。廊下を拭き上げていくときの音だ。

とっくんとっくん。たっ、たっ、たっ。

ほら、音があれば雑巾がけが楽しくなる。ぴかぴかに光る廊下を足が軽やかに蹴る。

とっくんとっくん。たっ、たっ、たっ。

突き当たりまで行ったらくるりと身を返し、今度は反対のほうへと向かっていく。

とっくんとっくん。たっ、たっ、たっ。

それっ。ここで一呼吸、と。

あれ、今度は違う拍子が鳴り始めた。

とくとくとくとく。しゃらんしゃらん。

夏の明るい陽が地面に照りつけ、青いにおいが立ち上る。

そうか。今度は草むしりをしているときの拍子だ。

とくとくとくとく。しゃらんしゃらん。

とくとくとくとく——

おや、何かの気配がした。与一の動きがぴたりと止まる。

草むらがかさりと動く。

うわぁ。蛇だ。

背中がぐんと後ろに反り返った。

——いつもだ、と言っただろう。

お師匠様の声が耳奥で鳴り響いた。

蛇から目を逸《そ》らさぬように、背筋をぴんと伸ばして後じさりする。

とくとくとくとく。じりじりじり。

とくとくとくとく。じりじりじり。

えいっ！

手にした棒切れを草むらに向かって投げつける。

蛇はするりと身をくねらせ、草むらに消えた。

わぁい。いなくなった。

さあ、思う存分草を引っこ抜こう。

しゃらん。しゃらん。それ、しゃらん。

しゃらん。しゃらん。それ、しゃらん——

「はいっ、そこまで」

大きな声で我に返った。

慌てて体勢を戻し、女師匠の顔へと目を移す。眉間に皺は寄っているが、口元は今にも笑い出しそうだ。何かまずいことでもしただろうかと思っていると、

「なんとまあ、めちゃくちゃな」

けなしているのに、女師匠はなぜか眉間のこわばりを解いた。

「けど、高村屋が言ってたのは本当のようだね。あんたは顔が綺麗なだけじゃない」

身の内に音を飼ってるよ、とくすりと笑んだ後、

「さあ、稽古の続きだ」

厳しい面持ちに戻り、ぱんと手を打った。


ひときわ高い邯鄲の声で、二代目瀬川路京は我に返った。

三十数年もの間、胸に押し込めていた記憶を揺り動かしたのは、あの狂言『大川秋野待夜月』——通称『母子月』のせいだろう。

松丸が去ってからどれくらい刻が経ったのか。邯鄲は一心に鳴いている。

身の内に音か——我が身に備わったものを懸命に使い、ただひたすらに夜陰を震わせる小さな生き物へ羨望にも似た思いが胸を突き上げてくる。この小さきものが奏でる美しい音色のあるうちに。いや、松丸に宿った己の無垢《むく》な魂が稽古場に残っているうちに。

路京は板間の中央に立ち、背筋を伸ばした。

〽　さりとては
で、扇を口にくわえ、帯を持つ。

〽　咎《とが》なき鐘を恨みしも

小さく見得をする。

花時。桜色に淡く煙る道成寺《どうじょうじ》。伝説によって失われた鐘の代わりに、新しく鋳造された鐘が鐘楼に上がる。その鐘供養の日に現れた白拍子の舞だ。

美しい舞の中でかつての路京が絶賛されたのが、鞠唄《まりうた》だった。

右手は振袖の袂《たもと》、左手には鞠。くるりと回って鞠をそっと袂に落とす。そのまま腰を落として鞠をつく動きを入れながら、桜の木の間を舞い踊る。小気味よい三味の音色に合わせ、若き路京の身の内で鳴っているのは鞠のとんとんと弾む音だった。どんなに無理な体勢でも、身の内で音が鳴れば床を踏む足は軽く、いくらでも踊れるような気がした。

だが、二年前のあの日――

寺小姓が投げて寄越《よこ》した鞠を懐に落としたとき、ふっと心に隙間ができた。その一瞬の心の空洞に気を取られているうち、僅かながら身の内の音が三味の音に置き去りにされたのだった。だが、囃子《はやし》方は路京の異変には気づかずに速い拍子で弦をかき鳴らし続けた。半拍の遅れは一拍になり、一拍半になった。慌てて遅れを取り戻そうとしたものの、一旦狂った拍子を戻すのは難しく、焦れば焦るほど脇の下にはねっとりとした汗をかき、足がもつれそうになった。日頃の鍛錬のお蔭で何とか舞い終えたものの、その日の鞠唄が精彩を欠いているのは誰の目にも明らかだった。

だが、問題なのはその日ではなく翌日以降であった。

舞台に立っても身の内はしんと静まり返ったままだった。

緩やかな所作では流麗に。

速く小気味よい舞では軽快に。

そうして己を世界に没頭させてくれる奏《かな》ではどこかへ消えてしまったのである。

以来、楽しいはずの舞台は恐ろしいものとなった。かつては親密だった床はさながら薄氷のごとく冷淡になり、いつ踏み抜くとも知れぬ恐れから路京の舞はますます縮こまってしまった。誤って踏み抜けば、口を開けて待っているのは暗くどこまでも深い奈落だ。いったん落ちれば這い上がるのは難しい。

〽 さりとては――

かつてはここで、しゃらん、と優雅な音が鳴ったはずなのに。

もういっぺん。

己に向かって呟いてみる。浴衣の袖を持ち、くるりと回る。

しゃらしゃらしゃらしゃら、ちんとんしゃん。

口三味線を入れてみるものの、耳に虚《むな》しく鳴り響くだけで身の内は無愛想に沈黙している。

もういっぺん。

与一、もういっぺん。

それじゃ、駄目だ。もういっぺん。

己が己へ投げつける叱咤はやがて初代路京の声になる。ぴんと張り詰めた美しい気が稽古場に満ち満ちていく。

何だい、その無様なへっぴり腰は。

いつの間にか女師匠のお民《たみ》までもが傍にいて、鯨尺を容赦なく振り下ろす。

もういっぺん。それじゃ駄目だ。

もういっぺん。もういっぺん。

与一、もういっぺん。

右手は振袖の袂、左手には鞠を持ち、こう、くるりと――

回ったはずが、足がよろけて無様に膝をついていた。

どれくらい踊っていたのか、邯鄲はとうに鳴きやんでいた。夜はその姿を隠し始め、薄藍の靄《もや》が燭台の火を今しも呑み込もうとしている。喉元にあった熱い塊も初代やお民の気配もすっかり消え失《う》せていた。四肢には苛《いじ》め抜かれたけだるさだけがまとわりついている。

音は一度も鳴らなかった。ただの一度も。

こわばった身をゆっくりと起こし、事切れる寸前の燭台の炎を吹き消した。

廊下に出てふと振り仰げば、青藍と朱が混じり合った暁の空には、今にも消えそうな残月が懸かっていた。

# 四

「おい、そこのあばた。首桶《くびおけ》を磨いといてくれや。手垢《てあか》だらけじゃ、せっかくの黒漆が泣いちまう」

おれは〝あばた〟じゃねぇや。れっきとした「直吉」って名があるんだぜ。

喉元まで出掛かった言葉を呑みくだし、直吉は返答もせずに切首の入った首桶を手に取った。漆製の首桶は確かに脂でところどころ曇っていた。

「じじぃが。返事もまともにできねぇのかよ」

小道具方の若い衆は直吉へ向かって悪態をつくと舞台裏から姿を消した。

市村座の七月狂言は『一谷嫩軍記《いちのたにふたばぐんき》』である。源平一谷の合戦の折。源義経《みなもとのよしつね》の家来、熊谷次郎直実《くまがいじろうなおざね》が平敦盛《たいらのあつもり》を救えという密命を受け、我が子の小次郎《こじろう》を身代わりに立てて殺すという筋立てだ。首桶は義経が首実検をする際に用いられるものだった。

だが、首桶ひとつ磨いたところで、大入りにはならねぇだろうよ。

けっ、と胸の中で毒づくと、雑然とした板間に胡坐《あぐら》をかいて首桶を磨き始めた。中には小次郎の切首が入っている。いっそ桶の底が抜けるように細工しといてやろうか。首が転がり落ちたら見物が沸いていいかもしれねぇ。くっと直吉は独り笑いを洩らした。

忠義のために我が子を犠牲にした父親の悲哀が綴《つづ》られた名狂言に、シテは和事、実事の名手と言われる三代目坂東三津五郎《ばんどうみつごろう》。いつもならこれだけで見物が呼べるはずなんだが、中村座の『四谷怪談』にすっかり食われちまった。何と言っても、あっちは南北大センセイの新作狂言だからな。しかも当代一の役者をずらりと揃えているとあっちゃ、三津五郎だけじゃ敵《かな》うはずがねぇや。様々な仕掛けはもとより、顔半分が醜く崩れたお岩の容貌は鳥肌が立つほど美しいらしいから。

首桶を磨くのをやめ、直吉はあばたで覆われた左頬を手で押さえた。

もし、三十数年前に『四谷怪談』ができていたら——このあばたを活《い》かしてお岩を演じることができたのではないか。

そんな思念を抱きながら、忌まわしい窪《くぼ》みをささくれた指先でそっとなぞった。少年の頃のなめらかな感触なぞ、とうに忘れてしまった。疱瘡《ほうそう》の神に憑《つ》かれたのは、かれこれ三十九年前、直吉が十三歳のときだった。

――役者は諦めな。まだおまえは十三歳だ。奉公先なぞいくらでも見つかる。

疱瘡の神が残したあばたの花を見ながら母は言った。大工だった父が死に、仲居の仕事をしながら女手ひとつで育ててくれた母だった。だが、諦め切れなかった。物心ついたときには、整った顔だ、役者顔だと近所の女房連に褒められたのだ。そのうちに役者の派手な暮らしぶりが幼い耳に入ってくると、直吉は役者になりたいと心底から思うようになった。役者になりさえすれば、母を楽にできるのだと信ずるようになった。

だから、あばたくらいで役者の道を降りることはできず、母の制止を振り切り、芝居町へ戻ったのである。

そんな直吉を出迎えたのは内儀のお玉であった。病み上がり、しかもその病が疱瘡とあっては眉をひそめられるかと思ったのだが、案に相違してお玉は優しかった。色白で小作りの面差し通り、もともと弟子には当たりの柔らかな人だが、

――大変だったね。けど、軽くてよかった。

目に涙さえ浮かべ、あんたにやる気があるんならここにいていいんだよ、と言ってくれたのだった。その言葉が直吉の励みになった。挨拶に向かうと、師匠はまだ生々しさの残るあばた面を見てもまったく表情を変えず、いつもの淡々とした声で告げた。

――その面でも、悪役ならできるだろう。

目の前に陽の当たる道がぱっと開けたような気がした。母には止められたが、やはりここへ戻ってきてよかったのだと心の底から思えた。だが、程なくしてその明るい道に影が差したのである。

師匠が屋敷へ連れてきた与一とかいうガキの影だった。芝居の「し」の字も知らぬ、どこの馬の骨ともわからぬ、ただ見てくれがいいだけのガキだ。鳥肌が立つほど綺麗な面を見て直吉は思った。こいつは人じゃねぇ。邪神の子だ。こんな子どもを放っておいたらいつか己に災厄が降りかかる。

そんなふうに考えていた通り、早速災厄は直吉のところへやってきた。

忘れもしない。あれは真夏の暑い日だった。稽古場は蒸し、蟬《せみ》の鳴き声がやたらと癇《かん》に障りやがった。

「いいかえ。ここまでをさらってみな」

蒸し暑いせいか、女師匠のお民は稽古場へ顔を見せたときから機嫌が悪かった。

眉間に深い縦皺を刻んだ師匠の顔を見て、直吉は胸の中で舌打ちした。お民の稽古の厳しさは芝居町でも折り紙つきだ。市村座の振付師だった二代目西川扇蔵《にしかわせんぞう》の遠縁だとかで気位が高いのか、気に染まぬことがあると弟子を鯨尺ですぐに叩く。弟弟子の五郎と英二郎も同じように感じたのか、いつにも増して張り詰めた面持ちをしている。

「銘々で拍子を刻むんだよ」

不機嫌な面持ちでお民は手を叩いた。

だが、お民の目を必要以上に気にしているせいか、五郎も英二郎もいつもの動きができていない。ぎくしゃくとした二人の動きを見ていると直吉の手足も強張った。それでなくても、近頃の直吉は膝が痛むせいで足が上手く運べない。今年に入ってから度々痛むのは背丈が伸びているせいだろう。せりふ稽古で以前のような澄んだ声が出ないのも苛立たしい。膝痛も声も大人に差し掛かったしるしだと思う一方で、もしかしたら昨年罹《かか》った疱瘡のせいではないかという気もする。だとしたら、役者の道なんざさっさと諦めたほうがいいのではないか。そう思う端からぎしぎしと膝が鳴った。

ちくしょう。嫌な音だ。それにやたらと暑ぃじゃねぇか。

くそっ。心の中で舌打ちをしたのと同時だった。

「なんだえ、そのへっぴり腰は」

尻に焼け付くような痛みが走った。鯨尺で叩かれたのだ。

不意打ちだったせいもある。直吉はその場にうずくまり、不覚にもうめき声を上げていた。円太郎と二人の弟弟子の足が止まるのが目の端をよぎった。

立ち上がろうとした背中に、

「痛いかえ。だったら気を抜かずにしゃんとしな」

お民の冷ややかな声が浴びせられた。

うるせぇ、ばばぁ。

そう言えば終わる。後はここを出て行けばいい。役者なんかやめればいい。

そう思ったときだった。

視線を感じた。円太郎たち三人のものではない。廊下のほうだ。誰かが覗いている。

恐る恐る顔を上げると、大きな目とぶつかった。澄んだ目だ。ぞっとするほど綺麗な目だ。その目が去り際にこう言った。

だらしないね。

首根の辺りがかっと熱を持ち、怒りと羞恥で総身がわなわなと震えた。

「何をぐずぐずしてるんだい。おまえはしばらく見てな」

お民が叱りつけたが、その声はどこか遠くから聞こえるようだった。お民に歯向かうことなぞ頭の中からすっかり吹き飛んでいる。代わりに、こちらを蔑《さげす》むような透き通った目が眼裏にこびりついていた。のろのろと立ち上がり、直吉は壁に背を当てるようにして腰を下ろした。

「さ、続けるよ」

お民の声で三人は再び舞をさらい始めたが、その動きは直吉にとって稽古場の壁や床ともはや変わらなかった。眼裏にはぞっとするほど美しい眸が貼り付いている。そして、熱を持ったような頭の中では、

――だらしないね。

声なき声がいつまでも渦を巻いていた。

その晩。亥《い》の刻（午後十時）を過ぎても直吉は起きていた。家人は早々に眠りに就いている。師匠が白々明けの頃には稽古を始めるので、それに合わせて女中のお駒や下男の太助《たすけ》も起きねばならぬからだ。今なら――こいつが多少泣いたところで大人たちには聞こえまい。

直吉は弟子部屋のいっとう奥で眠りこけている与一を見下ろした。開け放した腰高窓《こしだかまど》からは月の光が差し込んで、色白の顔はこの世のものとは思えぬほどに美しかった。長い睫《まつげ》が淡い影を落としているだけで、なめらかな肌には傷ひとつない。すると昼間の怒りと羞恥がむらむらと沸き起こってきた。

「おい、小僧、起きろ」

華奢な身を足で蹴ってやった。抑えたつもりだが、夜更けの静寂に声は存外に響き、二人の弟子が背後で身を固くするのがわかった。美しい生き物は声もなく跳ね起き、大きな目でこちらを見上げ

ている。月気を吸い込んだ黒眸は青く濡れていた。その美しさにまた腹が立った。

「おめぇ、稽古場を覗いてたな。おれのことを笑ってただろう」

声を抑えるのに苦労した。だが、低い声が却《かえ》って功を奏したのか、与一はみるみる頬を強張らせ、強くかぶりを振った。

「嘘をつけ。おれは見たんだ。おめぇ、廊下にいたじゃねぇか」

おい、と胸倉を摑むと、唇を嚙《か》んで再び首を横に振る。まるで口の利けない子どものようだった。するど、何としてでも泣き声を上げさせたいという、残酷な熱望が首をもたげた。

「なんでぇ、人を小ばかにした、その顔は」

平手で頬を叩くと、華奢な身はいとも容易《たやす》く布団の上に倒れた。

「やれ」

直吉が命じると、五郎と英二郎が三尺帯を引っ張り、薄い寝巻きを剝ぎ取った。

「四つんばいになれ」

抗《あらが》うことなく与一は素直に従った。月明かりに浮かび上がった華奢な裸体にも傷ひとつなかった。こいつはこれまで人に叩かれたことなぞないのだろう。それもまた直吉の癇に障った。己の左頬から首にかけて咲いたあばたの花を思うと、水を弾きそうな美しい肌が理不尽極まりないものに思えた。

おめぇなんか、こうしてやる。

呟きながら肉の薄い尻にめがけて鯨尺を振り下ろす。乾いた音が重たい夜気を裂いた。

「なあ、こいつ、葭町にいたんだろう」

隣で五郎がくくっと喉を鳴らす。

「そうさ。うすぎたねぇ、乞食小僧だ」

おめぇもやるかい、と鯨尺を差し出した。五郎は一瞬身を引いたが、直吉は無理やり手に押し付けてやった。おめぇも同罪だ。裏切りはゆるさねぇ。そんな意をこめて睨《にら》みつけると、五郎はおずおずと言った態《てい》で一度だけ鯨尺を振るい、後は投げるように英二郎に手渡した。こういうときは年少の英二郎のほうが肝が据わっている。細い腕で容赦なく鯨尺を振り下ろした。一度ならず二度、三度と肉打つ音が小気味よく夜気を震わせた。

「次は直ちゃんだぜ」

月明かりの中、英二郎の下膨《しもぶく》れの顔が異様に上気して見えた。

二人を共犯にした安堵《あんど》からか、今度は手加減せずに叩けた。最前よりも切れのよい音が六畳間に響く。青白かった尻は朱に染まっていた。

どうだ、痛ぇだろう。お民のばばぁはもっと手加減がなかったぜ。

だが、与一は泣きも呻《うめ》きもしない。ただ、僅かに背中が震えているだけだ。屈んで顔を覗き込むと、唇を噛んで痛みをこらえているようだった。何だ、こいつ。何で泣かねぇんだ。苛立たしさをこらえながら呟くと、不意に大きな目がこちらを向いた。

だらしないね。

月で濡れた目はそう語っていた。直吉の頭の奥で何かがぷつんと切れる音がした。

てめぇなんか、てめぇなんか、こうしてやると唸りながら、直吉は与一の肉の薄い尻目掛けて鯨尺を振り下ろしていた。

「直ちゃん、そろそろやめようよ」

五郎の怯えたような声で我に返った。

四つんばいだった身は薄い布団の上に崩れるように倒れている。どうやら気を失っているようだった。横向けになった顔にやはり涙の痕はない。青く透き通った肌は気味の悪いほど美しかった。

背筋がぞくりとする。

こいつ――本当に人の子ではないのかも。

恐れにも似た思いが背中を這い上ってくるのがわかった。嫌な感触を振り切るように、直吉は手にしていた鯨尺を部屋の隅に放り投げた。手の平にはじっとりと汗をかいている。

「寝るぜ」

直吉は与一からいっとう離れた場所に寝転がった。部屋は蒸し暑いはずなのに、どうしてか背筋にはひやりとした感触が貼りついている。まるで氷を背負わされているような。

おっかさん――

部屋の奥から弱々しい声がした。

何だ。やっぱり人の子じゃねぇか。胸に安堵が降りてきたとき――

ホトトギス、が来てくれればいい――

どこか遠くから聞こえてくるようなくぐもった声だった。びくりとして振り向けば、いつの間に起き上がったのか、与一が呆《ほう》けたように表を見ていた。月明かりで、華奢な裸体が水を浴びたようにつやめいている。すると、細い首がゆっくりとこちらへ向いた。黒く濡れた眸が真っ直ぐに直吉へと刺さった。

だらしないね。

またぞろ声が蘇り、直吉は咄嗟に背を向けていた。気づけば脇の下にまで嫌な汗をかいている。

――ホトトギス、が来てくれればいい――

あれは、どういう意味だ。胸裏で呟くと、ホトトギスの真っ赤な口中が脳裏に浮かんだ。口の中が血の色だからホトトギスを不吉な鳥だと嫌う者もいるのは知っていた。

まさか、呪詛《じゅそ》か。

そんな馬鹿な。考えすぎだ。七つの子どもが口にした益体《やくたい》もないことだ。

頭から不穏なものを追い出し、慌てて夜着を引っかぶる。そのうちに誰かが寝息を立て始めたが、直吉になかなか穏やかな眠りは訪れなかった。冴《さ》えた頭の中では、巨大なホトトギスが真っ赤な口をぽっかりと開けていた。


何でぇ。気味の悪ぃことを思い出しちまった。こんな縁起の悪ぃもんを持ってるからだ。

直吉は蓋をしたままの首桶を床に放り出すと仰向《あおむ》けになった。硬く冷たい板が筋張った背中に当たると、嫌でも五十路《いそじ》を過ぎたことを実感してしまう。若い頃は地べたに寝転がっても苦にならなかったのに。

結局、ここに戻っちまったか。

三十四年前。『母子月』の舞台で初代瀬川路京が死んだとき、まずは己の身の振り方を考えねばならぬと思い、頼ったのは三代目瀬川菊之丞《きくのじょう》だった。浜村《はまむら》屋大明神と呼ばれる名女形を初代路京が尊敬していることは知っていた。大明神と崇《あが》め奉られる出来物なら師匠と同じことを言ってくれるだろう。

その面でも悪役ならできると。

ところが、当代一の女形は美しい顔を歪め、言い放ったのだ。

——その面じゃ駄目だ。別の道をお探し。

でも、かつての師匠は言いました。その面でも、あばたの残った面でも悪役ならできると言ったんです。

懸命に床に頭をすりつけて頼み込んだが、菊之丞はついに首を縦に振らなかった。

——あばたが駄目なんじゃないよ。その皮の下にあるもんが駄目なんだ。

最後にはそう言われたが、断る口実だとすぐにわかった。その後、風の便りで菊之丞が与一に稽古をつけていることを知ると、結局は面の良し悪《あ》しかと芝居町への未練も淡雪のように消えた。

それからどうして生きてきたのか。役者の世界しか知らぬ十八歳の男をまともに扱ってくれる場所などどこにもなかった。母の伝手《つて》で料理屋の下男の仕事にありついたが、それも三年ほどで、母が死んだ途端に追い出された。主人は明確な理由は語らなかったが、あばた顔を女将が嫌っているらしい、と朋輩《ほうばい》がご親切にも教えてくれた。

後は日傭《ひよう》の仕事に頼るほかなかった。溝《どぶ》さらいに商家の寮の下草刈り。地べたを這いずり回って、五十路目前まで食いつないできた。

あれは文政五年（一八二二）の六月だった。夏の陽光がぎらぎらと照りつけ、じっとしていても汗が流れ落ちてくるような日、直吉は武家屋敷の前の溝をさらっていた。遮るもののない陽は裸の背中をじりじりと灼き、疲労の溜まった腰は砕けそうだった。ふと、首に掛けた手拭いに白く塩が浮いているのが見えた。何だ、こんなにしんどいのに、てめぇの汗はこんなものにしかならねぇのか。そう思ったら何もかもが嫌になり、直吉は溝さらいを放り出して家に帰った。これで次から仕事は来ないだろうが、いよいよ食えなくなったら死んじまえばいい。そう考えていた。

次の日、直吉の足は自然と芝居町へと向かっていた。どうせ死ぬなら芝居を観てからと思ったのだ。

六月の夏芝居とあって、たいした役者は出ていなかったが、演目は直吉の好きな『木下蔭狭間合戦《このしたかげはざまかっせん》』だった。シテは二人。一人は友市、のちの石川五右衛門《いしかわごえもん》。もう一人は猿之助、のちの此下当吉《このしたとうきち》（豊臣秀吉）である。なけなしの金を払い、小屋に入るとちょうど芝居が始まったところであった。

序幕。浮浪児である友市と猿之助が橋の上で身を寄せ合って寝ている。その晩、二人とも夢を見る。友市は日本国中の金が懐に入る夢。猿之助は日本国を丸ごと呑み込む夢。友市は大泥棒としてその名を天下に轟《とどろ》かせ、猿之助は為政者として天下を治める。まさしく正夢だ。

そのくだりを観ているうち、直吉の胸に熱いものがこみ上げてきた。かつての己もまた二人と同じく壮大な夢を見たのだ。それは、シテとして芝居小屋を思う存分駆け回る夢だった。そうして母を喜ばせ、母を楽にしてやる夢だった。

だが、その夢が叶《かな》うことは金輪際ない。母は既にこの世にいないし、己は五十路間近のじじぃだ。夢はいつまで経っても夢のままだ。けれど、ここにいれば夢の続きを見ることだけはできるのではないか。炎天下で溝さらいをやるよりは、いや、食えずに死を選ぶくらいなら、ちっぽけな矜持など捨て、決して叶うことのない壮大な夢を見ればいい。

そうして、三年前に直吉は芝居小屋へ戻ってきたのだった。元役者で裏方なら大抵のことができると言うと、呆気《あっけ》ないくらいにすぐ雇ってくれた。誰も己のことなぞ憶えていなかった。

だが、あの男、二代目瀬川路京だけは違った。奴《やつ》だけは舞台の上で己に会った際、気づいていながら無視を決め込んだのだ。こちらをちらりと見た眼差しには冷たさと侮蔑の色がありありと浮かんでいた。

――だらしないね。

切れ長の目はそんなふうに語っていた。

すると、直吉の胸底に沈んでいた埋《うず》み火がかっと燃え立った。かつてこの男は恐ろしく綺麗な面立ちをしていた。だが、その美貌が廃れた今となっては、顎も頬も弛みきった、どこにでもいるただのじじぃに成り下がっている。それなのに、偉そうに役者面をしているのが許せなかった。かつて兄弟子だった己がこいつに引導を渡してやろうじゃないか。そう思って機会を窺《うかが》っていたのだ。

だが、己が出るべくもなかった。たぶん、あいつは勝手に堕《お》ちていくんだろうな。『役者評判記』でもさんざんこきおろされていたのだから。

寝転んだまま直吉は天井をぼんやりと眺めた。三十四年前、『母子月』では下手側に櫓が置かれ、その上で初代瀬川路京はお栄の亡魂として華麗に舞っていたのだ。白い紗に身を包んだ美しくも神々しい姿はまるでこの世のものとは思えなかった。それが、本当にあの世に行ってしまうとは。

なあ、お師匠さんよ。草葉の陰から見てるかい。あんたの可愛い可愛い与一の成れの果てをさ。どうやらあんたの目は曇ってたみてぇだな。見物は嘲笑ってるぜ。

美貌が廃れればただの人、ってな。

唇から笑いが洩れたはずなのに、どうしてか、目尻に涙が滲《にじ》んでいた。

何でぇ。わけわかんねぇや。

直吉は指で涙を拭うとのろのろと起き上がり、薄闇の降りてきた舞台裏から出口へと向かった。

# 第三幕　奈落

## 一

盆も過ぎたというのに、この暑さはいつまで続くのだろう。

庭で一心に鳴くひぐらしの声を聞きながら、二代目瀬川路京は角帯《かくおび》を緩めに締めた。黒の夏紬を着た背中は既にじっとりと汗ばんでいる。

「おまえさん、ちょいといいですか」

座敷の入り口に女房のおよしが座していた。竹を配した卯の花色の麻地はしゃっきりとして爽やかだが、着ている当人の表情は曇っていた。奥二重の目には遠慮めいた色が浮かび、泣きぼくろまでがおどおどしているように見える。

「これから出かけるところだから、早くしておくれ」

立ったまま路京が言うと、あの、とおよしは少し言い淀《よど》んだ後、

「父が冠子《かんし》さんに話をつけてもいいと」

思い切ったような口ぶりで言った。冠子とは、中村座の座元、十一代目中村勘三郎の俳名である。

市村座の七月狂言に出番のない二代目路京を案じ、舅《しゅうと》が中村座に十一月以降の話を通してもいいと言ったのだろう。女房の目に浮かんでいたのが、遠慮ではなく憐憫だったと気づけば首根の辺りがかっと熱を持った。

手にしていた扇子を投げつけたいのをこらえ、

「せっかくのご厚意だが、断っておくれ」

と路京は低い声で言った。

「でも、父も案じて――」

青眉がますます下がるのを見て首根の熱は頭に回った。父親を恃《たの》みにするのなら、亭主にわざわざ言わずとも黙って話をつければいいものを。そういうところがおまえの気の利かぬところだとつい文句が転がり落ちそうになる。

「断れ、と言っただろう」

今しも手から飛び出しそうな扇子を強引に帯に挟み、およしの脇をすり抜けた。

廊下を歩いていると、生ぬるい風と共に青草のにおいが鼻をかすめた。庭を見ると昼間にむしった草を松丸が集めているところだった。草むしりと雑巾がけ。かつて己がやっていたことを松丸がやっている。屈んでいても背筋がぴんとしているのを見届けると、たぎるような怒りが少し鎮まってきた。

代わりに、なぜあんなもの言いをしてしまったのかという冷たい後悔がひたひたと打ち寄せてくる。気が利かぬと女房を責めるのは全くのお門違《かどちが》いであって、不甲斐《ふがい》ない己がすべて悪いのだ。

振り向けば、およしはまだ廊下に座していた。俯いたうなじが小刻みに震えているのが目に入った。戻って詫びようか。一瞬よぎった思いを胸に押し込み、路京は女房から目を切ると戸口へと向かった。

行き先は竹田徳次郎宅であった。

通された座敷から見えるのは、萩《はぎ》の群れがひときわ目を引く庭だ。今は無粋な青萩も花開けば月夜の晩には打って変わって風流になるだろう。その萩のひと群れが、今日はそよとも動かない。七月ももう終わる。八月の半ば過ぎには小屋を開け、評判がよければそのまま九月狂言につなげたいと徳次郎は言っている。

——せや、もう台帳はできあがっとる。

そう言われたのが一昨日《おととい》。そして、今日は座元の市村羽左衛門、さらに座の帳元を長く務める祖父の福地茂兵衛《ふくちもへえ》も来るという。座元が一座の主人なら、座の金勘定に関わる帳元はさしずめ番頭と言えるだろうか。十四歳の若き座元を裏で操っているのは老練な帳元であった。

「今日はことに蒸し暑いねぇ」

その茂兵衛の濁声《だみごえ》が廊下に響いた。

「ほんまですな」

と相槌《あいづち》を打つ徳次郎の媚《こ》びを含んだ声の後、

「おや、二代目。ずいぶんお早いですな」

大仰な物言いで茂兵衛が現れた。でっぷりと肥えた体軀《たいく》はもとより、顔にも美食による充足を脂っぽく際立たせている。糸のような細い目がてらてらとした頬に埋もれそうなほどで、涼しげな細縞の越後上布もこの男がまとうと暑苦しく見える。金の工面をする一方で最も金の恩恵を受けているのは、帳元と座元の両方の立場を掌中《しょうちゅう》に収める、この男なのかもしれなかった。

その背後に隠れていた孫の羽左衛門が顔を覗かせ、にっこりと笑んで頭を下げる。普段は年上の役者にも横柄な口を利くくせに、祖父がいるときは殊勝な子どものふりをする。

「いや、まあ、暇ですからな」

七月狂言に出番がないことをそれとなく皮肉ったつもりだが、無言を返し、茂兵衛は上座にどっしりと腰を下ろした。その横に羽左衛門が役者らしく綺麗な所作で座る。

茂兵衛と路京の間に腰を下ろした徳次郎が、

「さ、始めまひょか」

とどんぐり眼で両方を交互に見れば、うむ、と茂兵衛が頷いた。

「徳さんから聞いているだろうが、『大川秋野待夜月』、いや『母子月』と呼んだほうがいいな——あれをやろうと思う。あれなら化け物芝居の向こうを張れる」

胸元をくつろげ、気忙しげに扇子を使う。一方、その横の羽左衛門はといえば、甕覗《かめのぞき》と呼ばれる薄青の絽《ろ》を端然と着こなし、いかにも涼しげな面持ちで座っている。白磁のような肌は触れたら冷たいのではないかと思えるほどになめらかで、額にも首筋にも汗ひとつかいていない。この十二代目は美しい。だが、それだけだ。十四歳だからこれから花開くのかもしれないが、十年後『四谷怪談』の伊右衛門のような色悪を演じられるとは思えない。そろそろ三十半ばになる七代目市川團十郎が少年の頃はどうだったろうと記憶を手繰り寄せれば、生来の美貌の中に悪を演じられるような凄《すご》みが既に芽吹いていたように思う。

面立ちが綺麗なだけでは駄目なのだ——その事実が今更ながら胸に突き刺さる。

身の内の音を失い、役者としての芯が揺らいでいるせいか、

「ただ、あれをやるのを、お上が許すでしょうか」

路京の唇からは弱気な問いがこぼれ落ちた。

「あの狂言のどこに文句のつけようがあるんだい。心中物でもないし、お上を誹《そし》るものでもない」

すばやく反駁《はんばく》したのは茂兵衛であった。

「狂言自体はそうでしょう。ですが――」

「確かにあんたにとってはつらいことかもしれないよ」

路京の言に濁声が覆いかぶさる。座の大番頭である帳元に睨《ね》めつけられれば、落ち目の女形は黙り込むしかない。

「でも、もう三十年以上も前のことじゃないか。あの事件の仔細《しさい》を憶えている人間が御番所にどれだけいるかね。ほとんどが鬼籍に入っちまってるか、少なくとも隠居してるだろうよ。それとも何かい。あんな験《げん》の悪い芝居をやりたかないかい」

海千山千の男の眸が黒く底光りする。

「いや、そういうわけでは」

路京は慌ててかぶりを振った。

――あんたの当たり狂言になるで。

徳次郎の言う通り、あの狂言をやれば再び身の内に音が戻るのではないか、と藁《わら》にもすがるような思いに駆られ、この場に臨んだはずだった。

それなのに、二の足を踏んでいるのはなぜなのか。

――そこに突っ立ってるだけの女形なら、いらねぇよ。

昨年、松本幸四郎に突っぱねられたときの傷が深々と残っているのだった。

もし曰くつきの『母子月』でこけたとしたら、再び檜舞台《ひのきぶたい》に立つのは難しいだろう。そうなれば、舅がどれほど頭を下げたところで中村勘三郎が己を使おうとは考えまい。

果ては在方回りの役者か、あるいは――

「なあ、二代目」

冷ややかな茂兵衛の声に袖を摑まれた。

「選《え》り好みしている場合じゃないだろうよ」

分厚い唇に浮かんだ薄ら笑いを見て、路京の頭にかっと血が上った。だが、拳を握り締め、反駁の言を呑み込んだ。茂兵衛は憫笑《びんしょう》を口辺に浮かべたまま先を続ける。

「いいかい。あの芝居はあんたにしかやれないんだよ。三十数年前に子役を演っていたあんたが今度は母親役を演るから見物は喜ぶんだ。無論、子役は二人を競わせる。それで芝居町は大いに沸くだろうよ」

子役は二人だと。思いがけぬ言に路京は息を呑んだ。驚愕の色を悟ったのか、茂兵衛は鼻で嗤《わら》い、

「そう。一人はこの子を立てる」

隣に畏《かしこ》まって座る孫を目で指した。その拍子にお人形のような顔にほんのりと笑みが浮かぶ。

「もう一人は――」

歓喜なのか恐れなのか、よくわからぬ予感に胸を震わせながら路京は訊ねる。

「この子を引き立てるんだから、誰でもいいんだけどね。ただ、あまりに見劣りするのも芝居が落ちる。そうさね、あんたんとこの内弟子で綺麗な顔をしていた子がいるだろう。どことなく所作の垢抜《あかぬ》

けない――」

「松丸ですか」

予感が当たり、我知らず声が裏返った。

「そうそう、松丸、松丸。あの子にしよう。あんたがじきじきに稽古をつければそれなりに恰好はつくだろう。器量はいいから競わせたら絵になるよ」

「でも、後ひと月もありません。せめて九月狂言まで待ってもらえませんか」

一昨日の晩、稽古場で見た松丸の風姿を思い浮かべる。舞台に立てば、その美しさは羽左衛門に勝るとも劣らないだろう。だが、いかんせん不器用だ。あとひと月足らずでせりふや所作を仕込めるだろうかと暗い不安が首をもたげる。そんな不安を蹴散らすように、茂兵衛は吐き捨てた。

「何を馬鹿げたことを言ってるんだい。競わせるからいいんだ。円太郎とあんたのようにさ」

円太郎――その名を耳にすれば否応なく胸が痛んだ。この期に及んで逡巡《しゅんじゅん》しているのは、役者としての自信が揺らいでいるだけではなかった。

やはり――思い出すのが怖いのだ。

あの事件のことを。

信頼している者たち――師匠である初代瀬川路京と、心から慕っていた円太郎をいちどきに喪ったのだから。

子が実の父親を殺《あや》める。円太郎本人が罪を白状し、半畳売りの佐吉も円太郎が毒を入れるのを見たという。そのことが未だに路京には信じられない。あんなに素直で優しかった円太郎が実の父親に毒を盛ることなぞするだろうか。

色白で小づくりの顔を思い浮かべると、頭の奥から明るい色の糸が幾条《いくすじ》も手繰り寄せられ、美しい綾《あや》となって立ち上がった。出逢ってから一つ屋根の下で暮らしたのは四年。濃密な刻《とき》を共に過ごしたのはたったの三年ほどではあるけれど、亡き母との刻を除けば、あの三年は人生のうちで最も甘やかで温かかった。己はあの人を心から慕っていたのだ。

——与一っちゃん。与一っちゃん。

親しみをこめてそう呼んでくれたのは、円太郎——円ちゃんだけだった。

円ちゃん。懐かしい名をなぞれば、路京の脳裏にあの日のことが際やかに蘇った。

「与一っちゃん。それじゃ駄目だよ。もっと腰を低くしなきゃ」

今年十二歳になった円ちゃんが腰に手を当て、色白の頬を膨らませた。

稽古場の前の廊下で与一がさらっているのは今日習った所作である。初夏の庭では緋色のつつじと純白の卯の花が競い合うように花を咲かせており、母屋から稽古場へつながる渡り廊下へと目を移せば、風に運ばれた白く小さな花びらが点々と散っている。舞台さながらの眺めだ。

お稽古が終わり、直吉さんたち三人の兄弟子は湯屋に出かけてしまった。稽古に加わるようになってからおよそ一年、直吉さんたちの当たりは未だ強いが、円ちゃんとはずいぶん近しくなった。お師匠様の息子だし、歳も三つ上だから、本当は丁寧な言葉を使わなければならないのだけれど、優しい気性に甘え、つい砕けた口調になってしまう。

「こう？」

「それじゃ、でっちりになっちゃうだろう。背中を真っ直ぐにして」

こうだよ、と円ちゃんはやってみせる。この一年で背丈が伸び、手足がすらりと長くなった分、所作はますます綺麗になった。小首を傾《かし》げれば、真っ白な花吹雪とも相俟ってお人形さんみたようだ。

「ああ、そうか。頭のてっぺんの糸だね」

与一が頷くと、円ちゃんの白い頰が少し強張った。

「糸――のことは誰に聞いたんだい」

「お師匠様だよ」

怪訝《けげん》に思いながらも与一は言った。

「おとっつぁんが直々に稽古をつけてくれたのかい」

――糸だ。頭のてっぺんの糸を忘れちゃいけない。

あれを稽古というのだろうか――胸に萌《きざ》した小さな疑問を与一は慌てて押しつぶした。お師匠様はお稽古なぞという言葉は使わなかった。

「草むしりや雑巾がけをするときにそうしなさいって」

悪いことをしているわけでも嘘をついているわけでもないのに、どうしてか唇が引きつった。

「ふうん」

と円ちゃんはどこかつまらなそうに言った後、

「そっか。だから、おまえの雑巾がけは丁寧だけど早いんだね」

いつもの柔らかな笑みを浮かべた。それで与一の頰もほっと緩む。

「じゃあ、出端《でば》の稽古をするよ。おまえは見ていなよ」

そう言うなり、円ちゃんはくるりと背を向け、渡り廊下を母屋のほうへと戻る。突き当たりを左に曲がり、一番端の厠の前まで行くと笑いながら大きく手を振った。屋敷の廊下を花道に見立てようというのだ。屈託のないその様子を見て、芝居小屋でお師匠様の打掛にしがみついた日のことが思い起こされた。そのとき馬子を演じていたのが円ちゃん。まさしく本物の親子での共演だったのだ。

あれから二年が経ったけれど、芝居小屋に満ちていた明るい光や軽やかな音、舞台へ向けられた人々の眼差しや息衝《いきづ》き。どれもが昨日のことのように思い出せる。そのひとつひとつにきちんと名があることを与一は円ちゃんから学んだ。

見物たちが小屋に入る小さなくぐり戸は「鼠木戸《ねずみきど》」。小屋に響き渡る小気味のよい拍子木の音は「柝の音」。舞台に続く長い廊下は「花道」で、床をばたばたと打ち付けるような音は「ツケ」。花道の奥にあるのが「鳥屋《とや》」で、そこに吊られている幕は「揚幕《あげまく》」。その揚幕を引くときには「ちゃりん」といい音がする。そして、見物席から押し寄せる、声にならぬ役者への期待は「ジワが来る」というのだそうだ。

とりわけ与一の興味を引いたのは楽屋のことである。

芝居小屋には楽屋へ続く梯子段があるのだが、二階、三階と呼ばずに中二階、本二階と呼ぶそうだ。お上が三階建ての小屋を禁じているからだという。中二階には行ったことがあると与一が言うと、本二階には広い板の間があるのだと円ちゃんは教えてくれた。

昔、大事な行事はすべてそこで行われていたらしい。例えば、十一月の顔見世狂言に出る役者が初めて顔を揃える寄初《よりぞめ》や、曽我《そが》兄弟の討入りした五月二十八日に催される曽我祭など。

だから、役者にとっては大切な場なんだよ、と円ちゃんは続け、

——そうそう。そこは曽我荒人神《あらひとがみ》を祀《まつ》った場所だから、女形が前を通るときは内草履を脱がなきゃ

ならないんだ。

と脅かすように目を見開いた。

——お師匠様も？

与一が問うと、

——そうさ、おとっつぁんみたいな立女形もだよ。あそこは一切の穢《けが》れを許さない場なんだ。

円ちゃんは神妙な顔で返したのだった。

こんなふうに、円ちゃんは何も知らない与一に色々なことを教えてくれる。今日だって出端の稽古に誘ってくれた。こんな嬉しいことはない。

「与一っちゃん、いいかい」

廊下の突き当たりから大声が飛んできた。いけない。いけない。どうしておいらはこんなふうにすぐに物思いに耽《ふけ》っちまうんだろう。慌てて与一が大きく手を振ると、円ちゃんは勢いよく廊下を駆け始めた。

軽やかな足取り。ぴんと伸びた背筋。何をしても綺麗で折り目正しい円ちゃんがこちらに向かって駆けてくる。

とん。ととんっ。

与一の目の前で足を広げ、大きく見得を決めた。

「どうだい」

色白の頰にはほんのりと血の色が上っている。

「うん。綺麗だった」

思ったままを言うと、

「それだけかい」

なぜか円ちゃんは眉をひそめた。

それだけ——綺麗なだけじゃ駄目なんだろうか。もっと違う言葉。円ちゃんが喜びそうなすごい言葉。懸命に頭の中を探ってみたけれど、なかなか見つからない。

どうしよう、と思ったとき、

——さすがに上手だね。一度も間違えなかった。

女師匠のお民さんの言が思い浮かんだ。

「上手だった。ものすごく」

心の底から褒めた。あんなに軽やかに駆けるなんて直吉さんたちには絶対できない。

けれど、案に相違して円ちゃんはさほど嬉しげではなかった。じゃあ、どんな言葉がいいんだろうと与一は頭の中の言葉をありったけ集めてみたけれど、しっくりくるものはひとつもなかった。〝綺麗〟も〝上手〟も褒め言葉ではないのかな。

「そうかい。ありがとうよ」

円ちゃんは赤い唇の端をきゅっと引き上げ、

「次はおまえがやってごらん」

と今駆けてきたばかりの〝花道〟を目でなぞるようにした。

「おいらが？」

声が裏返った。出端の稽古をすると言っても、円ちゃんのやるのを見ているだけだと思っていたのだ。

「うん。今、おれがやったようにやってごらん」

上手くやろうと思わなくていいからさ、と円ちゃんはにっと笑って与一の背中を強く押し出した。

まだ腑に落ちぬところはあるけれど、与一は頷いて渡り廊下を母屋のほうへと歩き出した。

さて、どうしよう。円ちゃんがやった出端をそのままなぞればいいのかな。

それとも——厠の前に立ってそっと目を閉じれば、二年前、初めて目にした芝居小屋のきらめく光景と、むっとする人いきれが立ち上った。

すのこの張られた、高い高い天井。東西の二階桟敷に敷かれた鮮やかな緋毛氈《ひもうせん》。ずらりと居並ぶ華やかに着飾った見物衆。光の中で翻る色とりどりの扇子や団扇。

ああ、何て綺麗なんだろう。何て楽しそうなんだろう。

そらっ、始まるよ。

よっ、待ってました!

ちょんちょんちょんちょん、ちょん、ちょん、ちょちょん。

軽やかな柝の音が耳奥から際やかに蘇ると、与一はいつの間にか鳥屋に立っていた。

おいらは——馬子の三吉だ。

口の中で唱えた途端、見物衆のざわめきと熱が遠くなる。立っている場所がひんやりと張り詰める。

『お次に控えし、幼き馬子、姫君様のお召しぃ、急いでこれへー』

腰元の甲高い声が終わるや否や。

ちゃりん。

金の鳴るような音が頭上で鳴った。眼前の揚幕がすっと引かれる。

ばたばたばたばた、ばた、ばたん。

ツケ木が板を叩く音が耳朶を打ち、背中をぞわぞわしたものが這い上る。

そら、行っておいで。

威勢のよい幕方の声に背中を押され、与一は冷たい床を蹴っていた。

ひんやりした膜を思い切って突き抜ければ、熱い風が与一のほうへとまっしぐらに吹いてくる。その風を味方につけて与一は駆ける。

とんとんとんとん、とん、ととん。

足が軽やかに床を踏む。小気味よいツケ木の音が四方から攻め寄せ、与一を天へと引っ張り上げる。

とんとんとんとん、とぉん、ととんっ！

舞台の少し手前で与一は止まる。ぐるりと首を回して辺りを見遣る。

姫様はどこだ。ぐずっている姫様はどこにおじゃる。

いやじゃー、いやじゃー。

可愛らしい声が耳朶を打つ。おっ、あそこだ。いざ参ろう。

大きく大きく伸び上がり、床を蹴って再び駆ける。

ばたばたばたばた、ばん、ばたんっ。

ツケ木の音に合わせ。

そらっ、飛び跳ねろ。

とぉん――ととんっ！

足を開いて、思い切り見得を決めた。

背中につうと汗が流れ落ちるのを感じ、はっと我に返った。

眼前に広がっているのはぎっしりと人の詰まった土間席ではなく、見慣れたお屋敷の庭だ。濃い土のにおいが立ち上り、卯の花が初夏の風にけだるそうに揺れていた。稽古場の前では円ちゃんが切長の目を見開き、与一を見つめている。

「今のは——」円ちゃんの声はかすれていた。「おまえ自ら、考えたのか」

何を言われているのか、すぐにはわからなかった。何も考えてなんかいない。ただ、揚幕を引く音がし、たった一度だけ観た芝居の光景が目の前に立ち上っていた。後は柝の音とツケ木の音に背中を押されるように、いや、持ち上げられるようにと言ったほうがいいだろうか。とにかく、軽やかな音に導かれ、わけのわからぬうちに動いていただけだ。

「何と言ったらいいんだろう。とにかく見たことのない出端だった」

円ちゃんが顎に手を当て、首を振った。

「まずかった？」

「いや、まずいどころか——」

「円太郎！」

甲高な声が続く言葉を弾き飛ばした。

見れば、渡り廊下の先に淡い鴇色《ときいろ》の着物姿のお内儀さんが立っていた。よそゆきの恰好をしているから、どこかへ出かけて帰ってきたばかりなのかもしれない。だが、不思議なのはその顔つきだった。円ちゃんによく似た目は見たこともないほど吊り上がっていて、こめかみの辺りは怒りではちきれんばかりだ。まるで円ちゃんと与一が悪戯《いたずら》したところを見つけ、折檻しそうな勢いだ。

「おっかさん、なんだい」

円ちゃんの頬の辺りが少し張り詰める。

「稽古はとうに終わったんじゃないのかえ」

近づきながら発したお内儀さんの声は、鍋底を針の束で思い切り引っ掻《か》いたようだった。その鋭さに与一の身はすくみ上がる。

「所作の稽古は終わったよ。けど、まだまだやらなきゃいけないことがあるんだ。今は出端の稽古をしていたんだよ」

「出端の稽古って――どうしてこんな子がやってるんだい」

ひやりとするほど冷たい声と眼差しだった。だが、恐ろしさよりも不思議さが先に立った。というのは、この家に二年もいるのに与一はただの一度もお内儀さんに話しかけられたことがなかったからだ。いや、それどころか、偶さか台所で顔を合わせても、お内儀さんは与一に一瞥《いちべつ》をくれたことさえない。お内儀さんにとって、おいらは鍋釜などの厨《くりや》道具とそう変わらないんだろうな。与一はずっとそう思っていたのだ。

ところが、そのお内儀さんが初めて与一を見つめているのだった。すると、与一の頭の中で考えがくるりと変わった。

おいらは――鍋釜じゃなかったんだ。

台所に忍び込んだ鼠だった。

お内儀さんはきっと気味が悪かったんだ。薄汚いものが一つ屋根の下にいることをどうしても認めたくなくて。そこにいるって気づいていたけれど目を背けていたんだ。

直吉さんも、時々そんな目をすることがあるもの。

何だ、こいつは。何でこんな気味の悪いものが近くにいるんだ。

そんな目で与一を見ることがあるもの。

けど、おいらのどこが気味が悪いんだろう。どうすれば、お内儀さんや直吉さんたちに嫌われずに済むんだろう。

悲しくなって、与一は思わず足元に目を落とした。でも、泣いたらいけない。泣いたらもっと嫌われる。

「円太郎、聞いてるのかい。おまえは何でこの子に稽古をつけてるんだい」

叩きつけるような物言いに与一はいっそう身を縮める。

「何でって――」

円ちゃんはそこで一旦切った。見なくとも白い顔が困じているのがわかる。母子の間の重たい気がますます膨らみ、与一の小さな肩にずしりとのしかかる。

よく考えれば円ちゃんはお師匠様の息子だ。お駒さんも兄弟子さんたちも「坊ちゃん」と呼んで気遣う相手だ。そんな相手に、弟子とも呼べぬ、はんちくもんが馴《な》れ馴《な》れしくしているから悪かったんだ。

すみません。おいらが悪うございました。

手をついて心から詫びればお内儀さんだってきっと許してくれる。そう思って与一が空唾を呑み込んだときだった。

「おとっつぁんに稽古をつけてやれと言われたんだ」

きっぱりとした声が重苦しいものを断ち切った。円ちゃんの目には強い光がみなぎっている。お内儀さんがみるみる顔を赤らめたかと思うと、唇をわななかせ、吐き捨てるように言った。

「そんなでたらめ、誰が信じるもんかっ」

「でたらめじゃない。おとっつぁんがおれに言ったんだ。与一に三吉役の手ほどきをしてやれって」

三吉役の手ほどきだって？　思いがけぬ言葉に与一の頭の中は大風が吹いたようになった。「三吉」とは『重の井子別れ』の子役の名じゃないか。

でも、おいらなんかがどうして――

「けど、重の井は高村屋の当たり狂言だよ。しかも、あの芝居は子役が肝なんじゃないか」

与一の疑問をお内儀さんが口に上らせた。そうだ。子役がシテとも言われる狂言を芝居の「し」の字も知らぬおいらがやれるはずがない。

さっきの出端だって、

――何と言ったらいいんだろう。とにかく見たことのない出端だった。

円ちゃんは困った顔で告げたじゃないか。稽古をつけようとしたものの、あまりにも出来がひどかったので、あんな物言いになったんだ。

いいかえ、とお内儀さんが円ちゃんの肩を両手でしかと摑んだ。

「あの狂言はおまえが考えるより、ずっと重い芝居なんだ。うちの人が自分の身を削って築き上げたもんだと言ってもいい。本当なら、うちの人が三代目瀬川菊之丞を継いでいるはずだったんだ。それなのに、ふらりとやってきた上方役者なんかに名跡を奪われちまった。けど、少しも腐らずに精進を重ねて、ついに名女形と言われるまでになったんだ。その証《あかし》があの芝居なんだよ。『重の井子別れ』なんだよ」

涙を浮かべながら、お内儀さんは切々と訴えている。三代目瀬川菊之丞も上方役者も与一にはよくわからなかったけれど、お師匠様にとって『重の井子別れ』が大事な狂言だというのは理解できた。きりりとしていながら優しい乳母役はお師匠様しか、瀬川路京しかできない。与一だってそう思う。だからこそ、その相手役である三吉を自分なんかが演れるはずがないとも。

「そんなことは、おっかさんに言われなくてもわかってるさ」

お内儀さんの手を振り払い、円ちゃんが素っ気無い口調で言った。お内儀さんが昂《たか》ぶれば昂ぶるほどに円ちゃんの眼差しと声は冷ややかになっていく。

「だったら、おまえからあの人に言っておくれよ。皐月狂言はいつも通り、父子でやろうよって。おまえだってわかるだろう。父子でやるから客だって小屋に足を運ぶんだ。こんな賤《いや》しい乞食小僧に三吉役をさせるなんて、酔狂もいいところさ。あたしは許さない」

絶対に許さない、と与一を睨めつける目はますます吊り上がり、こめかみには青筋が立った。

「おっかさん」と円ちゃんが溜息を吐《つ》いた。「おれはいつまでも重の井の打掛には入れないんだよ」

聞き分けのない子どもに言い聞かせるような物言いだった。吊り上がっていたお内儀さんのまなじりが僅かに下がる。何かを言おうとして唇を動かしたが、結局、黙り込んでしまった。

「わかるだろう。おれはもうあの役を演る歳じゃないんだ。他に演れる子役がいなきゃ、今年だって仕方なく演るよ。けど、ここに与一がいるじゃないか。おっかさんだって見てたんだろう、今の出端を。見てたから、そんなにいきり立ってるんじゃないのかい」

「円太郎、なにを言うんだい――」

涙の浮かんだ目に狼狽《ろうばい》の色が浮かぶ。

「おっかさん、こいつはね」

おっかさん、と言いながら円ちゃんは与一を見ている。その目は優しい。なのに、今にも泣きそうに潤んでいる。

「賤しい乞食小僧なんかじゃないんだよ」

そんな目をしたまま微笑まれ、与一の胸はぎゅっと引き絞られた。

「わかったよ。この子が『重の井』に出るのはしょうがない。けど――」

お内儀さんはそこで一旦切った。唇を引き結んだまま与一を睨むと、何かを思い切るようにきっぱりと踵を返した。よそゆきの着物に焚き染めていたものか、甘い香りがふわりと動く。

いつの間にか強くなった風が卯の花をいよいよ散らし、母屋へ戻る鴇色の背をましろに染めている。それを見つめる与一の胸の中にも大風が吹き、とりどりの紙片を散らしていた。綺麗な色も汚い色もよくわからない色も交じった紙吹雪を、何と言い表せばいいのだろう。

「円ちゃん――」

すぼまったような喉から洩れたのは、我ながら情けない声だ。

「おまえは何も案じなくていいんだよ。けど、わかっただろう。おまえは『重の井』で三吉を演るんだ。皐月狂言までひと月しかない。びしびししごくからな」

円ちゃんはにっこり笑って、与一の頭に手を置いた。その口調も仕草も大人びている。この一年で背も伸びた。でも、打掛の中に入れないほどじゃない。だったら、三吉の役はおいらなんかじゃなく、やっぱり円ちゃんが演ったほうがいいに決まってる。

ねえ、円ちゃん、どうして。

どうしてお師匠様はそんな大事なお芝居においらを出すの。

「さ、今度はせりふを入れよう。見得を決めた後に名乗りがあるからね。おっかさんが言ってたように、子役がシテといってもいいくらいの狂言なんだ」

さ、やるよ、と円ちゃんは与一の背をぽんと押した。その拍子に、喉元までせり上がった疑問は声にならずにしぼんでしまった。

最前とは打って変わり、沈んだ心持ちで与一は渡り廊下を歩いていく。床に散った雪片のような花びらが風で舞い上がると、甘い残り香が仄《ほの》かに立ち上った。


その日の晩。紙切れの散らかった与一の胸の内は、床に入ってもいっこうに片付かなかった。酸っぱいような体臭がこもった部屋で何度目かわからぬ寝返りをそっと打つ。

冬は廊下側、夏はいっとう奥に与一の床は延べられる。真冬は障子を閉てても廊下からの冷気が忍び入り、夜着に包まってても足先はなかなか温もらなかった。夏は夏で窓のない部屋は蒸し暑く、障子を開け放しても奥まではなかなか風が入ってこない。卯月の今、鼻先にある土壁は真夏ほどの熱は孕《はら》んでいないものの、気が張り詰めているせいか、こちらへ迫ってくるようで息苦しかった。その壁へ与一はそっと溜息をつく。

——皐月狂言までひと月しかない。

円ちゃんの言葉が耳奥で何遍も谺《こだま》していた。

たったひと月ぽっちで舞台に立つことなぞできるのだろうか。俄かに心配になって一年前に観た『重の井子別れ』の芝居を手繰り寄せてみる。

先ずは出端。鳥屋から花道を駆けていき、舞台の上で見得を決めた後、名乗りを上げる。道中双六の場面はいいとして、肝心なのは重の井とのやり取りだ。打掛にすがって泣くところ。打掛の中に入り、重の井を仰ぎ見るところ。

あんなことが自分にできるのだろうか。そう思えば思うほど、胸の中はますます散らかり、穏やかな眠りは訪れそうになかった。

溜息を呑み込んだとき、天井板を打つような小さな音が耳をかすめた。鼠かと思った途端、ちょん、と柝の音に似た音が身の内で鳴り響き、胸の中を漂っていたとりどりの紙吹雪をどこかへ散らしてしまった。すると、ぽっかり空いた胸の中に何かがするりと忍び込んだ。それはあれよあれよという間に大きくなり、与一を声高にそそのかし始める。

ああ、お稽古がしたい。踊りたい。踊りたくて踊りたくてしょうがない。

ばたばたばたばた、ばん、ばたん。

そのうちにツケ木を打ち鳴らす音まで耳奥で鳴り、体中の血という血が火照ってふつふつとたぎり始めた。

もう辛抱できない。

与一は夜具から這い出した。寝ている直吉さんたちを踏まないようにそうっと六畳の部屋を出る。廊下に右足を出そうとしたとき、誰かの舌打ちに襟首を摑まれた。びくりとしたが、振り向くのが恐ろしく、そのまま硬い床をそろりと踏むと、醬油《しょうゆ》を煮つめたようなにおいが鼻をくすぐった。弟子部屋の隣は台所に続く板間だ。その向かいにはお駒さんの寝ている女中部屋があるから、起こさないようにしなくては。

振り仰げば満天の星である。濃紺の空できらめく星の群れに安堵し、与一はしんとした夜の中をゆっくりと歩いていく。

夜は不思議だ。見慣れた世界をまったく別のものに変えてしまう。闇を真っ直ぐに貫く渡り廊下は小さな桟橋で、その先にある稽古場は夜の海に浮かぶお社《やしろ》のようだ。しんとした佇まいは本当に神様がいるようで身も心も引き締まる。

湿った夜気を胸いっぱいに吸い込み、与一は稽古場の前に立った。板間には藍色の闇がうずくまっている。

神様、夜更けのお稽古をお許しください。

一礼して足を踏み入れた途端、胸の中でりんと音が鳴った。

板間の隅に膝を揃えて座り、夜具の中で何遍もなぞった重の井とのからみを頭の中で組み立てる。打掛にすがりつく。打ち払われる。よろめき、うずくまる。ただよろめいたんじゃ駄目なことは与一にもわかる。打ち払うのもよろめくのも泣くのも、芝居ではすべて舞踊なのだろう。花道と舞台の継ぎ目で舞った円ちゃんは綺麗だった。

——糸だ。頭のてっぺんの糸を忘れちゃいけない。

そうだ。どんな所作であれ、頭の上の糸を忘れちゃいけないんだ。忘れなければ、糸は背筋から手足、そして指先にまでぴんと通っていく。

稽古場の真ん中に立ち、深々と息を吸い込んだ途端、奇妙な感じが四方から打ち寄せてきた。水中から陸《おか》に上がったような、耳も鼻も皮膚もすべてが鋭くなったような、そんな感じだ。地中で生き物が蠢く音が聞こえ、樹皮に深くしみこんだ雨のにおいがする。

するとそれまで仄暗かった場所が青白い光にぼうっと包まれた。空に散らばる無数の星の光が集まってこの稽古場に降りて来たようだ。

身の内で、しゃらんと音が鳴った。

考える間もなく与一の四肢はひとりでに動き出していた。

こう、打掛にしがみつき。

重の井に手で打ち払われて。

よろけ、よろけてくるりと回る。

袖の中に手を入れて。

肩を落としてむせび泣く。

もういっぺん。もういっぺん。

お師匠様だったら、そう言うはずだ。

もういっぺん、もういっぺん。

与一、もういっぺん。

こう、打掛にしがみつき――一連の所作を繰り返し、与一が床に突っ伏したそのときだった。

ひたり。

足音がした。刹那《せつな》、稽古場の青い光が弱くなった。

振り向こうとすると背後から押し倒され、抱きすくめられた。花のような甘いにおいが微かに香る。

誰——

問う前に口を手で押さえられた。見えぬ縄でがんじがらめになったかのように身がすくむ。そうしている間に手拭いのようなものが首に掛かった。喉がぎりぎりと締め上げられ、息が詰まる。

誰か、誰か助けて。

出せない声を出そうとしたとき。

遠くで、たん、と足を踏み鳴らすような音がした。

背後の人影がはっと息を呑む気配がし、首に掛かる力が緩む。のしかかっていた重みがさっと離れ、庭に下りたのがわかった。

激しく咳を迸《ほとばし》らせつつ与一は足音を聞いた。去っていく足音ではない。こちらへ向かう足音だ。深更を憚らない、力強い音だ。

「こんな夜更けに何をしている」

——世の中も芝居も筋書き通りには行かぬもの。

朗々とした声が与一の耳奥から蘇り、

——おっかさん、行かないで。

声にならぬ声を発すると、誰かの腕に抱きとめられたように思った。おっかさんだろうか。おっかさんの魂が与一の許《もと》に戻ってきてくれたんだろうか。

「なあ、与一。それほどまでに踊りてぇか」

絞り出すような声はお師匠様のものだった。

はい。お師匠様。おいらは踊りたいんです。踊りたくて踊りたくて、いつも体中がかっかしてるんです。

そう言った。いや、言おうとしただけかもしれない。だが、自分を抱いている人が大きく頷いてくれたような気がして、温かな安堵がふわりと降りてくる。やがて与一の瞼の裏には墨で塗りつぶしたような本物の闇が訪れた。


「二代目、ぼんやりしてるけど、どうしたい？」

帳元の濁声《だみごえ》で二代目路京ははっと我に返った。

前を見ると、庭の青萩に明々とした斜陽が当たっている。知らぬ間に額にも背中にもじっとりと汗をかいていた。思い出しただけなのに、ずっと息を止めていたような胸苦しさがあった。

「ああ、すみませんな。ちょいと昔のことを思い出しちまって」

息を吸い、額に浮いた汗を手で拭う。

「そう。昔のことだ。三十四年も昔」

茂兵衛が肉で埋もれた目をこちらへ向けた。はい、と頷いたつもりがごくりと喉が鳴っただけだった。

「親殺しの狂言だなんて穢れがついちまったが、そろそろそれを雪《そそ》いでやんなきゃならん」

それをできるのはあんただけなんだよ、と濁声を低めた。

「あたし、だけですか」

ようやく出した声はかすれている。

「そうさ。あんただけだ。あんたがやらなきゃ、この狂言は永遠に封じられたままだ」

茂兵衛は細い目を瞬きもせずに告げた。

己がやらなきゃ――

すると、胸の底に沈んでいた硬く凝《こご》っていたものが、そろりと蠢くのがわかった。塊《かたまり》はほどけ、記憶のかけらとなって浮かび上がってくる。

盃の水を飲み干す初代の白い喉。

胸をかきむしる初代の苦悶の表情。

絶命した後の初代の穏やかな死に顔。

かかさま、かかさま、初太郎のかかさま。

必死に叫び、初代にすがりつく幼い己の姿。

騒然とする土間席。

悲しげな佐吉の顔。

何も語らずに去っていった円太郎の背中。

そして――あの広いお屋敷には誰もいなくなってしまった。

そもそも、どうしてあんなことになってしまったのか。

円太郎が父親を殺すはずがない。

佐吉が円太郎を陥れるはずもない。

誰よりも優しい二人がそんなことをするはずがない。

そう思っていながら、己はそれを胸の奥にくしゃくしゃに丸めて押し込めていた。

なぜか。真実を知るのが恐ろしかったからだ。

真実——大好きだった円太郎の心。そこに手を伸ばすことが怖かったからだ。

大事な真実から逃げてきたツケがこの不調なのではないか。

一昨日の夜、やはり稽古場にいたのは松丸ではなく、己の、いや、与一の魂なのかもしれない。己は自らの幼い魂だけを三十四年前の舞台に置き去りにしてしまったのだ。あの日の舞台はまだ終わっていない。

——かかさま、かかさま、初太郎のかかさま。ねえ、かかさま、目を開けておくれよ。

そう言いながら、与一は初代瀬川路京の身にすがりついていたのだから。中途半端なまま幕が引かれてしまったのだから。

あの幕を開けなければ。

今もなお、『母子月』の舞台にうずくまっている与一の魂を救い、己の内側に戻さねば。

心の空洞は埋まらない。身の内の音は鳴らない。

もう一度あの幕を——

路京は深い息をひとつ吐いた。

「わかりました。やりましょう。ですが、初日まであまり間がありません。台帳はできていると聞きましたが」

徳さん、と立作者を見ると、おう、と立ち上がって座敷の隅から冊子を持ってきた。

「ええ狂言が仕上がりましたさかい、せいぜい腰を抜かさんといてぇな」

どんぐり眼をたわめ、徳次郎は路京に台帳の写しを手渡すと、

「大きくは変えてへんけどな、最後にあっと驚く仕掛けを持ってきたんや」

得々とした口ぶりで元の場に座る。

「仕掛け?」

「せや。これで『四谷怪談』の戸板返しも仏壇返しも、霞《かすみ》のように吹き飛ぶで」

見てみい、と目で促され、路京は台帳をめくった。

これは——

驚きで二の句が継げずにいると、徳次郎が丸い鼻を膨らませた。

「宙乗りを入れたんや。たまげたやろ。大道具方にも話はつけとるさかい、あとはあんた次第や」

宙乗りは元禄《げんろく》の頃から行われている仕掛けのひとつで、その名の通り、役者を宙に浮かせるものだ。かつては麻縄で直接たすきがけした役者を天井から吊ったそうだが、今は役者に連尺《れんじゃく》を背負わせ、その連尺ごと吊り上げてから、下駄と呼ばれる台車で動かしている。無論、落下を防ぐため、腰や股間にも帯を巻いて補強をする。それでも巨大な小屋の天井から吊られる恐怖は生半《なまなか》なものではないだろう。怖いもの知らずで、しかも身軽だった与一の頃ならいざ知らず、四十半ばの身で宙乗りとは。

「あんた次第と言ったたって——」

続く路京の言を、できへんものを狂言にするはずあらへん、と徳次郎はねじ伏せた。

「まあ、実を言うと、これを思いついたんは、二枚目と話してる最中やったんやけどな」

立作者の下には何名かの作者がついて共同で執筆をするのだが、二枚目はその名の通り、序列の上では二番目、主に立作者の助筆に当たる者を指す。

「ほんまかどうかわからへんけど、奈河七五三助《ながわしめすけ》の門人やったらしゅうて、奈河洗蔵《せんぞう》と名乗っとる男や。まあ、近いうちに会わせたるけど陰気な男や」

徳次郎は肩をすくめた後、とりあえずその写しは二代目にやるわ、とへらりと笑った。

本来、台帳は作者の手元のみに残し、役者にはせりふだけを記した書抜だけが渡されることになっている。だが、既に写しができているということは、この狂言をやることはかなり早くから決まっていたに違いない。そして、羽左衛門にはとうに写しが渡されているのだろう——

会話が途切れたところで、さて、と茂兵衛が腰を浮かせ、

「こうしちゃいられない。帰って稽古だ」

さあ、と孫を目で促した。案の定、徳次郎は茂兵衛らには何も渡さない。

——それをできるのはあんただけなんだよ。

茂兵衛はああ言ったが、己が断れば別の役者に振ったのだろう。だが、他の役者にさせるわけにはいかない。やはり、これは己がやらねば。己でなければ、あの日の真実を掘り起こすことはできない。

そう決意を確かめたとき、ばらばらになった記憶の一片が胸底にはらりと落ちた。掬い取ると、それはつらい色合いの記憶の中でことのほか柔らかで優しい色をしていた。それもまた路京にとっては大事な真実のひとつだ。

——あたしは、大向こうからあんたを観てるからね。

そう言って抱きしめてくれたあの人は——今、どこでどうしているのだろう。

## 二

「おっかさん、知ってるかい？　市村座じゃ、八月に『母子月』をやるそうだよ」

帰ってくるなり息子の朔太郎《さくたろう》が勢い込んで報《しら》せてくれた。仄暗くなり始めた六畳の居間に墨のにおいが濃く立ち上る。息子の身に染みついたにおいだ。朔太郎は刷り師だった。

「本当かえ」

思わずお駒の声は裏返った。膝上で絵双紙《えぞうし》を読んでいた六歳と四歳の孫娘が怪訝な顔をする。

「ああ。間違いねぇよ。玄《げん》さんに聞いたんだが、絵看板の話が市村座から来たらしいぜ。シテは高村屋、二代目瀬川路京だ」

朔太郎はお駒の前にどっかと胡坐をかいた。玄さんというのは、鳥居派の絵師で、朔太郎の知り合いである。

「そりゃ、ぜひ観にいかなくちゃ。ねえ、お姑《かあ》さん」

嫁のおこうまで台所から顔を出した。

「子役は誰がやるんだえ」

お駒はひと膝前へ進め、息子の丸顔を覗き込んだ。

「何でも、座元の市村羽左衛門らしいぜ。子役にしちゃぁ、いささかとうが立ってるが、綺麗だから絵にはならぁな」

腕を組んで苦笑いをこぼす。細い目がさらに細くなり、唇の右端が少し上がる。そんな顔が死んだ亭主にそっくりだ。三十二歳で産んだ息子は病とも無縁ですくすく育ち、生業《なりわい》もまた亭主と同じ刷り師を選んだ。

三十四年前、初代瀬川路京が舞台の上で横死した。息子の円太郎は科人として江戸を追われ、母親のお玉と共に実家のある大坂へ行くことになった。内弟子はばらばらになり、お駒は別の働き口を探す羽目になったが、それなら嫁に来ないかと言ってくれたのが、三歳上の幼馴染の留次郎《とめじろう》であった。

当時、留次郎には亡き女房との間に生まれた三歳の娘がいた。意地悪な見方をすれば、お駒に惚れた好いたという話ではなく、単に女手が欲しかったのだろう。ただ、留次郎は気心の知れた相手だったし、三歳の子なら継母《ままはは》でも懐いてくれるだろうとお駒は了承したのだった。恐ろしいことがあった後で心がぐらぐらと揺らぎ、独りでいるのが心細かったせいもある。三十路を過ぎた男女の縁に艶《つや》はなかったが、少しばかりの打算と安心があった。

だが、結果としてその選択は正しかったと思っている。一昨年亡くなったが留次郎は働き者で優しかったし、生《な》さぬ仲の娘、おみわもお駒に懐いてくれた。今は父親と同じく刷り師の男に嫁し、この近所で幸せに暮らしている。血を分けた息子、朔太郎も父親に似て優しい働き者で、やはり気立てのいい嫁を貰った。

六十五歳になったお駒は息子夫婦と六歳と四歳の孫と一緒に神田に住んでいる。嫁のおこうは針の腕が立ち、仕立て直しの仕事が引きも切らず、亭主に負けぬくらいの稼ぎがある。そんな嫁を助けるつもりでお駒は孫の面倒を見ていた。お蔭様で還暦を五つも過ぎているというのに足腰は丈夫で孫の面倒も苦にならない。今日も幼い二人を連れて絵双紙を買いに行ったところだ。

「けど、二代目はよくやる気になったなぁ」

墨で黒く染まった指先をこすりながら朔太郎が言う。

「そうだねぇ。あんなことがあったのにねぇ」

お駒は当時のことを手繰り寄せる。真っ先に思い出すのは、事件直後に見た与一の蒼白《そうはく》な顔だった。

旦那様が舞台上で死んだ。

そんな一報が入り、内儀のお玉が血相を変えて家を飛び出していった。屋敷でお駒が気を揉《も》んでいると、科人は円太郎坊ちゃんかもしれない、という驚くべき報せを小屋の若い衆が携えてきた。事の真偽を確かめる間もなく、ともかく与一を迎えに来てくれというので、慌ててお駒が小屋へ赴くと、与一は頭取部屋で半畳売りの佐吉に付き添われてしょんぼりと座っていた。

——大丈夫？

お駒が訊いても固く口を引き結んで頷きさえ返さなかった。虚空の一点を見つめる目は乾いており、青ざめた頰には涙の痕もなかった。大事な師匠が亡くなったのに。大好きな円太郎が自身番に連れて行かれたのに。たった十一歳の子どもは泣いていなかったのだ。それが何よりお駒の胸にこたえた。今思い出しても胸が引き絞られそうになる。

「でも、他の人がやるよりはいいのかもしれないですね。二代目はおつらいかもしれないけど」

嫁のおこうが冷えた麦湯を運んでくる。

「そうかもしれねぇな。けど、因果なもんだなぁ」

朔太郎は湯飲みをつかむと麦湯を一気に飲んだ。おこうも朔太郎もお駒から当時のことは聞いている。

「そうねぇ——」

とおこうが相槌を打つ。だが、息子夫婦の言葉はもうお駒には聞こえていなかった。

あの子は。与一は。

何があっても人前では泣かなかった。

あのときだってそう。

もう少しで殺されるところだったのに、健気に笑っていたのだもの——

その晩、女中のお駒はほとほと障子を叩く音で目が覚めた。

こんな夜更けに誰だろう。朦朧とした頭の隅でお駒は考えた。何しろ女中の朝は早い。だから、火の元を確かめて床に入るのは大抵亥の刻より前だ。寝入ってからまだ間もないように思えるから、せいぜい子《ね》の刻（午前零時）を過ぎた辺りかしらと乱れた寝巻きの裾を直した。

「何でしょう」

障子を開けると、廊下にいたのは下男の太助だった。太助もお駒と同じく早めに床に就く。五十路を過ぎているということもあるが、彼もまた朝早く起きねばならぬからだ。こんな時分まで起きているなんて、この家に来てからお駒は一遍も見たことがない。

「どうしたんですか」

寝巻きの襟をかき合わせて訊ねると、

「お内儀さんがお実家《さと》に帰ることになっちまって。白々明けの頃には屋敷を出たいそうだ。で、お支度を手伝ってやってくれねぇか」

困じ顔で言った。

「お実家に？　どうしてまたこんな急に」

「おれにはわかんねぇ。ただ、旦那様がそうおっしゃるんだ。で、おれはお内儀さんをお実家まで送っていくことになっちまって。しばらくは屋敷を空けることになるが。まあ、とにかく、あんたはお内儀さんを頼むぜ」

そう言うと、太助は慌しく男部屋へ戻っていった。

お内儀さん——お玉の実家は大坂にあると聞いている。狂言作家の箱入り娘で、旦那様が大坂の中座に出たときに知り合ったとか。それにしても、何でまた急に実家に帰ることになったんだろう。ご不幸でもあったのかしら。それとも、お母様の具合が悪いとか。いずれにしても、奉公人にとって主人の言うことは絶対である。お駒は手早く身じまいをすると、女中部屋を出た。

見上げれば満天の星である。廊下は星明かりで薄青く見えた。だが、ひとところだけ障子が細く開き、ほんのりと橙色《だいだいいろ》の灯《あか》りが洩れている。急いでその場へ行くとお駒は小さく息を呑んだ。

あれは——誰だ。

立女形の女房らしく、出かけるときはもちろん、家にいるときもきちんとした恰好をしているのがお駒の知るお玉だ。だが、そこにいるのはまるで別の女に見える。丸髷はざんばらになり、着物の裾は乱れて膝小僧が露《あら》わになっている。よく見れば、足の裏は泥で汚れているではないか。しかも、突っ伏して畳を叩きながら、

「こんちきしょう、こんちきしょう——」

と小さく呻いているのだった。けれど、その声は確かに内儀のお玉のものだ。狼狽を胸に畳み込むと、

「お内儀さん、入ってもよろしいでしょうか」

お駒は障子の隙間からそっと声を掛けた。お玉は弾かれたようにこちらを振り返り、お駒かえ、と問うた。その声はまるで迷子になった少女のように弱々しかった。

「はい」と頷くと、お入り、とかすれ声が返ってきたものの、その後が大変だった。

「何かございましたか」

中へ入って訊ねると、お玉はいきなりお駒に抱きついて童女のように泣き出したのだった。

ここまで度を失うとあっては、やはり実家の両親のどちらかに不幸でもあったのだろうか。だが、女中の分際で踏み込んだことは訊けず、お駒はお玉が落ち着くまで背中をさすり、その後は旅の支度を手伝った。

そして、東の空が白み始めた頃にお玉と太助を送り出したのである。

薄靄の中、裏木戸を閉めながらお駒は不思議なことに思い至った。

旦那様は――お内儀さんをお見送りしなくてよかったのだろうか。

――旦那様がそうおっしゃるんだ。

昨夜、太助はそう言っていたのだから旦那様はこのことをご存知のはず。いつもなら早朝稽古のために起きているはずだが、昨夜のごたごたでまだやすんでいるのだろうか。でも、あの真面目で優しい旦那様がお内儀さんの出立を見送らないなんてことがあるだろうか。

もやもやとしながら、お駒が台所に立ったときである。

「お駒、済まなかったね」

低い声がした。振り向けば、まだ仄暗い板間に旦那様が立っていた。

「ああ、旦那様――」

何がございましたか。最後の言葉はすんでのところで呑み込んだ。旦那様が見たこともないほど憔《しょう》悴《すい》した表情をしていたからだ。大坂の義父母に何かあったとしてもこんなにやつれるだろうか。訝りながらお駒が主人の顔を仰ぎ見ていると、

「悪いが、しばらくしたら、奥の客間を見てやってくれないか」

形のよい眉が曇った。

「奥の客間？」

もしかしたら——妾《めかけ》が屋敷に乗り込んできたのかもしれない。それで、あんなにお玉は取り乱したのではないか。だが、旦那様に妾がいるといった話は聞いたことがない。いや、でも、今をときめく人気役者だもの。妾の一人や二人——

「与一が寝てるんだ」

思いがけぬ言がお駒の思念を遮った。

与一が？　すぐには何のことかわからなかった。お駒がぽかんとしていると、

「それと、居間に茶を持ってきてくれ。なるたけ濃いやつを」

それだけを命じ、旦那様は踵を返した。淡々とした物言いとは裏腹に、なぜか床を打つ足音は怒りを含んでいるように感じられた。

白々明けのお玉の出立。旦那様の憔悴しきった顔。与一が奥の客間で寝ていること。

その三つが結びついたのは、それから半刻後、お駒が奥の客間を覗いたときのことだった。与一の眠る姿を見て、お駒の胸は鉛玉をいくつも呑み込んだようにずしりと重くなった。とりあえず寝かせてやろう、と台所に戻ったものの、少しでも気を抜けば涙が出そうになってしまう。

だが、無論、内弟子たちはお駒の胸中なぞ知るはずがない。

「お駒さん、与一はどうしたんだい」

部屋にいないけど、と直吉が膳の前に座るや否や訊ねた。

「ああ、少し具合が悪いようでね。別の部屋で寝ているのよ」

お駒の返答に直吉は眉根を寄せ、不快さを露わにした。まあ、そうなるのもわからなくはない。内弟子の具合が悪くなっても弟子部屋で休むだけだからだ。もっとも直吉が疱瘡に罹ったときは、移ると困るのですぐに実家に帰したけれど。幸い、屋敷の者が臥《ふ》すことはなかった。

「別の部屋って？」

続く直吉の問いかけを、桶につけた茶碗《ちゃわん》をすすぐ振りをしてお駒は聞き流した。与一に何かされたら困る。今は、ゆっくりと寝かせておかなければ。覗いたばかりの客間の様子を思い出すと心の臓がねじり上げられるようだった。白く細い首には、明らかに何かで絞められたような痕があったのだった。恐らく——

昨夜、与一は稽古場にいたところをお玉に襲われたのではないだろうか。

お玉は与一が屋敷へ来たときから嫌っていた。与一は素直な子だから、内儀であるお玉にも家の中で会えばきちんと挨拶をしていた。それなのに、お玉はそれをことごとく黙殺していたのである。まるで与一なぞそこにいないかのように。そのときの与一の悲しそうな顔といったら。思い出すだけでお駒の胸は締めつけられる。

他の弟子には母親のごとく優しいのに、なぜ与一には冷淡なのか。その疑問は与一が屋敷に来てひと月ほど経った頃に氷解した。答えを教えてくれたのは、豆腐屋の売り子であった。『重の井』の舞台に見物席から上がった与一が旦那様の導きで見得を決めたそうだ。その愛らしい見得と重の井との美しい絵面は芝居町でしばらく話題になっていた、と豆腐を切り分けながら売り子の男は得々と告げた。お玉はその舞台を観ていたのだろう。母親の立場からすれば、息子が虚仮《こけ》にされたように感じたのかもしれない。ともかく、この二年もの間、与一はお玉に幽霊のごとき扱いをされてきたのだ。

ところが、その〝幽霊〟をついに無視できなくなってしまったのか。昨日、お玉は稽古場の前で円太郎と言い合いのようなことをしていた。ちらりと見かけただけだから、何を揉めていたのかまではわからないが、たぶん、円太郎が与一に稽古をつけているのが気に入らなかったのだろう。

だからと言って――

あんな幼い子の首を絞めるなんて。

幸い、傷は浅いようだから数日で消えるだろうが、胸に刻まれた恐怖はいつまでも残るのではないか。

「ああ、そうだ。今日から太助さんがしばらくいないからね。あんたたちに薪割《まきわ》りを頼むから」

食べ終わったらすぐに始めて頂戴ね、とお駒が言うと、三人の弟子たちはあからさまに不満げな顔をした。

それからしばらく後、お駒が奥の客間の前に座ると、布帛《ふはく》のこすれるような音がした。細く開いた障子の隙間から覗いてみれば、与一が夜具の上で半身を起こしている。まだ朦朧としているのか、いつもはくっきりとした眸にはぼんやりと薄膜が張っているようだ。お駒がそこにいるのにも気づかないらしく、宙を見つめたまま喉の辺りを右手でさすっている。その様子を見るとまた胸が詰まったが、障子を引いて明るく声を掛けた。

「あら、起きたようだね」

声にびっくりしたのか、陽が眩しいのか、しきりに目をしばたたいている。

「お稽古も大概にしなさいよ」

お駒はわざと厳しい声色で言った。

「お稽古?」

「あんたが稽古場で眠りこけているのを旦那さまが見つけてくだすったのよ」

まさか昨夜のことを憶えていないのだろうか。でも、そのほうがいいのかもしれない。恐怖や憎しみなど持たぬほうが、人は心安らかでいられる。

「それにしても、旦那様はあんたがよほど可愛いんだね。弟子部屋じゃなく客間に寝かせてくれたんだもの」

お駒は口調を和らげた。喉に残った赤い痕をなるべく見ないようにして。

だが、与一はお駒の前に膝を揃えて座るとこちらを見た。最前までのぼんやりした目ではない。いつものような透き通った美しい目でお駒を真っ直ぐに見上げ、きっぱりと訊いた。

「お駒さん、おいらの喉、どうにかなってないですか」

どきりとした。どう答えたらいいのだろう。でも、お玉が本当にやったかどうか、この目で見たわけではない。確かなことではないのに、軽々しいことを言ってはいけない。

「どうにもなってないよ。妙な夢でも見たの」

お駒はにっこり笑ってみせた。

「夢。そうか」

夢だったんだ、と与一は呟くように言った。

「どんな夢だったの。怖い夢?」

お駒はひと膝前へ進めると与一の顔を覗き込んだ。話してごらん。どんなひどい夢を見たのか。あたしに聞かせてちょうだい。

「あのね。おいら、今度、三吉役を演ることになったんだ。でも、上手くいかないから、お稽古してたんだ。夜中のお稽古なんてしちゃいけないってわかってたけど、どうしても辛抱できなくて。そしたら」

背後からいきなり襲われたのだという。身動きできぬように押し倒され、口を押さえられた上で、手拭いかしごき帯みたいなもので首を絞められた。そのうちに力強い足音が聞こえ、気づいたらお師匠様の声がしたそうだ。

「でも、夢だったんだね。ああ、よかった」

与一は心底からほっとしたように笑った。

ああ、やはり。この子の首を絞めたのはお玉なのだろうとお駒は思った。この子が三吉役を演ると聞いて頭に血が上ってしまったのだ。昼間、円太郎と揉めていたのはそのせいだろう。だからと言って、そんなことが許されるとは――

お駒は与一を抱きしめていた。そうでもしなければ、泣きそうなのを与一に気取られてしまいそうだったのだ。

「それは、怖かったね。悲しかったね」

与一は一瞬だけ身を強張らせたが、小さな頭をそっとお駒の胸にもたせかけた。

「うん、ちょっとだけ怖かった。でもね、お師匠様の腕はあったかかったよ。だから、大丈夫だよ」

お駒の胸へ呟いた後、すぐに顔を上げた。

その目は驚くほどに澄んでいて、もしかしたらこの子はすべてをわかっているのでは、とお駒は思った。いけない。大人のあたしがめそめそしているなんて。

「そう、よかった。今晩もここで寝ていいからね」

与一から体を離し、精一杯の笑顔を繕った。

「今晩も？」

「旦那様がおっしゃったのよ。それにお内儀さんはしばらくいないから、気にしなくても大丈夫よ」

与一はぽかんとしている。

「そう。だから――」

安心おし、という言葉は胸奥に押し込んだ。

「ともあれ、着替えはここに置いておくからね。布団を畳んだら台所においで。お腹《なか》が空《す》いてるでしょ」

言い置いて、お駒は立ち上がった。

想像していたことが事実だと知って、お駒の胸はざわざわと波立ち始めた。もし、これだけで終わらなかったらどうするんだろう。お内儀さんが戻ってきたら、いや、そもそもあんなことをして、この家に戻ってこられるのだろうか。

外へ出て、大きく息を吸って吐いた。光の溢れ返った朝の庭はいつもと変わらない。つつじの花も卯の花も昨日と同じように美しい佇まいでそこにある。長閑《のどか》な朝だ。

だが、胸のざわつきはいっこうに治まらない。

そう言えば、円太郎坊ちゃんの姿を見ていない。まだ寝ているのだろうか。もし、坊ちゃんがこのことを知ったらどう思うのだろう。

いや、そんなことはあたしが案じることじゃない。あたしに今できることは、与一に温かいご飯を支度することだ。

お駒は胸のざわつきに蓋をすると、台所へと足を急がせた。

それからひと月半後。市村座の皐月狂言は連日大入りで、いよいよ明日は千穐楽を迎えることとなった。

見物衆の口の端に上るのは、瀬川路京の脂の乗った「重の井」の演技ばかりではなく、与一の三吉役であるという。

あの子の出端を見たかえ。花道に風が吹いたようだったよ。

そうそう、まるで宙を飛んでいるような現れ方だったたねぇ。

何より、重の井の打掛にすがりついたときのあの顔。胸がぎゅっとなっちまう。

うんうん。何と綺麗で悲しそうな顔だろう。あの子はとんでもない役者になるよ。

屋敷の外に出れば、すぐそこは芝居町だ。与一を絶賛する声がお駒の耳にも次々と入ってきた。

あたしもあの子の演技を一目観たかった。だが、女中風情が主人の芝居を観にいくなんておこがましいし、何より屋敷を抜け出すこと自体が難しい。内儀のお玉に同道した太助は半月ほどで戻ってきたものの、お玉がいない分、お駒は以前よりも忙しくなった。亥の刻前に寝て、白々明けの頃に目覚め、朝餉《あさげ》の支度に洗濯や掃除を終え、時にはお使いに出て、再び昼餉と夕餉の支度。一日が終わる頃にはくたくただ。

そんなことを考えていると、夕餉の後に旦那様の居室に呼ばれた。

「明日は千穐楽だ。色々とご苦労だったね」

その声はいつもと同じく淡々としていた。

「いえ、わたしは何もしておりません」

「いや、女中がおまえでよかった」

おまえでよかった、とは。お駒が怪訝に思っていると、

「で、明日なんだが、家のことは太助に任せて芝居を観においで」

穏やかな笑みを浮かべた。一瞬、何を言われているのかわからなかった。お駒がぽかんとしていると、旦那様は微笑んだまま告げた。

「与一を観てやってくれ。あれもおまえに観て欲しいと思っているはずだから」

そして、翌日。

五月の空はかんと晴れ上がり、まさしく千穐楽にふさわしい佳《よ》き日、お駒は生まれて初めて芝居小屋の木戸をくぐった。

小屋の中は思った以上に広く美しかった。すのこの張られた天井は見たこともないほど高く、鮮やかな緋毛氈が敷かれた二階桟敷は東西に分かれている。庶人には手の届かぬ席だけあって、そこには着飾った人々が扇子を使っており、ひらひらと翻る様子はさながら大きな蝶《ちょう》が舞っているかのようだった。明かり採りの窓から差し込む夏の陽は金粉でも撒《ま》いたようにきらきらと光っている。

お駒はほうっと嘆息を洩らし、二階の大向こうへと向かった。評判になっている芝居の千穐楽とあって、ここも人いきれでむんむんしている。向こう桟敷の奥、見巧者の多い立見席である。

人を搔き分け、ようやく居場所を見つけると、どどん、と幕開きの太鼓の音が鳴り響いた。いよい

よだ、とお駒は胸躍らせながら浅葱の幕が落とされた舞台へと目を遣った。

松の描かれた金襖《きんぶすま》の前には薄い藤色の着物に身を包んだ腰元たちが居並び、姦《かしま》しくお喋りを始めた。すると、裃《かみしも》をつけた年嵩《としかさ》の侍が現れ、金襖の向こうから、

「いやじゃー、いやじゃー」

と可愛らしい姫の声が聞こえてきた。由留木家の調姫、通称「いやじゃ姫」である。

現れた姫様は赤い打掛姿で、髪にたくさんの簪《かんざし》を挿しているが、さほど可愛らしくはない。与一が姫様役を演ったらさぞかし綺麗だろう、とお駒はくすりと笑った。

さて、旦那様は。調姫の横に座している重の井を見てお駒は息を呑んだ。

あれは――本当に旦那様なのだろうか。目もあやな金糸の打掛に紫帽子。屋敷の中で衣装だけは見たことはあるが、もちろん触れたことはないし、ましてや旦那様が身につけているのを目にするのは初めてだ。ただそこに座しているだけなのに、あの威風堂々とした美しさはいったいどこから来るのだろう。

佇まいの麗しさに見惚れているうちに話は進み、いよいよ与一の出番になった。与一の役、三吉の生業は馬子だ。東国へ嫁す「いやじゃ姫」をなだめようと道中双六を持ってくるのだ。

『お次に控えし、幼き馬子、姫君様のお召しぃ、急いでこれへー』

腰元の一人が立ち上がって大声で呼ばわった。

『あいー、あいー』

よく通る与一の声がした。それだけでお駒の胸がとくとくと高い音を打つ。

すぐに、ばたばたばた、とツケ木の音がし、

よっ！　待ってました、与一坊！

お駒の近くからひときわ大きな掛け声が飛び出した。

跳ねるように、いや、天馬が空へと飛び立つように与一は駆けてくる。

何て綺麗な――

お駒が思ったのも束の間、ぎぎぃと嫌な音がした。

真っ先に西の二階桟敷がざわめき、

「何だ、ありゃ！　危ねぇぞ！」

すぐ傍で男が怒鳴った。

見れば、花道のすっぽんが黒々と口を開けている。息が止まりそうになった。ところどころで悲鳴が上がる。

と、そのとき。

与一！　跳ぶんだ！

舞台のほうから大声がした。

その直後、駆けていた与一が軽々と跳躍した。

まるで大きな手に掬い上げられるように小さな身は宙に浮き、あっという間に花道と舞台の継ぎ目辺りに着地していた。何事もなかったかのように、大きく手を広げ見得を決めている。

恐ろしいほどの静寂が小屋の中を駆け抜けた後、

「よくやった！　与一坊！」

西の二階桟敷から大声が飛び出した。それを合図にしてあちこちから賞賛の声が掛かり、小屋中に万雷の拍手が鳴り響いた。

お駒は大きく息を吐いた。

よかった。あの子が何ともなくてよかった。

見れば、与一は花道と舞台の継ぎ目辺りで踊っている。小さいと思っていたが、しなやかな手足が動くさまはずいぶんと大きく見える。旦那様もどこか安堵した様子で与一を見守っている。ああ、この子はいっぱしの役者なのだと思えば瞼の裏が熱くなり、お駒の頬を一筋の涙が伝った。

それにしても――

指先で涙を拭いてから、改めて見ると花道には黒々とした穴が開いていた。その下が暗く冷たい奈落だと思うとぞっとする。いったい誰があんなことをやったのだ。安堵と感涙の後には、改めて激しい怒りがこみ上げてきた。

――うん、ちょっとだけ怖かった。でもね、お師匠様の腕はあったかかったよ。だから、大丈夫だよ。

あの子の声ははっきりとお駒の胸に刻まれている。あの朝のまま、しっかりと残っている。ちょっとだけ、なんかであるはずがない。あの子の声は震えていたもの。本当は恐ろしかったんだ。今だってきっと恐ろしくて恐ろしくて逃げ出したいくらいなんだ。

なのに、あんなに溌剌《はつらつ》と踊っている。懸命に笑っている。きらきらと輝いている。

あの子を――殺させるものか。あたしはあの子を何としてでも守ってやる。

それなのに――

あたしはあの子を守ってやれなかった。

「おっかさん、どうしたんだい。溜息なんかついて」

息子の朔太郎が顔を覗き込んでいた。

「あらやだ。溜息なんてついてたかえ」

芝居小屋の喧騒を頭の中から追いやり、笑みを貼りつける。

「うん。ついてたぜ。何だかこの世の終わりくれぇの深い奴をさ」

「ばあちゃん。泣いてるの？」

膝に抱いていた六歳の孫娘が不思議そうな顔をする。

「ないてるの？」

真似をして四歳の妹が首を傾げる。

「泣いてないよ。泣くもんか。あんたたちがいるんだものねぇ」

お駒は二人を抱きかかえると頰ずりをしてやった。

「ばあちゃん、くすぐったいよ」

姉のほうが身をよじり、妹も、くすぐったいと言ってけらけら笑う。子どもは笑うのが仕事だ。でも、泣かなきゃいけないときだってある。あの子は大人になるまでにどれくらい泣いたんだろう。いや、泣けたのだろう。

『母子月』での事件の後、円太郎にはすぐに御沙汰が下された。親殺しは重い罪のはずだが、十四歳だったし、御贔屓連がずいぶん金を出したこともあり、江戸払いになったとの話が聞こえてきた。

身寄りのない与一は、所作の師匠であるお民に引き取られることになった。お民から言い出したそうである。

旦那様もお内儀さんも円太郎も兄弟子もいなくなった屋敷に最後まで残っていたのは、与一だった。ほんの数日だったが、お駒はあの広い屋敷で与一と二人きりで過ごしたのである。その間、与一は自らの身の上を話してくれた。ただ、まだ十一歳の与一に長々と語るほどの身の上があるはずもない。そのほとんどがおっかさんとの思い出だった。ことにおっかさんが亡くなった日のことを与一は繰り返し語った。

おっかさんは胸の病だったこと。白々明けの頃に起きたら、おっかさんが血を吐いて動かなくなっていたこと。その朝は、やたらとホトトギスが鳴いていたこと。だから、おっかさんの魂はホトトギスに連れていかれたのだと思っていること。寂しくなるとホトトギスの鳴き声が蘇ること。

そんなことをがらんとした屋敷の縁先でぽつりぽつりと話した。初夏には卯の花とつつじで賑《にぎ》やかな庭も、萩の蕾《つぼみ》はまだ固く、小さな桔梗《ききょう》がぽつねんと咲いているだけだった。その可憐な花の色がいっそう寂しさを誘い、お駒は何度落涙しそうになったことか。家とは住まう人に彩られているのだと、あのときほど実感したことはない。

そして、本当に本当に最後の日。戸口のところで思い切ったように与一は振り返った。秋の陽が当たる踏み石の先には、迎えにきたお民が立っている。弟子や女中を寄越すのではなくお民自ら、ここへ足を運んだのだ。厳しい女師匠のこの子への期待が手に取るようにわかった。

――お駒さんは、おいらと一緒に来ないの。

大きな目に不安げな色を浮かべて与一は訊いた。

――ごめんね。あたしは行けないの。

――どうして。どうして来られないの。

か細い声を聞けば思い切り抱きしめてやりたくなった。いや、一緒にここを出ていきたかった。どうせ、あたしは独り者なんだ。だったら、この子のおっかさんになってやろう。お民なんかより、あたしのほうがこの子を大事にしてやれる。

そんな思いを止めたのは、たった一度だけ観た、あの子の舞台だった。

――与一！　跳ぶんだ！

舞台袖からの声に合わせて軽々と跳躍した与一は天馬のようだった。

その背に真っ白な翼を与えられ。

神の大きな手に誘《いざな》われ。

天への階《きざはし》をまっしぐらに駆け上っていく。

そんなふうに、お駒には見えた。

この子は神の童だ。だから、あたし一人のものにしてはいけない。

神の子は皆に慈しまれるべきなのだ。

――あたしは、大向こうからあんたを観てるからね。

そっと、本当にそっと抱きしめ、背中をさすってやると、与一はお駒の腕の中でこくりと頷いた。

このまま連れていきたい。そんな思いを必死にねじ伏せ、与一が踏み石を歩いて去っていくのを見送ったのだった。小さな背中は振り返ることなく、やがて秋の光の中へ溶けるように消えた。

それから与一とは一遍も会っていない。芝居も観にいっていない。大向こうから観ていると言ったくせに、日々の雑事に追われてあの子の晴れ姿を一度も観てやっていない。

でも、その後の人生でお駒は時折思い出した。留次郎と一緒になり、ありきたりだけれど幸福な日々の中で胸の底からそっと取り出してみた。最後に二人きりで過ごした晩に、与一が言った言葉を。

――ものすごく寂しいときはね。おいらも、ホトトギスに連れていって欲しいと思うんだ。すごく、すごく、思うんだ。

それは、六十五歳になった今でも、お駒の胸に小さな棘となって突き刺さったままだ。

そして、今、思い出したように頭をもたげる。微かな痛みを伴って。

与一の心の中には、まだホトトギスが棲《す》んでいるのだろうかと。

三

その日の芝居がはね、直吉が舞台で小道具を片づけているときだった。

「八月に『母子月』を演るそうだぜ」

大道具方の若い衆であろう。話し声が耳をかすめ、思わず足が止まった。己が手には黒漆の首桶がある。先日の磨き方がよかったからと首桶を磨くのは直吉の仕事になってしまった。首桶を磨くなんざ、嫌な役目だ。

「けど、あとひと月もねぇぜ。大丈夫なのかい」

「ああ、大丈夫だろうよ。シテは二代目瀬川路京だそうだから」

書割の山を動かしながら、少し年嵩のほうがしたり顔で言う。

「どうして、二代目なら大丈夫なんだえ。ありゃ、近頃落ち目だって聞くぜ」

「おめぇ、知らねぇのかい。ありゃ、曰くつきの狂言なんだ。三十数年前、初代瀬川路京が舞台の上で毒殺されたんんだ。そんときの科人が実の息子でな。で、二代目は子役でその場にいたんだよ」

年嵩の男は心持ち声をひそめた。

「なるほど。芝居の流れは頭ん中にしかと入ってるってか」

「曰くつきの芝居をやるってんで、評判にもならぁな」

「けど、息子は何で父親を殺めたんだい」

「まあ、二代目を妬んだんじゃねぇか」

「だったら、何で二代目を殺めなかったんだい。実のおとっつぁんより、そっちのほうが憎かろうよ」

「そういや、そうだな。まあ、色々あったんだろうよ――」

「おい、そこの二人、くっちゃべってねぇで、さっさと手を動かせ！」

破鐘《われがね》のような声で怒鳴ったのは大道具方の頭、権三《ごんぞう》だった。歳は己と同じくらい、五十路をひとつふたつ越したくらいだろうか。えらの張ったいかつい顔に黒々とした眉がついている。三十四年前には既に小屋にいたような気がするが、それでも、事件のことは通りいっぺんのことしか知らないだろう。このおれが初代瀬川路京の内弟子だったとは誰も思うまい――

「そこのあんた――」

破鐘が不意に近くなった。振り向けば権三が立っていた。目に訝るような色を浮かべている。

「何か？」

笑みを繕い、訊き返すと、

「いや、どこかで見たように思ったんだが。あんた、役者じゃなかったかい」

大きな目が直吉の左頬を無遠慮に眺め回した。胸の柔らかな場所を毛羽立ったもので撫でられたような気分になる。

ああ、この目だ。おれの大嫌いな目だ。

その顔で。そのあばたで。よく役者なんかやってるな。身の程知らず。

そんな風に嘲笑っている目だ。痛みを伴う胸の不快さに急いで蓋をすると、

「いえ。人違いじゃござんせんか。この顔で役者なんざやれるはずがありやせん」

そいじゃ、と直吉は首桶を抱えて舞台の袖へと引っ込んだ。

ああ、そうか、と不意に思い至った。

あの目だ。あの小僧の目もそう言ってたんだ。

――だらしないね。

ではなく、

――身の程知らず。

そう蔑《さげす》んでいたんだ。

あんな美しい顔をしながら、奴の腹の中は真っ黒だったんだ。

何しろあいつは邪神の子だったから。だから己の手で葬ってやろうと思ったのに、しぶとく生き延びたばかりか、ちゃっかり二代目の名跡まで継いでいる。若い頃はずいぶんともてはやされた美貌も衰え、ここ二年くらいは落ち目の女形というのが大方の評だが、どうやら禁断の『母子月』を起死回生のきっかけにしようと企んでいるらしい。何と図々《ずうずう》しい。何とふてぶてしい。

舞台裏の空いている場所で直吉は黒漆の首桶をぼろ布で磨き始めた。ところどころ手の脂がついて

いる場所を丹念に拭い取っていく。

首桶の蓋を外せば、桐で拵《こしら》えた切首が姿を現す。熊谷次郎直実の息子、小次郎の首だ。美少年の敦盛の身代わりになるほどだから美しい顔に作ってある。切れ長の目、秀でた額に通った鼻筋には気品が漂う。ただ、目を閉じた面持ちにはどことなく物悲しさが滲んでいた。主命に応えるためとはいえ、父に討たれた悲しみや生への未練が小次郎にはあったのだろう。首を作った者はそんなふうに思ったのかもしれない。切首相手に埒もないことを考えていたせいか、初代路京の死にまつわることを思い出した。

直吉は見ていないが、名女形の死に顔は穏やかで微笑んでいるようだったという。だが、毒を盛られてなぜ心安らかに死ねるのか。直吉にはいっこうにわからない。わからないから、ますます苛立たしくなる。

そもそも、初代の考えていたことが直吉にはまったく理解できなかった。

——その面でも、悪役ならできるだろう。

疱瘡の不運に見舞われた直吉に吐いた言葉は本心だったのか。それとも、おためごかしだったのか。四十年近く経った今でもわからない。わからないから、この捉えどころのない苛立たしさはいつまでも消えない。

なぜ、師匠はいつでもはっきりとものを言わなかったのだろう。

あのときも——すっぽん事件のときもそうだった。

市村座の皐月狂言、『重の井子別れ』は連日大入りだった。見物の目当ては重の井役の瀬川路京ではなく、三吉役の与一だという。

「ちっ。今日もずいぶんと沸いてやがる」

直吉の横でにきび面の男が舌打ちをした。男の言う通り、舞台袖にいても土間席の熱が押し寄せてくるのが感じられる。

「与一、与一っていやんなっちゃう。まったくあんな子どものどこがいいのかねぇ」

男の繰言はさらに続く。確か伊三郎《いさぶろう》とかいう名だった。色子上がりなのか、しなしなとした喋り方をする稲荷町《いなりまち》だ。

稲荷町とは最下層の「お下《した》」と呼ばれる役者たちを指す。最高位は、小屋前の大名題看板《おおなだいかんばん》の絵組に入れられる「立者《たてもの》」で、もちろん師匠の瀬川路京はここに入る。その下に「相中《あいちゅう》」「中通《ちゅうどお》り」「お下」の順に並ぶのだ。「稲荷町」の名の由来は、楽屋に勧請《かんじょう》している「稲荷大明神社」の傍に「お下」たちの部屋があるからだとも、座付きの役者として他座の芝居には出ない「居成り」の意味だとも言われている。

だが、おれは「居成り」になるのなんて真っ平だ。

直吉はさり気なく男の顔を見る。いじりすぎたのか、鼻にも頬にも膿《う》みかけて赤くなった吹き出物が散っている。歳は直吉よりも五つほど上、とうに二十歳は過ぎているだろう。直吉のあばた面に親しみを覚えるのか、はたまた〈あばた〉よりは〈にきび〉のほうがましだと思っているのか、近頃やたらと親しげに声を掛けてくる。背丈はあるが撫で肩だ。だが、本人はこういう肩は女形に向いているのだと偉そうに吹いている。それだけならまだしも、浜村屋大明神こと三代目瀬川菊之丞を引き合いに出して「あの肩があたしみたいになだらかだったら、浜村屋はもっといい女形なのに」なんぞと言いやがる。で、周囲から失笑を買っているのに気づかないのだから、呆《あき》れるのを通り越して哀れさえ催す。己が浮かばれぬ腹いせに他人を下げて何が面白ぇってんだ。

ああ、苛々する、と直吉が胸裏で毒づいたとき、

「見てごらん。あの腰元。とんだ大根だねぇ。せりふがまるで棒読みじゃないか」

伊三郎が大仰に肩をすくめた。その視線の先には姦しく喋る女形の姿があった。どれほど大根と言われようがこうして本狂言の舞台に立てるのだ。一生「居成り」のおめぇとは天と地ほども違うぜ。

返事をする代わりに心の中で吐き捨てる。吐き捨てたものは、嫌なにおいのする黒い塊となって喉元までせり上がってきた。吐き気をこらえてそれを強引に押し戻す。

おれだって、いつかは。

――その面でも、悪役ならできるだろう。

師匠が――あの瀬川路京が太鼓判を押してくれたんだからな。

だが、その〝いつか〟はいつ来るのか。十歳で瀬川路京に弟子入りしてからもう六年が経つのに、直吉は役者として一度も舞台に立ったことがない。このにきび野郎ですら、本狂言の前の脇狂言に出たことがあるというのに。

これか。このあばたのせいか。思わず左頰に手を当てたときだった。

どよめきで小屋が揺れた。次々に掛け声が飛んでくる。

よっ！　待ってました！

与一坊！

三吉！

三吉役の与一が鳥屋を飛び出してくるところだった。陽の当たる花道を跳ねるがごとく、いや、飛ぶがごとく与一は駆けてくる。

とんとんとんとん、とん、ととん。

足が軽やかに床を踏む。見えぬ風の手が与一を天へと掬い上げる。

ふわりと身が舞い上がった。

とぉん、ととんっ！

舞台の少し手前で与一は止まった。

それに合わせてツケ木の音も止《や》んだ。

大きな小屋に静寂が駆け抜ける。誰もが息を詰めて与一を見ていた。

その与一がにっこり笑った。途端に静寂がふわりと崩れる。

よっ！　与一坊！

二階桟敷から声が掛かった。与一がぐるりと首を回して土間席を見遣る。

『姫様はどこじゃ。どこにおじゃる』

あんなせりふは台帳にも書抜にもないはずだ。与一の勝手な創作だ。即興のせりふ——捨てぜりふだ。

『ここじゃー。ここにおじゃるー』

舞台上の姫が満面の笑みで与一を呼んだ。愛らしい子役同士の即興の掛け合いに、見物席がどっと沸く。

それっ！

与一が床を蹴り、跳ねるようにして舞台に上がった。

「あいつ、気にいらねぇな」

直吉の横で唸るような声がした。しなを作ったいつもの声ではなかった。見れば、伊三郎の顔がこれ以上は無理というほどに歪んでいた。

「ねえ、直吉。あいつ、ちょいと痛い目に遭わせてやらないかい」

そのにきび面に、お内儀さん——お玉の顔が重なり合った。ひと月ほど前、確かあの日のお玉もこんな顔をしていたなと思う。

風の強い夕刻だった。直吉が湯屋から帰ってくると、卯の花の散った稽古場の前でお玉が円太郎と揉めているのが目に入った。何だかわからないが、お玉のきゃんきゃん声が風に乗ってここまで聞こえてくる。面白そうな眺めだったが、女中のお駒に用事を言いつけられたので、高みの見物というわけにはいかなかった。だが、あの後、ちらりと見たお玉はかなり激昂《げっこう》している様子で、綺麗な顔は朱に染まり、まるで般若《はんにゃ》のように歪んでいたのだった。

翌朝、目覚めるとお玉は屋敷から姿を消していた。大坂の実家に帰ったという。そのときは特段何も思わなかったが、数日経ち、与一が『重の井子別れ』の三吉役に抜擢《ばってき》されたと聞いて、そういうことかと腑に落ちた。

たぶん、お玉は与一を殺そうとしたのだろう。その証に与一の細い首には何かで絞められたような痕が薄く残っていた。だが、お玉のやったことを直吉はさほどひどいとは思っていない。与一のせいで『重の井子別れ』に可愛い我が子が出られなくなったのだから。むしろお玉に同情を寄せたいくらいだ。

――大変だったね。けど、軽くてよかった。

死の病から快復して屋敷に戻ってきたとき、お玉の見せた涙が直吉の胸をよぎった。

留守の間に与一が消えたら――お玉は喜ぶだろうか。そんなことをぼんやりと思いながら、いいぜ、と直吉は伊三郎に向かって頷いていた。


だが、与一は無事に『重の井子別れ』の千穐楽を終えることとなった。

痛い目に遭うどころの話ではない。楽日の舞台は芝居町始まって以来ではないかと思うほど沸きに沸いた。下げられたすっぽんを与一が軽々と跳び越えたからである。もちろん与一の評判は上々で、中には、すっぽんは演出だったのではないかと意地悪な見方をする見巧者もいるという。

すっぽんを下げた科人は稲荷町の伊三郎一人となった。間抜けなことに奈落へと下りてきた楽屋頭取らに見つかったのだ。もちろん、奴は共犯として直吉の名を挙げた。

そのせいで、まだ芝居が終わらぬうちに直吉もすぐに頭取部屋に呼ばれてしまった。さぞふてくされていると思いきや、伊三郎は情けないことに目を真っ赤にして泣いていた。

「こいつが、直吉も一緒にやったんだ、と言い張るもんでね。だが、おめぇはあの場にはいなかった。本当のところを聞かしてくれねぇか」

小柄な楽屋頭取は苦虫を嚙み潰したような顔で訊いた。

「本当のところも何も、頭取はその場に行ったんでしょう。その目で見たんでしょう。その通りですよ」

直吉は言った。なるべく冷静に聞こえるように。

「おめぇ。何言ってんだ。おめぇもあの場にいたじゃねぇか」

伊三郎はにきび面を真っ赤にして言い募った。口角に泡を溜め、恨みがましい目で見つめる稲荷町の役者へ直吉はきっぱりと返した。

「でたらめも大概にしてくだせぇ。何より瀬川路京はあっしの師匠です。師匠の舞台をぶち壊しにするはずがねぇじゃありませんか」

その一言で楽屋頭取は納得したようだ。

科人は一人。与一を妬んだ稲荷町の若手がやった。当然のことながらその日のうちに芝居町を追い出された。

それですっぽん事件は落着したのである。実にあっさりとしたものだった。直吉に対する追及がそれだけで済んだのは与一が無事だったからだろう。いや、無事だったどころか、すっぽんが下げられたお蔭で与一の株はますます上がったのだから、有り難く思って欲しいくらいだ。

この一件で芝居町は与一坊の噂でもちきりだという。小屋にいた見物はまるでてめぇの手柄話のように「あの子は天馬だよ」なぞと吹きまくっているというし、いなかった者は「今度与一坊が出る芝居は絶対に観にいく」と意気込んでいるらしい。何はともあれ、すっぽん事件は与一にも芝居小屋にもいいことずくめだったのだ。

目算は外れたが、とりあえずお咎めなしだったのだからよしとしよう。いずれまた、あの小僧の息の根を止める機は訪れるだろう、と直吉は事件のことを胸に畳んだ。

ところが、千穐楽から十日ほどが経った日の午過《ひるす》ぎ。直吉は師匠に呼ばれた。すっぽん事件のことなら落着したはずだが、と思いつつも他に呼ばれる理由が思い当たらず、破門にされるのでは、と胸がざわついた。

夏の日盛《ひざか》りとあって屋敷の庭では油蟬がうるさいくらいに鳴いていた。抜いたばかりの青草が庭の隅に集められ、強光の下でくたりとしおれていた。あれは与一の仕事だったなと頭の隅でぼんやりと思いながら、

「直吉です」

開け放された障子の前に座した。

文机の前で師匠は読んでいた書を閉じた。『吾妻鏡《あずまかがみ》』だった。鎌倉幕府の事跡が書かれた歴史書である。酒も女も博打もやらぬ、芝居のことしか頭にない堅物だ。それで人生何が面白ぇんだ、と心の中で嘯《うそぶ》いてみる。ついでに、負け犬の遠吠《とおぼ》えってぇのはこういうことか、と自嘲もしてみる。己はもう十六歳。今さらどこにも行けやしない。ここにしがみついているしかないのだと諦めつつ師匠の整った顔を見る。黒々とした目はいつも通り淡々として何も読み取れなかった。

「どうして呼ばれたかわかるか」

師匠は短く問うた。やはりすっぽん事件のことかと直吉は警戒し、うんざりもした。科人のことなぞ、とうに忘れている者もいるというのに、この男だけはまだおれを疑っているのか。だが、動揺はつゆほども見せてはならないと、

「いえ。わかりません」

視線を逸らさずにきっぱりと返した。

師匠の黒々とした目が一瞬だけ揺れた。が、それだけだった。

「ならば、いい。お下がり」

抑揚のない声で廊下を顎でしゃくった。何だ、と拍子抜けしながらも丁寧に辞儀をして廊下に出たところで、

「ああ、そうだ」

思い出したような声に呼び止められた。振り返ると、切れ長の目はどこか悲しげな色をたたえていた。

「直吉、おまえは」

そこでいったん途切れた。喧《やかま》しい蟬の鳴き声が沈黙を埋めていく。何でしょう、と訊きかけたとき、

「真の悪人になれ」

師匠は静かな声で告げた――

どれくらい刻が経ったのだろう。三十四年ぶりの『母子月』の噂をしていた大道具方も他の小道具方もいなくなり、舞台の裏に残っているのは直吉ひとりきりだった。

深々と溜息を吐き出し、視線を落とした途端、

「うわぁ！」

直吉は大声を上げていた。抱えていた首桶に入っている小次郎の切首が初代路京の顔に見えたのだった。だが、落ち着いてみれば、それは紛れもなく美少年、小次郎であった。

作り物の切首が初代の首に見えるなんざ、おれも耄碌《もうろく》した、いや、肝っ玉が小さくなっちまった。

へっ、と苦い笑いを洩らして切首の髪を手櫛で整えてやる。端整な顔にはやはり恨みがましさが滲んでいるように思えた。

初代の死に顔が微笑んでいたなんざ、たぶん嘘っぱちなんだろうな。死んでいく人間、しかも毒を盛られて息絶えていく人間が穏やかに笑っていられるはずがない。毒入りの水を飲み干した後、苦しそうに胸をかきむしり、床に突っ伏したところまでは直吉も舞台袖から見ていた。きっと悪鬼のような形相だったはずだ。けれど、美しい名女形を傷つけたくないばっかりに、誰かがそんなことをでっち上げたに違いない。悪鬼じゃなきゃ、この切首みたいに悲哀に満ちた顔をしていたはずだ。笑顔で死んでいく人間なぞこの世にいるはずがない。そんなのは作り事だ。芝居の中だけの話だ。

首桶に蓋をして立ち上がり、何の気なしに見物席を見ると再びぎょっとした。

がらんとした平土間に人影が佇んでいた。薄藍にぼんやりと立つ影は舞台下手の上方をじっと見上げている。いったい何を見ているんだ。あんな場所に何がある。人影の視線を追っていったが舞台が終わった今、そこにあるのは幕を巻き上げるための綱だけだ——いや、そうじゃねぇ。

あの辺りは——櫓のあった場所だ。三十四年前の小屋は火事で燃えちまったが、舞台の位置や大きさは今とさして変わらねぇ。あそこは『母子月』で初代瀬川路京が大切りの場で舞った櫓、書割の月を背景にして、亡魂として舞った櫓が立っていた場所だ。

直吉は恐る恐る人影に目を転じた。ぴんと伸びた背筋は美しかった。二代目路京——与一に似ているようだが、少し違う。そもそも奴は今日の芝居、『一谷嫩軍記』には出ていないのだ。小屋にいるはずがない。

何だか背筋がぞくりとした。

まさか——声に出して呟いたとき。

影がゆっくりとこちらを向いた。その顔をしかと確かめる前に、直吉は舞台袖から楽屋へ続く渡り廊下のほうへと駆け出していた。

あれは、きっと師匠だ。初代瀬川路京だ。八月から『母子月』をやると知って、亡魂として小屋に現れたんだ。やはり、穏やかな死に顔なんざ嘘っぱちだ。師匠は死にたくなかったんだ。三十四年経った今、この世に未練たらたらで戻ってきたんだ。

必死に駆けて楽屋口から出ると表はまだ昼間の明るさを残していた。通りのほうから途切れ途切れに流れてくる芝居町の喧騒にふと我に返る。天水桶の端に手をつくと知らずしらず笑いが洩れた。

何をびくついてんだ。亡魂だろうが何だろうが構わねぇじゃねえか。おれが初代を殺したわけじゃねぇ。あいつは実の息子に殺されたんだ。

けど、お師匠さんよ。今頃になって芝居小屋に現れてどうするつもりだ。あんたを殺した可愛い息子はここにはいねぇぜ。それとも、何かい。実の息子よりも大事な与一坊ともういっぺん同じ舞台を踏みてぇってか。

笑い声とも溜息ともつかぬ息を吐いたとき、

「具合でも悪ぃんですかい」

すぐ近くでしわがれた声がした。

顔を上げると、箒を手にした印半纏《しるしばんてん》姿の男が立っていた。六尺近くもありそうな体軀に右頰に刻まれた大きな火傷痕。ああ、こいつか。名は忘れちまったが、何十年も芝居町にいる奴だ。半畳を売り、舞台下にいて用心棒みたようなことをしている奴だ。そうだ。与一坊、与一坊、と幼い与一にまとわりついていたっけか。こんな恐ろしい顔をしているくせに、与一みたいな綺麗な子どもにどうして近づけるのか、当時のおれにはまったくもって理解できなかった。身の程知らずってぇのは、おれなんかじゃなく、こういう奴のことを言うんじゃねぇのか。

「何でもねぇよ」

直吉は赤銅《しゃくどう》色の火傷痕から目を逸らして地面に唾を吐いた。

またぞろ、わけのわからぬ苛立たしさが襲ってきた。ぜんたい、こいつは何を楽しみに生きていやがるんだ。化けもん面をしているくせに。

「そうですか。よかった」

短く返すと、半畳売りは天水桶の傍を離れた。すぐそこの物置に箒を仕舞い、何事もなかったように表通りへと歩いていく。

西陽の当たった大きな背を見ているうちに、苛立たしさが喉元までせり上がってきた。

世の中はわからないことばかりだ。

どうして己が疱瘡に罹ったのか。どうして三代目瀬川菊之丞は弟子にしてくれなかったのか。どうしてあばた面を理由に料理屋を追い出されなくてはいけなかったのか。どうして汗水流して溝さらいをやらなくてはいけなかったのか。

どうして、師匠はわけのわからぬことばかりを言っていたのか。

——真の悪人になれ。

おい、師匠。どうして〈真の悪役〉じゃなく〈真の悪人〉なんだよ。

どうしてだよ。おれに教えてくれよ——

「おい」

直吉は印半纏の背を呼び止めていた。

大男がゆっくりと振り返る。歳相応に皺はあるけれど、斜陽の当たった顔の左半分がやけに端整に見えた。火傷の痕さえなければ、こんなところで半畳売りなぞしていなかったのだろうか。

こいつなら。火の神に理不尽な刻印を与えられたこの男なら。

おれに教えてくれるだろうか。

なぜ、この世の中はわからないことだらけなのか。

「おめぇ、死にたくならねぇのか」

そんな面で。

半畳売りは驚いたように目を瞠った。が、すぐににっこり笑うと、小さく首を横に振った。

嘘つくんじゃねぇ。

反駁の言葉は喉に絡まり、出てこなかった。そのことが、苛立たしくて腹立たしくて、なぜだか無性に悲しかった。

半畳売りは背中を向け、再び表通りへと歩き出している。やがて、大きな背は斜陽に溶けるように視界から消えた。

## 四

掃除を終え、半畳売りの佐吉は小屋の前で呆けたように空を見ていた。青みを残した空には刷毛《はけ》で撫でたような絹雲がかかっている。西空だけが残照で赤く染まっているが、四半刻《しはんとき》もしないうちに通りは藍に沈むだろう。明日の朝も早い。帰らなければと思うのに、胸の底でもやもやとわだかまるものが、佐吉を引き止めていた。

——おめぇ、死にたくならねぇのか。そんな面で。

天水桶の傍にいた男の言だった。

五十年以上もこの顔なのだ。ああいう類の言葉を投げられたのは無論、初めてのことではない。思い出したくはないが、もっと悪辣な言葉をぶつけられたことも、無言の笑いや視線でなぶられたこともある。

だが、あの男の一言に悪意はなかった。

それなのに、ここまで打ちのめされているのはなぜなのか。言葉を投げた当人が途方に暮れていたからだ。いや、何だかつらそうに見えたからだ。まるで、男のほうが佐吉の言葉で傷つけられたかのような面持ちをしていた。

こんな面だから、死にたいさ。

嘘でもそう言ってやったら、あの男の心は救われたのだろうか。

あの男——あばた面をしているがかつては役者だった。初代瀬川路京の弟子で、確か直吉という名だった。

彼は哀れだと佐吉は心底から思う。あばた面だからでも役者崩れだからでもない。五十路を過ぎても途方に暮れているからだ。己にぶら下がっているものを、受け入れることも思い切ることもできずに、何十年も同じ場所にとどまっているからだ。

もしかしたら、直吉は今なお、あの場所に独りでうずくまっているのかもしれない。かび臭く湿った真っ暗な場所に。奈落と呼ばれる場所に。

目を閉じると、佐吉の脳裏にあの日のことが、与一がすっぽんを跳び越えた日のことがくっきりと蘇った。


よくやった！ 与一坊！

よっ！ 千両役者！

すっぽんを跳び越え、健気に舞台を務める与一への声援が引きも切らず、小屋の中は義憤と歓喜の入り混じった異様な熱気に溢れていた。

だが、佐吉は焦っていた。早くしないとすっぽんを下げた輩が逃げてしまう。咄嗟に舞台の隅へと上がり、舞台袖から裏へと回った。

奈落へ続く梯子段は舞台裏から楽屋へ向かう渡り廊下の手前にあった。駆けていくと、楽屋頭取がその入り口に腰を屈めて立っていた。楽屋一切の取締まりをする楽屋頭取には、気働きの利く古参の役者が就くのが習いとなっていた。

声を掛けると、

「ああ、佐吉。ちょうどよかった。一緒についてきてくれるかえ」

初老の頭取は心の底からほっとしたように息をついた。

腰を屈めて下を覗くと深い闇が見えた。すっぽんと呼ばれるセリを上げ下げする際は蠟燭《ろうそく》が点されるので明るいはずだ。だが、ここからは灯りのかけらも見えない。悪意ですっぽんを下げた人間はこの暗闇の中で轆轤《ろくろ》を回したのか。それともとうに逃げてしまったのか。そんな佐吉の胸中を見て取ったのか、楽屋頭取が燭台のろうそくに手早く火を点けた。

さあ、というように顎でしゃくる。己が灯りを持つからおまえが先に降りろということだろう。佐吉は頷きを返すと奈落へ続く梯子段をひと息にすべり降りた。冷たい土床に足が触れた途端、塗り込めたような闇の塊と、かび臭く湿ったにおいが押し寄せてくる。ようやく背後から灯りが追いつき、四囲の闇が仄かに明るくなった。

逸《はや》る気持ちを抑えつつ慎重に進んでいくと、セリを上げ下げする轆轤が見えた——と思ったら、薄暗がりの中で飛び跳ねるように人影が動いた。影はふたつだ。ひょろりとしたのと子どものように小さなやつ。ふたつ共に鳥屋側の出入り口へと逃げていく。

「待て！」

大声で叫ぶと、足をもつれさせたのか、前を行く男の身が傾いだ。後を追う男がすかさず背後から押し倒すのが見えた。ずいぶんと身軽だ。

慌てて駆けつけてみると、痩せた男の上に馬乗りになっているのは円太郎であった。

「円太郎坊ちゃん！　何でこんなところに——」

楽屋頭取が目を瞠っている。状況が吞み込めぬ、というより円太郎を疑っているような表情だった。

「捕まえてくれたんですね、円太郎さん」

佐吉は咄嗟に助け舟を出した。円太郎が科人でないのは明白だった。

——与一！　跳ぶんだ！

「あっしは確かに聞きました。跳べ、と円太郎さんが与一坊に声を掛けたのを。だから、すっぽんを下げた奴を捕まえにすぐさま降りてきたんでしょう」

よくやりましたね、と佐吉は円太郎に代わって男の身を押さえつけた。

円太郎はほっとしたように頷くと男の背から降りた。男を取り押さえるのに必死だったのだろう。端整な顔は上気し、額には汗が流れていた。

「おめぇか。すっぽんを下げたのは」

佐吉は男の腕を摑んで強引に立たせる。苦痛で歪んだにきび面はどこかで見覚えがあった。

「おめぇ、伊三郎だな。稲荷町の」

楽屋頭取が汚いものでも見るように顔をしかめた。

「やったのは、おれだけじゃねぇ。直吉もだ。ちきしょう。とっとと逃げやがった」

伊三郎が歪んだ顔のまま吐き捨てた。

「直吉もだって?」楽屋頭取が眉根を寄せる。「円太郎坊ちゃん、本当かい」

「わかりません。夢中だったし真っ暗だったから。ただ」

円太郎はそこでいったん切った。灯りの届かない闇へと目を当て、思案している。

「ただ?」

佐吉と楽屋頭取の声が重なった。

「気配はありました」

「気配?」

「はい。たぶん、こいつとは別の気配です」

暗闇の中を手探りで歩くように、円太郎はその先を訥々《とつとつ》と語った。

奈落がこんなに暗いとは思わなかったという。灯りを持たずにきたことを悔やんだが、戻っている間に逃げられたら困る。そう思って進んでいくと、かび臭いにおいに混じって汗のにおいが仄かに感じられたそうだ。

誰だ。

円太郎が声に出そうとしたときだった。

闇が揺れた。いや、闇が嗤った。

同時に青くさいにおいが微かに立ち上った。若い男か。

闇とひとつになり、男は声も出さずに嗤っている。おまえのような子どもに何ができると嘲笑っている。

夜目が利く、のか。

円太郎には男の姿が捉えられぬが、男には円太郎が見えている。いや、もしかしたら、目の前にいるのは人ではなく闇そのものではないか。闇が人の邪心を吸って、奈落にわだかまっているのではないか。

そんなことを考えていると、青くさいにおいがすうっと遠ざかっていったそうだ。後を追おうとしたが、気配だけで姿が見えたわけではない。どうしたらいいのか、と逡巡していたという。

「で、頭取たちがやってきたんです。仄かに明るくなって。そしたら、こいつが轆轤の陰に隠れるようにしてうずくまってた」

後は見ての通りです、と円太郎は佐吉に捕らわれた伊三郎を目で指した。

「それだ。その気配が直吉ですよ。あいつは夜目が利くんだ。だから、灯りがなくても大丈夫なんだ、おれが手引きしてやるからと。そんなふうに言っておれをそそのかしたんだ」

伊三郎は唾飛ばす勢いでまくし立てた。

「それは、本当のことかえ」

楽屋頭取が渋面を刻んだ。

「本当だ。直吉だ。あいつがおれをそそのかしたんだ」

甲高い声が奈落に響き渡る。

「うるせぇ。声を抑えろ」

佐吉は掴んでいた伊三郎の腕をひねり上げた。なよっとした細い腕だ。折ろうと思えば簡単に折れそうだった。力をこめると、いてぇ、と泣きそうな顔になる。

「どうなんだい。円太郎坊ちゃん」

楽屋頭取が問い直した。

「直吉かどうかまでは——暗くてよく見えませんでしたから。気配っていうのもおれの思い過ごしかもしれないし。でも、直吉に話は聞いたほうがいいと思います」

円太郎が神妙な面持ちで返したときだった。

「ああ、よかった。捕まったかい」

背後から太い声がした。大道具方の頭だった。若い衆を従えている。

「もうすっぽんは戻しました」

全部は巻いてなかったですよ、と若い衆がぼやくように言った。ああ、そうだったと佐吉は己の迂《う》闊《かつ》さに気づいた。夢中で駆けてきたから、すっぽんを上げるのをすっかり失念していたのだ。頭上では腰元たちのきゃらきゃらした声が聞こえてくる。三吉が持参した道中双六に興じる場面だろう。舞台はまだ続いている。

「全部は巻いてなかったってことは、仮に落ちてもたいしたことはなかったかねぇ」

楽屋頭取が安堵したような声で言う。

「そんなことはねぇですよ。あの勢いで駆けてきたら、けつまずいてどっちにしても大怪我してたでしょう」

佐吉は思わず反駁していた。円太郎が深々と頷いている。

花道の途中にあるすっぽんは、物《もの》の怪《け》や幽霊など、人ならざるものたちの登退場に主に使われる。するて、伊三郎は与一を本気で「人ならざるもの」にしようと考えたのではないか。やはりこの腕をへし折ってやろうか。佐吉が睨むと伊三郎は首をすくめた。

「まあ、何事もなくてよかった」

楽屋頭取は誰に言うともなく呟いた後、

「とりあえず、おめぇは頭取部屋に来い」

伊三郎を睨めつけた。

しばらくはここで様子を見ていてくれるかえ、と楽屋頭取は大道具方の頭に告げ、鳥屋側の出入り口へと先に立って歩き始めた。ゆらゆらと揺れる灯りを目で追いながら、伊三郎を引っ立てて佐吉も後に続く。

「円太郎さん、本当にお手柄でしたね」

佐吉が改めてねぎらうと、

「ううん、皆が来てくれたからだよ。けど、よかった。与一が怪我しなくて、本当によかった」

返す声は今にも泣きそうだった。たったひとりで灯りも持たず、奈落に降りた十二歳の勇気をもっと称《たた》えたかったが、それ以上の言葉が見つからなかった。

ともあれ、円太郎の言う通り、与一に何事もなくて本当によかった。

だが、科人はもう一人——直吉かもしれない。

青くさい闇の気配。夜目の利く奴。

佐吉は湿った奈落を進みながら、円太郎の言葉を胸に刻んだ。すると、太い柱の陰から闇の眼《まなこ》がこちらをじっと見ているような気がした。


暗い物思いから解かれ、佐吉は太息を吐き出した。

空は既に青藍の色に変わりつつあった。芝居茶屋の軒提灯は路面を明々と照らし、障子窓からは芸者の奏でる三味の音が洩れてくる。思い出しただけなのに、今まで真っ暗な奈落にいたような息苦しさが胸を覆っていた。もう一度大きく息を吐いてから吸う。料理や脂粉のにおいに混じって金木犀《きんもくせい》の甘い香りが漂ってくると、ようやく現の世界に戻れた気がした。

結局、稲荷町の伊三郎は芝居小屋を追い出された。直吉も頭取部屋に呼ばれたが「己は知らない、伊三郎の姦計《かんけい》だ」と言い張ったらしい。いくら夜目が利くと言っても、あの奈落を灯りなしに逃げるのは難しいだろうと楽屋頭取も座元も判じたようだった。

何よりも。

——瀬川路京はあっしの師匠です。師匠の舞台をぶち壊しにするはずがねぇじゃありませんか。

直吉の切々とした訴えを信じたようだ。その声色に嘘はなかったと楽屋頭取は周囲に語っていたそうだ。大事には至らなかったし、すっぽんを跳び越えた与一の機転とその後の演技が絶賛されたので、座元も楽屋頭取もそれ以上の追及はしなかったのかもしれない。

だが——と佐吉は今でも思う。本当に直吉はやっていなかったのだろうか。奈落の闇を震わせた青くさい気配とは円太郎の勘違いだったのだろうか。

人の気配、とりわけ悪意をまとったものは表に出やすいものだ。何十年も人の悪意に晒《さら》されてきた佐吉にはわかる。円太郎の言った通り、あそこには闇の気配——悪意の気配とでもいったものが残っていたように思う。

もしも、あの奈落に今でも直吉がいるのだとしたら。湿った闇の中で出口を探せず、途方に暮れているのだとしたら。

——おめぇ、死にたくならねぇのか。

あの問いは、佐吉ではなく直吉自身に向かって投げられたのかもしれない。

だが、そうだとしても、彼をどうやって救ったらいいのだろう。

暗くて冷たい場所にどうやって光を当てたらいいのだろう。

佐吉にはわからなかった。

溜息を呑みくだし、そろそろ帰ろうかと歩き出したときである。

木戸から一人の男が出てくるのが見えた。芝居がはねてからずいぶん経っているので、もちろん見物ではない。地味な藍縞の着流しに半白の髪。歳の頃は五十路手前か。大道具方や小道具方ではなさそうだ。やけに背筋がぴんとしているのは役者か。それにしても綺麗な佇まいだ。

と、その男がゆっくりと振り返った。佐吉を見て一瞬だけ目を瞠ったが、すぐににっこりと笑んだ。

不意に奈落の息苦しさから解き放たれる気がした。

ああ、あの人だ。あの人がようやく戻ってきてくれたのだ。
再び光の当たる場所へ。

# 第四幕　双面《ふたおもて》

## 一

「今宵《こよい》は星月夜やから、まあ、月見船ならぬ星見船ってとこやな」

さ、帳元、と立作者の竹田徳次郎《たけだとくじろう》が福地茂兵衛《ふくちもへえ》に酌をする。茂兵衛の隣では十四歳の若き座元、市村羽左衛門《いちむらうざえもん》が葛餡《くずあん》のたっぷりかかった車えびのしんじょを箸で割っている。

三十四年ぶりに上演する『大川秋野待夜月』の大入りを祈念し、景気づけに川遊びに繰り出そうと言い出したのは、立作者の徳次郎であった。屋根船も重箱の料理も柳橋《やなぎばし》の料亭で支度させたものである。船内の座敷には座元らの他に弟子の松丸《まつまる》もいた。

そして——

二代目路京《ろきょう》は座敷の片隅で黙々と箸を動かす男の横顔を盗み見た。

——お初にお目にかかります。二枚目として竹田先生の助筆を務めさせていただきました。奈河洗蔵《ながわせんぞう》と申します。

——陰気な男や。

徳次郎の言う通り、仄暗《ほのぐら》い船内で丁寧に辞儀をした狂言作者は、さながら影を背負っているような男であった。歳《とし》の頃は五十手前だというが、終始俯《うつむ》き加減で酒を舐《な》める姿はもっと年老いて見える。髷《まげ》の半分は白く、痩せているため鼻も頬骨もやけに尖《とが》っていた。還暦をとうに過ぎているはずの、帳元の茂兵衛のほうが恰幅《かっぷく》のいい分、よほど若々しい。

「で、二代目のほうは稽古が進んでるかね」

その茂兵衛が酒で赤らんだ顔を向けた。

「ええ、まあ」

役は違えど、子役の頃に演《や》った芝居だ。筋立ては頭の中にしっかり入っている。二代目のほう、と茂兵衛が言うのは路京本人ではなく、初太郎《はつたろう》役を演じる松丸を指しているのだろう。その愛弟子《まなでし》は神妙な面持ちで座している。帳元や座元と同席しているうえに、初めての川遊びで心が張り詰めているのか、華奢《きゃしゃ》な背は洗濯板でも入れているように強張《こわば》っていた。錦糸卵《きんしたまご》が色鮮やかな五目飯、胡桃《くるみ》と豆腐をすり合わせて蒸したかまぼこ豆腐、練り味噌《みそ》をつけた茄子《なす》のしぎ焼きなど、とりどりの料理を前にして箸もほとんど進んでいない。座元の羽左衛門に是非にと勧められて連れてきたものの、却《かえ》って可哀相《かわいそう》なことをしてしまったかと路京は酒と一緒に溜息《ためいき》を呑《の》みくだす。

明後日《あさって》は台帳読《ほん》みに入る。その後は役者にせりふだけを記した書抜が渡され、それを読みながらの稽古、その数日後には動作をつけた立稽古、さらには三味や太鼓のお囃子《はやし》をつけた附立《つけたて》が行われ、いよいよ総ざらいといった運びになる。総ざらいは舞台ではなく、本二階の楽屋や芝居茶屋の座敷で行われることが多い。

役者が顔を揃《そろ》えての稽古は十日程度になるが、これが通例であった。つまり、稽古は役者各々に任されているというわけだ。新作はともかく『忠臣蔵《ちゅうしんぐら》』のような何遍も上演されている狂言の場合、どの役でもこなせなければいっぱしの役者とはいえなかった。

だが、松丸にとってはすべてが初めてなのである。かつて己が演った初太郎役の勘所を余すところなく伝えたいと思い、日々しごいてはいるものの、いかんせん日にちがない。一方で、同じ初太郎役を演ずる羽左衛門には、かなり早くから台帳の写しが渡されていたのだと思えば、松丸は羽左衛門の当て馬にされるのだという腹立ちが今更ながら募る。

「まあ、二代目は、名女形《めいおやま》と謳《うた》われた初代の〝お栄《えい》〟を間近で見ていたんだからな。先《ま》ず、間違いないだろう。きっと見物を泣かせる母親役を演ってくれるだろうよ」

嬉《うれ》しそうに喉を鳴らし、茂兵衛が盃を乾《ほ》した。こちらも上機嫌の立作者、徳次郎が空いた盃にすかさず銚子《ちょうし》を傾ける。

「せやせや。だが、何と言っても、こっちはんは初めてやからな」

せいぜい気張っておくんなはれ、と値踏みするような視線を向けられ、松丸の小さな肩はいっそう縮こまった。

「けど、縁は異なものというけど、本当だねぇ。この子は何となしに二代目に似てるよ。目元なんてそっくりだ。二代目、まさか隠し子だなんてことはないだろう」

下卑た笑みを顔に貼りつけ、茂兵衛がこちらをちらりと見遣《みや》る。

「まさか。第一、隠す必要がないじゃありませんか。あたしには他に子がいないんですから」

「そうかい。まあ、因果は巡るというからね。血はつながってなくとも、あんたと、この弟子は前世で親子だったのかもしれないよ」

初代とあんたがそうだったみたいにさ、と茂兵衛がぼそりと言った。その拍子にこめかみの辺りに視線を感じ、顔を上げると奈河洗蔵の目とかち合った。だが、すぐに洗蔵は目を伏せると巻き上げられた簾《すだれ》の向こうへと頭を巡らせた。

船は年貢米の集まる浅草御蔵《あさくさおくら》の辺りへと差し掛かっていた。八本ある船入堀のちょうど真ん中ほど、埠頭《ふとう》から川面《かわも》に枝を張り出しているのは通称「首尾の松」である。猪牙《ちょき》で吉原《よしわら》を往来する遊客が郭《くるわ》での首尾を願い、命名したそうだが、月のない夜闇の中、黒々と浮かび上がる大ぶりの枝は化け物の手を思わせた。なぜだか、その手に船ごとわしづかみされる絵図が思い浮かぶ。縁起でもない、と路京は暗い絵を追いやり、

「洗蔵さんと徳さんは付き合いが長いのかい」

声に明るさをまとわせて訊《たず》ねた。

「いや、さほどでもあらへんな。わしが江戸に出てくる前に二年ほど中座で一緒やったくらいかななあ」

洗蔵はん、と徳次郎は洗蔵の横顔に声を投げる。

「へえ」

と洗蔵がおもむろにこちらを向いてにこりと笑う。存外に端整な顔立ちだった。

「けど、さすがに奈河七五三助《しめすけ》の弟子だけあるねぇ。『母子月』をあんなふうに改作するなんざ。あの場を思い描いただけで、あたしゃ、心《しん》の臓《ぞう》がどくどくするよ」

茂兵衛が太った胸を大仰な仕草で撫《な》でさする。

「宙乗りを思いついたのは――」

徳さんじゃなかったのかい。最後の言葉を呑み込んだのは、徳次郎が決まり悪そうな面持ちになったからだった。最後の仕掛けを自分の手柄のように誇っていたが、案を出したのは洗蔵だったようだ。

「せやせや」一瞬顔を覗《のぞ》かせた決まり悪さを隠すようにして徳次郎が大笑した。「あれが首尾よういったら連日大入りの札止めになりまっせ」

「そうなることを祈ってるよ。まあ、この御仁は初舞台ですっぽんを跳び越えたんだからな」

なあ二代目、と茂兵衛が路京へ視線を投げる。

「すっぽんを跳び越えたというのは？」

料理に没頭していた羽左衛門の目に好奇の色が浮かび、俯きがちだった松丸も先を聞きたそうに眸《ひとみ》を輝かせている。

だが、路京にとってはあまり思い出したくないことである。下手をすれば奈落にまっさかさま、命を落としていたかもしれないのだから。

「何、もう三十六年も昔のことですから。憶《おぼ》えている人もいないでしょう」

触れてくれるな、と暗にほのめかしたつもりだった。

だが、路京の意に反し、

「いや、わしはよく憶えておるよ」

茂兵衛が分厚い胸を張り、得々と喋《しゃべ》る。

「二代目が『重《しげ》の井《い》』の子役を演ったときだ。花道を駆けて現れるんだが、その際にすっぽんが下げられたんだよ。危うく下に落ちるところだったのを、この御仁は軽々と跳び越えたのさ。そりゃ、見事だったよ。あれで〝与一坊《よいち》〟の将来は決まったようなものさ」

「すっぽんを下げるなんて何と剣呑《けんのん》な。いったい誰がやったんですか」

甲高な声を出したのは羽左衛門である。

「稲荷町の奴だったんだけどねぇ。ただ、その後に実の子の円太郎《えんたろう》が初代に毒を盛っただろう。それで、すっぽんを下げたのも奴じゃないかと噂《うわさ》する者も――」

確かに円太郎は父殺しの罪で江戸払いとなった。本人が殺《や》ったと自白したのはもちろんだが、

――半畳売りの佐吉《さきち》がお役人に言ったそうだよ。円太郎さんが酒土瓶に何かを入れるのを見たって。

佐吉の証言が決め手になったようだった。

けれど――

「すっぽんを下げたのは円太郎さんじゃありませんよ」

路京は帳元の饒舌《じょうぜつ》を強い語気で遮った。

「なぜ、そう言えるんだい」

話の腰を折られたからか、不機嫌そうな面持ちで茂兵衛が問うた。

――与一！　跳ぶんだ！

よく通る声が路京の耳奥でくっきりと蘇《よみがえ》る。その拍子に少し大きな波が船腹に当たり、船が傾《かし》いだ。

「跳べ、と声が聞こえたんです」

その波を押し返すようにきっぱりと告げた。船内がしんと静まり返り、九歳のときの記憶が驚くほど鮮やかな色合いで立ち上る。見えない糸で背中を引き上げられるような感じが身の内を貫いた。

「その声で、あたしは咄嗟《とっさ》にすっぽんを跳び越えていました。九歳でよくもあんなことができたと我ながら思いますがね。もし、声が掛からなかったら奈落にまっさかさまだったでしょう。今でも耳に

焼きついてますよ。あれは確かに」
　円太郎さんの声でした――

「与一っちゃん、何ともないかい」

　三吉《さんきち》の演技を終え、花道から鳥屋《とや》に戻った与一に円ちゃんが駆け寄ってきた。いつもは明るい頬の辺りは青ざめている。その顔を見た途端、与一は思わず胴震いした。背中から濡《ぬ》れた着物を羽織らされたみたいな冷たさと不快さが貼りついている。

　ぎいぃ。不意に軋《きし》んだ音が耳奥から蘇った。殺されそうになったんだ。しかもその人間は今もこの小屋のどこかにいるのだ。そう思えば、震えは総身に広がっていく。

「円ちゃん！」

　冷たい恐怖を一人では背負いきれず、与一は無我夢中で円ちゃんに抱きついていた。温《ぬく》みを求めるように、伸ばした両手で背中をぎゅっと摑《つか》む。

「大丈夫だよ」

　大丈夫だ。おれがいる。おまえが危ない目に遭ったらおれがすぐに助けてやる。

　与一の背を何遍もさすりながら円ちゃんは幼子を諭すように繰り返した。

　ああ、円ちゃんは味方だ。おいらの一番の味方だ。

　その手の温もりが背中から総身に伝わり、ふっくらとした真綿に抱かれているような心持ちになる。心地よい安堵《あんど》に身を任せようとしたとき、
　と、きょきょきょきょ。

唐突にホトトギスの鳴き声が耳奥で鳴った。甲高い鳴き声は、頭の奥に仕舞われた絵を引っ張り出しては、次々と広げてみせる。

——おっかさん。おっかさん。

母の瘦せ細った体を揺する幼い自分の姿。

——坊。かわいそうだけどおっかさんは死んじまったんだ。

長屋の差配さんの悲しげな顔。

——けど、おまえのおっかさんはもういないんだろう。

お師匠様の困惑したような顔。

そして、最後に現れたのは——

小さな座棺《ざかん》に押し込まれたおっかさんの亡骸《なきがら》だった。

すると、胸の内側がことりと音を立て、温かいものが頰を伝うのに気づいた。それが涙だとすぐにわからなかったのは、久方ぶりに流す涙だったからかもしれない。おっかさんが死んだときも、直吉《なおきち》さんに折檻《せっかん》されたときも、お内儀さんに罵られたときも、出なかった涙がなぜ今出ているんだろう。

ホトトギスはおっかさんの魂を連れていっただけではなかった。与一の胸に鋭い錐《きり》のようなものを突き刺していったのだ。それが抜け落ち、小さな穴になったところから涙が流れ落ちている。心がしゃくりあげる度に穴はひりひりと痛み、幾筋も幾筋も冷たい涙を滴らせる。

「大丈夫かい、与一っちゃん」

円ちゃんが心配そうに顔を覗き込む。

大丈夫。そう言おうと思うのに苦いもので喉が塞がれ、言葉が出ない。すると、円ちゃんの手が再び与一の背中をさすり始めた。

大丈夫だから。おれがいるから。おまえをずっと守ってやるから。

さっきと同じ言葉が繰り返され、胸の痛みが少しずつ和らいでいく。

ああ、そうだった。人の手はこんなにあったかかったんだ。

長い間、忘れていたことをようやく思い出したような気がした。縄できつく縛られていた身が放たれたような、凝り固まっていた部分に血が通ったような、そんな安堵が与一の内側に広がっていく。

でも、その一方で、胸に開いた小さな穴はくっきりとした輪郭を持っていく。それは生涯消えることのない印となって自分の中に残るのだと悟った。おっかさんはいない。どれほど恋い慕っても会うことは二度と叶《かな》わない。

その実感は身悶《みもだ》えるほどに悲しいことだったけれど、ここにはあったかい手がある。

おっかさんはいないけれど、自分は独りぼっちではないのだ。

何も持たぬ、何ともつながれぬ乞食《こじき》小僧ではないのだ。

円ちゃん、ずっとそばにいてね。ずっと与一を見ていてね。

与一は温かい手が逃げないように心の中で祈り続けた。

与一がお師匠様――瀬川《せがわ》路京の養子となったのは、皐月《さつき》狂言から半年ほど後、実家《さと》帰りをして屋敷を空けていたお内儀《かみ》さんが戻ってきてからひと月ほど後のことだった。皐月狂言が終わったら養子にするとお師匠様は決めていたらしい。実子がいるのになぜわざわざ養子を取るのか、という疑問の声も周囲にはあったようだが、大好きな円ちゃんとますます近しくなったことが与一には何よりも嬉しかった。

養子になって大きく変わったことは、弟子部屋を出され、ひとりの寝間を与えられたことだ。ただ、変わらないこともあった。与一は相変わらず兄弟子たちと一緒に台所の板間で三度の飯をとっている。お師匠様とお内儀さんと円ちゃんは居間で飯を食うのだが、与一はその場所には入れてもらえない。円ちゃんによれば、お内儀さんが与一を頑として受け入れないのだという。無論、与一とて、顔を合わせたときのお内儀さんの目に夥《おびただ》しい針が含まれていることくらいはわかっている。無理に中に入れてもらったとしても、あまりの窮屈さに飯が喉を通らないだろう。

兄弟子たちの眼差《まなざ》しはいっそう刺々《とげとげ》しいものになったけれど、飯のときはお駒《こま》さんがいるので安心だ。お駒さんは以前と変わらずに優しいけれど、与一が養子になったからか、少しだけ遠慮しているように思える。それが、与一には寂しかった。

そんな暮らしの中でほっと気を抜けるのが、円ちゃんと過ごす稽古場でのひとときだ。

与一がこの家に来てちょうど四年。五月の夜はしっとりと美しく、稽古場には月の青白い光が差し込んで、床はたった今拭き上げたかのようにつやめいている。青草のにおいを孕《はら》んだ夜風が頬を撫でるのも心地よく、ひんやりした床に寝転んでいるうちに心がほどけ、今にもとろりと眠ってしまいそうだ。

「七月狂言は『大川秋野待夜月』だって」

隣にいる円ちゃんがひそやかな声で言った。

「おおかわあきのまつよづき？」

つい声が高くなって、与一は右手で口を押さえた。

亥《い》の刻は過ぎているだろう。こんな刻限に十一歳と十四歳の子どもが起きていると知られれば大人に叱られる。耳をそばだててみれば、母屋のほうはしんと静まり返り、聞こえるのは庭木の葉が風に揺れる微《かす》かな音だけだ。

「近松門左衛門《ちかまつもんざえもん》は知っているだろう」

円ちゃんがさらに声をひそめる。半分だけ大人の声だと与一は思う。それに比べて自分はまだまだ幼い。役者だなんて口にするのはおこがましいほどに何もかもが未熟だ。けれど、身の内の音だけは相変わらず、いや、以前にも増して、りんりん、しゃらんしゃらんと鳴っている。何しろ踊りたくて踊りたくてたまらないのだ。せりふの稽古も大切だとはわかっているけれど、やはり与一は体を動かすほうが好きなのだった。

「うん、知ってるよ。『重の井』も元々は近松の書いた狂言なんでしょう」

近松と言えば心中ものだ。元禄《げんろく》の世、上方《かみがた》で『曽根崎心中《そねざきしんじゅう》』という人形浄瑠璃が大評判になり、その後、江戸中村座《なかむら》でもかぶき狂言として上演されたそうだ。だが程なくして、心中ものの芝居はお上に禁じられ、「心中」という言葉を口にするのさえ御法度、男女が道連れで死ぬことを「相対死《あいたいじに》」と呼ぶようになった。芝居に影響されて心中する男女が相次いだからだという。

それを聞いたとき、与一の胸は震えた。近松という大作者に対してのみならず、役者も含めた芝居への畏怖のようなものが沸き起こったのだ。考えてみれば、初めて芝居小屋に足を踏み入れたときの自身もそうだったのだろう。おっかさん恋しさに我を忘れて舞台に駆け上がり、重の井の打掛にしがみついたときの心の昂《たか》ぶりは今でもはっきりと憶えている。今思うと、顔から火が出るほどに恥ずかしいけれど、あれもやはり芝居の力、ことに重の井を演じていた〝瀬川路京〟という役者の発する力に引きずられたからなのだ。

「本当かどうかわからないけどね」

円ちゃんがごろんと転がり、与一の耳元で囁《ささや》きかける。円ちゃんの着ているものは微かに甘いにおいがする。

「みかん？」

「『大川秋野待夜月』は近松の未完の狂言なんだって」

「そうさ。完成していないらしい。元々は『浮世母子月《うきよははこづき》』って名題《なだい》だったそうだよ。だから、通称『母子月』って呼ばれてる」

ふうん、と与一は呟《つぶや》いて稽古場の外へ目を遣った。床も、そこで寝転ぶ自分たちも月明かりで濡れているのに、肝心の月の姿は見えない。そこに確かにあるはずなのに目で捉えられぬことがもどかしく、与一は廊下に出て月を見上げたくなった。立ち上がろうとすると、

「それとね、たまげるんじゃないよ」

脅かすような円ちゃんの声に呼び止められた。

「なあに」

振り向くと円ちゃんの小さな顔がすぐ近くにあった。月明かりのせいで色白の頬はいつもより青ざめて見える。

「その狂言にはね。子別れの場面があるんだ。子役は二人で一役を演じる。おれと、もうひとりは与一っちゃん、おまえだよ」

子役がふたり？

「何をぼけんとしてるのさ。おれとおまえ、二人がかわりばんこに同じ役で出るんだよ」

かわりばんこ。それでようやくわかった。

「ほんとかい？　円ちゃん」

「本当さ。たまげただろ？」

「うん。たまげた。けど、嬉しいな。円ちゃんとおんなじ役を演れるなんて。嬉しくて嬉しくてたまんないな」

与一の声は我知らず弾んだ。すると、息を吸い込む音がして、次の言葉を待つほどもなく、いきなり抱きしめられた。その強さにどきりとする。一見小柄で華奢に見えるけれど、その腕は確かに大人の男に近づいたたくましさを持っているのだ。

そして、円ちゃんのまとう甘いにおいがいっそう近く――

刹那《せつな》、喉が何かで締め上げられたかのように息苦しくなった。二年前、円ちゃんと廊下で出端の稽古をし、お内儀さんにひどい言葉を投げつけられた日の夜に、稽古場で起きたことがくっきりと蘇る。

――どうにもなってないよ。妙な夢でも見たの。

翌朝、お駒さんはそう言った。与一自身も幼かったし、夜中のことだったから、そうかもしれないと思った。だが、あれは夢じゃない。夜だったけれど、いや、夜だったからこそ、与一の耳も鼻も痛いほどに研ぎ澄まされていた。今でも廊下を打つ足音の冷たさを耳が憶えている。その音に驚き、振り向こうとした瞬間、背後からいきなり抱きすくめられたのだった。

あのとき、これと似た甘いにおいがしなかったか。

「そうか。おまえは嬉しいんだね」

円ちゃんの寂しげな声ではっと我に返った。その拍子に花の香も温もりもすっと離れた。音もなく円ちゃんは立ち上がり、すべるように稽古場を出ていく。廊下に立つ後ろ姿は与一が思うよりずっとすらりとしていた。

花のような甘いにおい――蘇ったのは廊下で出端の稽古をしているときのことだった。風で舞った卯《う》の花《はな》の白い花片。その中を去っていく鴇色《ときいろ》の背中。

――こんな賤《いや》しい乞食小僧に三吉役をさせるなんて、酔狂もいいところさ。

許さない、と吐き捨てたお内儀さんの憎しみのこもった目。

ああ、そうか。首を絞めたのはお内儀さんだったんだ。

でも、仮にそうだとしても、そのことを口に出してはいけない。口に出したら、自分はここにいられなくなってしまう。それに――

――それは、怖かったね。悲しかったね。

あのとき、お駒さんは泣いていたような気がする。もしかしたらお駒さんは本当のことを知っているのかもしれない。知っていて夢だと与一に言ったんだ。そうしないとお駒さんもここにいられなくなるから。だから、あのことは絶対に誰にも言ってはいけない。円ちゃんにも。ううん、円ちゃんにこそ。

甘いにおいの記憶を振り払うように与一は跳ね起きた。

楽しみだね、円ちゃん。

そう言って横に立とうとしたが、月影をまとった白絣《しろがすり》の背中がよそよそしく見えて、何気ない言葉は喉に絡まってしまった。自分を守ってくれるはずの義兄の背はすぐそこにあるのに、すごく遠くにあるような気がして足がすくむ。

円ちゃん。

いっとう大好きな人の名がどうしても出てこない。

ねえ、おいらはここにいてもいいの。

「与一っちゃん、何してるんだい。ここにおいで。月が綺麗《きれい》だ」

振り向いた円ちゃんがにこりと笑った。こちらを包み込むような柔らかな笑顔に足のこわばりがようやく解けた。敷居をまたぎ越え、義兄の傍《そば》に立って振り仰ぐ。

黒い練絹《ねりぎぬ》のような空には、書割を思わせる丸い月が頼りなげに貼りついていた――


船が強く揺れ、簾《すだれ》の向こうの川面を別の船が行き過ぎた。淡い蜜柑《みかん》色の船提灯《ふなぢょうちん》が夜闇にぼんやりと浮かんでいる。

「書割の月なんざ、すぐできるだろうけどな」

なあ、二代目、と茂兵衛が細い目でこちらを見つめていた。

「ええ、まあ」

路京が物思いに耽《ふけ》るうち、どうやら大道具の話になっていたようだ。帳元の茂兵衛はやはり宙乗りに一抹の不安があるらしく、仕掛けについてしきりに徳次郎に訊ねている。若い役者ならともかく、吊《つ》られるのが四十五歳の落ち目の女形だから仕方ないと言えば仕方ない。

「麻縄の検《あらた》めはしっかりしてくれないとな。しくじったら洒落《しゃれ》にならんからな。まあ、いざとなれば、櫓《やぐら》の上の舞だけでも絵にはなるだろうが――」

「いまどき、宙乗りなんざ、珍しくないでしょう」

茂兵衛の言を遮ったのは洗蔵だった。その声の響きに心の臓を強く摑まれた。挨拶したときの上方訛《なま》りは抜けていた。それに声の響きも――路京が痩せた顔を凝視していると、

「こないだ舞台を確かめてきたんですわ。やはり下手《しもて》に櫓を置くんがええと思います。それを隠すように書割の森を置いてくれはったら」

洗蔵は気まずそうに声を和らげた。柔らかな上方言葉になっていた。

「ああ、もう舞台の下見に行ったんやな」

さすがや、と徳次郎が持ち上げると、

「ともかく、あの芝居に宙乗りは欠かせまへん。二代目なら見事な舞を見せてくれはるでしょう」

今度はぎこちない笑みを浮かべた。静かに盃を置き、箸を手に取る。何気ないその仕草にもはっと胸を衝《つ》かれた。

そこには端然とした美しさがあった。

よく通る声も挙措も役者のものだ。いや、あの人の――円太郎のものだ。

路京は伏し目がちに料理をつつく狂言作者の横顔を見つめた。

――わしが江戸に出てくる前に二年ほど中座で一緒やったくらいかな。

大坂の中座。確か円太郎の母親、お玉《たま》の実家は大坂だった。江戸払いになった円太郎は大坂へ去ったのではなかったか。その後、文化《ぶんか》から文政《ぶんせい》に元号が変わった七年前に赦免されたという話は伝え聞いたが――

そう思ってみれば、陰気だと感じた男の顔がまったく違うものに見えてくる。

だが、この男が円太郎だとしても、ここで訊ねるわけにはいくまい。船を降りたら話しかけてみよう。ふと表を見ると、船はどこで舳先《へさき》を変えたのか、再び首尾の松の前を通り過ぎたところだった。

二

狂言作者の奈河洗蔵は、両国橋の船着場で猪牙舟に乗り換え、深川の佐賀町《さがちょう》へと向かっていた。二代目瀬川路京が物問いたげな面持ちだったが、猪牙舟に乗るのを理由にそのままやり過ごした。

大坂から江戸へやってきて、どこへ住もうかと考えたとき、芝居町周辺ではないところがいいと思った。十四歳まで江戸にいたものの、物心ついたときから稽古漬けの毎日だったから芝居町の周りしか知らなかった。どうせ人生をやり直すのなら、まったく知らぬ町のほうがいい。そう思って大川の東向こうに決めたのだった。まだ住み始めて三月《みつき》ほどだが、なかなかいい場所だ。

油堀川《あぶらほりがわ》と大川の合流地点、下の橋の船着場で船を降りると星月夜の道を長屋へ向かって歩き始めた。じきに木戸が閉まると思えば、夜闇を震わす虫の音を聞きながらのそぞろ歩きというわけにもいかず、我が家への足は自然と速くなった。

十四歳まで暮らした家も、大坂の祖父母の家もそれなりに大きかったから、六畳一間の長屋住まいは洗蔵には目新しいことばかりだ。厠《かわや》や井戸が共用なのは面倒だが、その分、人の付き合いは密だ。四十後半の男が独りで暮らしていると知るや、近所の住人がやたらと親切にしてくれる。中には、親切を通り越して何かとうるさい女もいて――

「もう。洗さんったら。何でこんなに遅いのさ」

仄暗い部屋の前で仁王立ちしているのは隣に住むお夏《なつ》だ。色は白いが美人だとは言い難い。鼻は低いし少し垂れた奥二重の目は離れている。ただ、笑うとなかなか愛嬌《あいきょう》がある。歳は幾つだか知らない。目尻の皺《しわ》を見れば年増《としま》も年増の大年増。まあ、よく見積もっても二十八、九。いや、たぶん三十路《みそじ》を越しているだろう。何かと苦労をしている女らしい。親に捨てられ、男に騙《だま》され、今は料理屋で仲居をしていると、こちらが訊《き》きもしないのに身の上話をしてくれた。苦労を背負っている分、蓮《はす》っ葉《ぱ》なようで情が深い。

「すまん、すまん。船がやたらとゆっくりやったんや」

お詫《わ》びに茶でも入れたるわ、と洗蔵は弁慶縞《べんけいじま》の着物の肩をぽんと叩《たた》いた。

「そんなら、許してやるか」

お夏はくしゃりと笑い、洗蔵の腕を取った。

「やっぱり、あたしが入れたげる」

勝手知ったる何とやら、でお夏は行灯《あんどん》に火を入れ、てきぱきと土間に立った。江戸へはほとんど身ひとつで出てきたようなものだし、たった三月しか住んでいない部屋だから、夜具と文机《ふづくえ》の他にはたいした物を置いていない。鉄瓶も七輪もお夏が自身の部屋から持ち込んだものだ。

手際よく七輪で湯を沸かし、お夏は熱い番茶を入れてくれた。香ばしいにおいが狭い部屋に立ち上る。ああ、こういうのはいいな、と洗蔵は思う。

十四歳から四十五歳までのおよそ三十年間、己の人生は母のためにあった。母はずっと夢の中に生きていた。夫が生きていて、息子はこの世に存在しないという夢の中に。

洗蔵の日々は、そんな母を叱り、母をなだめ、母に泣いて終わった。三年前、母が六十五歳で鬼籍の人になるまでそれは続いた。結局、母は洗蔵が息子だと思い出さぬまま永遠の眠りに就いたのだった。

悔やんではいない。それもまた己が選んだ道なのだから。

「ねえ、『母子月』だっけ。あたしも観《み》にいっていい？」

湯気の立った湯飲みを洗蔵の前に置くと、お夏は問うた。

「ええよ。土間席でよければ取ってやるわ」

「うれしい！」

子どものように大声を上げた後、お夏は慌てて口を手で押さえた。そろそろ亥の刻だ。隣人は高《たか》鼾《いびき》をかいているだろう。

「ねえ」と声をひそめる。「で、どんなお話なのさ」

「せやな――けど、先に聞いたらおもろないぞ」

「大丈夫。教えてよ」

お夏は手を組んで目を輝かせる。その仕草は三十路過ぎの女らしくないぞ、と苦笑しながら洗蔵は語り始める。

「あのな――」

頭の中には与一の屈託のない笑顔が思い浮かぶ。与一が十一歳で己が十四歳。美しくて楽しくて、何より苦しい夏だった――

「ねえ、円ちゃん。『母子月』ってどんなお話なの？」

所作の稽古を終えてから、与一が円太郎にそっと耳打ちした。昨夜、稽古場で初太郎役を二人で演るのだと伝えたばかりだった。

「そのうちにおとっつぁんからじきじきに話があるよ。書抜だって渡されるだろうし」

「でも、円ちゃんはお話を知ってるんだろう。ずるいよ」

与一が赤い口を尖らせる。ずるいと言われれば言い返せない。

「よし、わかった。そいじゃ、外で話そうか。久方ぶりに三光稲荷《さんこういなり》に行くかい」

「うん、行く」

円太郎が言い終わらぬうちに与一は弾《はじ》けるような笑顔で頷《うなず》いた。

内弟子だった頃の与一は屋敷の掃除や厨《くりや》の手伝いがあったので、二人で家を出るのも苦労をしたのだが、養子になった今はこうして大手を振って遊びに行ける。

裏木戸から表に出れば、五月の陽《ひ》はまだ充分に高い。これから七月まで稽古漬けの毎日だから今日くらいはのんびりしよう。風に当たったからか、心に重くのしかかっていた与一との競演があまり気にならなくなった。比べられると思うから萎縮するのだ。己は己の演技をすればいい。そう胸に言い聞かせ、円太郎は歩き始めた。

三光稲荷神社は岩代町《いわしろちょう》の屋敷からほど近い長谷川町《はせがわちょう》にある。市村座や中村座が立ち並ぶ二丁町の大通りほどではないけれど、人形浄瑠璃や見世物小屋、芝居茶屋などが軒を連ね、三味や笛の音で賑《にぎ》やかな場所だ。でも、そんな通りから神社の境内へ一歩入ると、まるで別天地に迷い込んだみたいにしんとしている。それが何だか心地よくて、円太郎も与一もこの場所で話すのを好んだ。

小さな鳥居をくぐると、参道脇にずらりと並んだ猫の置物が出迎えてくれる。そのほとんどが白い招き猫だ。この神社は迷い猫を見つけて欲しいと立願すれば叶うと言われているので、大事な猫が見つかったお礼にと置いていく人が多いらしい。

大勢の猫の間を進んでいくと、小さな社殿の横にはクスノキが佇《たたず》んでいる。与一のお気に入りの場所だ。

今日も下駄を鳴らして大木の傍まで駆けていき、とんと飛び跳ね、クスノキの木の股に腰掛けた。本当に身軽な奴《やつ》だと円太郎は苦笑しながら後を追う。

下駄の足をぶらぶらさせながら与一はクスノキを見上げていた。青い葉叢《はむら》を透かして夏の光がらせんになって降りてくる。その光が白い肌に不思議な模様を象《かたど》り、風で葉が揺れる度にゆらゆらと動く。

ああ、綺麗だ。やはり与一は神の童なんだ。さながらクスノキに宿った神の童。その童がおもむろに問う。

「ねえ、円ちゃん、憶えてる?」

「もちろん、憶えてるさ」

まだ与一が内弟子の頃だ。初秋のよく晴れた日のことだった。

おっかさんのお使いで、富本節《とみもとぶし》の正本を取りに通油町《とおりあぶらちょう》の耕書堂《こうしょどう》まで行く途中だった。カナカナと鳴く蝉《せみ》の声に誘われるようにここへ来て、クスノキに止まった蝉を与一が捕まえたのだ。今腰掛けている木の股からするすると上まで登っていったのを昨日のことのように記憶している。円太郎にはそんな身軽なことはとてもできなかったから。

与一の手の中でもがく秋蝉は薄緑色の透明な羽をまとっていた。その美しい蝉を見ているうちに、

何だか哀れになってしまい、

——放してやりなよ。

自分から欲しいと言ったくせに、円太郎はそんなふうに言ってしまったのだった。蟬の命は七日くらいしかないから可哀相だと、取ってつけたようなことを理由にして。

与一はひどく悲しげな顔で、

——ごめんね。

と詫びながらクスノキの幹にそっと蟬を止まらせた。だが、蟬はじっとそこに止まったきり動かなかった。死んではいない。ただ、透明で美しい羽に飛び立つ力は残されていないように見えた。

——円ちゃん、おいらが捕まえたから弱ったのかな。

——そんなことないよ。きっと端《はな》から弱ってたんだよ。

じっと動かなかった蟬の弱々しい姿と与一の悲しそうな面持ちが、小さな後ろめたさと共に円太郎の心に残っている。

「もうすぐ蟬の季節だね」

与一が空を見上げたまま言った。

「そうだね。けど、これから稽古で忙しくなるから、ここにもなかなか来られなくなる」

「そうだ。お話を聞きにきたんだっけ」

与一は大きな目をくるりと回した。そうだよ、と笑いながら円太郎はクスノキの幹にもたれかかる。

「子役の見せ場はふたつあるんだ」

役名は初太郎。おとっつぁんが演る母親の名はお栄。初太郎は母親のお栄に捨てられるんだ。どうしてって、お栄には好きな男ができたからだ。

円太郎は義太夫《ぎだゆう》さながらに節を回して語った。

初太郎が夜中に目覚めたら愛する母は傍にいなかった。不審に思い、表に出れば皓々《こうこう》とした月が路面を白く濡らしている。

『かかさま。かかさま。どこへおじゃる。初太郎を置いてどこへ行かれた。かかさま。かかさま。どこへおじゃる』

初太郎は何かに憑《つ》かれたように月夜の川べりを駆け回る。

『かかさま。かかさま。初太郎のかかさま。かかさまぁ。かかさまぁ』

しんとした芒《すすき》の野に初太郎の絶叫だけが響き渡る。

母に会いたい。今すぐに会いたい。

身を切られるような願いも虚《むな》しく初太郎は川に落ちてしまうのだ。

同時に月が消え、世界は全《まった》き闇に包まれる――

ここまで話し、与一を見ると、木の股に腰掛けたまま目を潤ませている。きっと初太郎の気持ちになってしまったんだろうな。

「それでね」

円太郎は再び話の筋へと戻る。

初太郎の母親、お栄をたぶらかした彦三郎は根っからの悪党だ。博打に溺れ、お栄を岡場所《おかばしょ》に売ろうとするのだ。そこでお栄はようやく目が覚める。こんな男のために己は子を捨てたのかと。

そうして、男から逃げたお栄は酌婦として働き始める。ところが、大川で溺れ死んだ子が夢枕に度々立つようになる。

『かかさま。かかさま。どこへおじゃる。初太郎を置いてどこへ行かれた』

亡くなった晩と同じせりふを吐きながら、夜な夜なお栄の枕元に姿を現すのだ。

そんなある日、お栄の働く店に不思議な客が訪れた。

『おまえさんはかつての悪行で苦しんでおるのだろう』

その客はお栄の心の中を見抜き、さらに言う。

『さぞ苦しかろう、だが、悪人のおまえでも善行を積めばその苦しみから逃れられるかもしれぬ』

ところが、善行とは何かとお栄が問うたとき、その客はふっと消えてしまう。同時にじゃらん、と錫杖《しゃくじょう》を鳴らす音が聞こえる。ああ、今のは地蔵菩薩《ぼさつ》だ。菩薩様が救いにきてくれたのだとお栄は悟る。

善行、善行。それこそ、何かに憑かれたように表へ出ると折しも望月《もちづき》の夜だった。川面には丸い月影が落ち、辺りは仄《ほの》かに明るい。ふらふらと川べりを歩くうち、童女が溺れているのにお栄は気づく。暗い水面から小さな手と頭が突き出しているのを見ると、お栄は考える間もなく水に飛び込んでいた。通りかかった駕籠《かご》かきが二人に気づいて岸に引き上げるのだが、童女が助かる代わりにお栄は命を落としてしまう。

「さて、そこからが初太郎のもうひとつの見せ場なんだ」

円太郎はそこでいったん切った。与一は目を潤ませながらこちらを見つめている。

「お栄に助けられた童女が、死んだはずの息子の初太郎に変わるんだよ。〝早替わり〟っていうんだ」

「早替わり？」

「うん。後見さんが後ろで着物を引っ張ってくれるのさ。似たようなのに〝ぶっかえり〟というのがあるんだけど、それは上半身だけ衣装が変わるんだ。川で溺れていた童女は地蔵仏の化身ってことになっている」

後見とは舞台上で色々と役者の手伝いをしてくれる者だ。

「ねえ、溺れ死んだお栄はどうなるの」

与一が不安げな面持ちで訊ねた。

「川の底がセリになっているんだよ」

川に飛び込んだお栄役の瀬川路京は奈落を通って書割の裏へと移動する。童女と一緒に岸に引き上げられるのは最初から川にひそんでいた代役だ。見物衆の目が子役の〝早替わり〟に釘付《くぎづ》けになっている間に、瀬川路京は書割の背後にある櫓に登り、見物の前にお栄の亡魂として現れるのだ。巨大な月を背にして心から子に詫び、今生の別れを告げ、濃紺の空へと儚《はかな》く吸い込まれていく。

「そこが、おとっつぁんの最大の見せ場で、芝居の大切りになるのさ」

自分でも声が上ずるのがわかった。おとっつぁんが櫓の上で舞うなんて。ましろな紗《しゃ》を羽織るというから、さながら天女のようだろう。話しているうちに、これはすごい芝居なんだという実感が涌《わ》いてきた。『重の井子別れ』同様、『母子月』はおとっつぁんの当たり狂言になるだろう。そして、いつの日か己もお栄役を演ってみたい。

二代目瀬川路京としていつか――

そこまで考えて、円太郎の胸はざわりと音を立てた。

おとっつぁんはどうして与一を養子にしたんだろう。おれがいるのに。

もしかしたら、二代目を継ぐのは――

「ねえ。円ちゃん」

与一の呼ぶ声がざわつく胸の中に割り込んだ。

「初太郎とかかさまは幸せになれないんだね」

泣きそうな顔をしているのは、死んだおっかさんのことを思い出したからだろう。ただ、円太郎に本当の意味で与一の寂しさはわからない。父も母もいる円太郎には。両親がいること。それは満たされていることのはずなのに、何かが欠けているような物足りなさがあった。

「善行を積んだお蔭《かげ》でお栄は現世での苦しみから解き放たれ、死んだはずの初太郎は生き返るんだ。切ないけど、すれ違いも人の世の習いなんだよ」

だからだろうか。そんな賢《さか》しらなことを言ってしまった。

「すれ違い――」

そこで与一は黙り込んでしまった。しばらく宙を見つめていたが、

「円ちゃん、ありがとう。すごく面白かった」

与一は木の股からぴょんと飛び降り、おなかが減っちゃった、とにっこり笑った。

そいじゃ、お駒に何かこさえてもらおう、と神社の外へ走り出たときだった。

「おや、円太郎じゃないかえ」

呼び止める声がして、二組の下駄の勢いが止まった。

振り返ると、人形浄瑠璃の小屋の前に立っていたのは、

「あ、浜村《はまむら》屋の小父《おじ》さん」

三代目瀬川菊之丞《きくのじょう》であった。

薄く白粉《おしろい》を施した顔にふわりと結い上げた髪。緑とも青とも言えぬ、青蛾《せいが》色の絽《ろ》が抜けるような肌を際立たせている。同じ女形でもおとっつぁんは芝居以外は男の恰好《かっこう》をしているけれど、この人は平素から女のいでたちをしている。でも、それがこの人にはよく似合っていると円太郎は思う。

ただ、おっかさんはこの人をあまり好きではない。本当ならおとっつぁんが三代目瀬川菊之丞を継ぐはずだったと思い込んでいるからだ。

おとっつぁんは富裕な商家の三男だったらしく、幼い頃から所作を習っていたらしい。役者の道を志したいと家を出て、二代目瀬川菊之丞の弟子になるやめきめき頭角を現したそうだ。だが、結局名跡を継いだのは、目の前のこの人、上方出の市山富三郎という役者だった。大坂の中座では評判の女形で、江戸に下るや否や、二代目瀬川菊之丞の一周忌追善として『百千鳥娘道成寺《ももちどりむすめどうじょうじ》』を踊って大評判を取り、その年の顔見世興行で首尾よく三代目瀬川菊之丞を襲名したという。

おっかさん曰《いわ》く「とんびに油揚げをかっさらわれた」ようなものらしい。だが、この人はとんびどころか正真正銘の鷹《たか》。しかも、とびきり美しい白鷹だ。

同じ女形としておとっつぁんもすごいと思うけれど、この人はさらに上を行く。いつか見た娘道成寺の舞は力強いのに繊細で悲しくて怖くて美しかった。だから、この人を「浜村屋大明神」と呼ぶ芝居通がいるのも頷ける。三代目瀬川菊之丞は男でも女でもなく人でもない。神様、まさしく大明神なのだ。そんなふうに円太郎が感じた女形はこの人のほかにはいない。おとっつぁんも、この人の芝居を観て色々学べと円太郎に言う。

「どこへ行くんだい」

その大明神が美しい声で訊いた。

「家に帰るところです」

「そうかえ、そういや、二人ともはらっぺらしの顔してる」

くすり、と笑った後、ああ、この子が噂の、と大明神は腰を屈《かが》め、与一に視線を合わせた。

「なるほど。こうして見ると、滅法界《めっぽうかい》綺麗なお子だねぇ」

ほっそりした白い手が与一の頬に触れた。その途端、与一は雷に打たれたみたいにびくりとし、跳ねるように後じさった。大明神を見上げる大きな目にはおののきの色が浮かんでいる。

「あらら、可愛《かわい》いこと。大丈夫だよ。いくら綺麗だからって取って食いやしないさ。けど、あんた、ずいぶん身が軽いねぇ。まるで若鮎《わかあゆ》のようじゃないか」

淡く紅を刷《は》いた目元は愛《いと》おしいものでも眺めるように柔らかくたわんでいる。その目を見ているうち、円太郎の胸はちりちりと焦げつくような音がした。

「浜村屋の小父さん、申し訳ありませんけど、黙って家を出てきちまったから」

思わずそんなふうに言っていた。

「そうかえ。呼び止めて悪かったね」

大明神はにこやかに微笑《ほほえ》んだけれど、熱を帯びたような目はまだ与一をじっと見下ろしている。その熱さに耐え切れず、それじゃと円太郎はぺこりと頭を下げ、与一の手を引いて早足で歩き始めた。熱い眼差しがまだその場にとどまり、こちらを見送っているのが振り返らずともわかった。そして、その眼差しが円太郎ではなく与一の背に向けられているのも。

この子はおとっつぁんだけでなく、大明神にも認められたのだ。

そう思うと、最前胸に押し込めたざわりとしたものが蘇る。

二代目として瀬川路京を継ぐのはおれじゃないかもしれない。

鎌首をもたげた不穏なものは、円太郎の心の奥に隠れているものを引きずり出した。黒くていやなにおいのするもの。だから、見ないように触れないようにしているもの。

そう。実の母親がした信じられぬようなことを、円太郎の目の前に容赦なく引きずり出した。

ちょうど今から二年前。卯の花の咲く頃のことだった。円太郎が朝起きると屋敷に母はいなかった。何でも大坂の実家に帰ったという。実家の母親の具合が悪いのだろうと女中のお駒は寝不足の腫れぼったい目をして円太郎に告げた。

それにしても急な出立だと訝《いぶか》りながら稽古場へ行くと、いつもと変わらず朝稽古に汗を流す父の姿があった。廊下に背を向けた舞姿を見て、脳裏に浮かんだのは奈河七五三助作の『隅田川続《すみだがわごにちの》 俤《おもかげ》』の大切り。双面《ふたおもて》の舞だ。

双面の名の通り、見た目はひとりの女の姿でも、実はふたりの人間の亡魂を内在した役どころである。ひとつはお店者《たなもの》に身をやつした武家の許婚《いいなずけ》、野分姫《のわけひめ》の亡魂。もうひとつは町娘に懸想する法界坊《ほうかいぼう》の亡魂。言うなれば、まったく異なる二人の人間の妄執を舞踊で見せる難しい役である。ことに法界坊は色と金のためなら悪事を厭《いと》わぬ破戒僧だがどこか滑稽味を含んでいて、亡魂になってもその気配は残さねばならない。

だが、その朝の父の舞は滑稽どころか静謐《せいひつ》で、胸がきりきりと痛くなるほどの悲哀がこめられていた。とすれば、今目にしているのは、双面でも父の創作だろうか。そんなことを考えつつ、息を止めたまま円太郎は父の舞を見つめていた。

静かだった舞は次第に激しさを帯びていく。父の指先が張り詰める。床に汗が滴り落ちる。

右の半身は男。左の半身は女。これ以上は無理だというほど伸ばした両腕が、左右から何かに引っ張られるのが見えるような気がした。

ああ、身が真っ二つに裂かれる――

胸が引き絞られそうになった途端、父の動きがぴたりと止まった。

――円太郎か。

低い声と共に父が振り返った。いつから踊っていたものか、額には玉の汗がびっしりと浮いていた。

――邪魔をしてすみません。つい見入ってしまいました。

慌てて頭を下げると、

――いや、いい。そろそろ上がろうと思っていたところだ。

にこりともせずに父は言った後、円太郎の前に立った。途端に身がすくんだ。こちらを見下ろす黒々とした眸には激しい怒りの色が浮かんでいたからだ。静謐な舞の裏側にはたぎるような怒りがあったのかと思えば、父が恐ろしくなった。

おっかさんはいつ戻ってくるんですか。なぜ、こんなに慌《あわただ》しく出て行ったんです。お祖母《ばあ》さんの具合が悪いというのは本当ですか。

そのとき抱いていた疑念はひとつも声にならなかった。結局、父は何も語らずにその場を去った。けれど、それから間もなくして、与一の細い首に絞められたような薄赤い痕があるのを認めたとき、胸にわだかまった疑念は氷解した。父の怒りのわけも腑《ふ》に落ちた。

母は――与一を殺そうとしたのだ。

だから、実家に帰されたのだ。

だから、父は双面の舞を舞っていたのだ。母と与一の両方に腕を引っ張られて。今にも身が裂かれんとしながら。

でも、母は戻ってきた。半年経《た》ってこの家に戻ってきた。

父の心は――まだ双面を舞っているのだろうか――

「円ちゃん、どうしたの。変な顔してる。もしかしたら、あの人を嫌いなのかい」

気づけば、与一が心配そうにこちらを見上げていた。夕刻近くの夏の陽が色白の顔に子どもらしからぬ陰影とさらなる美しさを与えていた。その面差しを見てふと思った。与一はなぜ浜村屋大明神を見て後じさりしたんだろう。

「おまえこそ、さっきはどうしたんだい。浜村屋の小父さんが怖かったのかい」

「怖かったんじゃないけど。あの人、何だか眩《まぶ》しかったんだ」

「眩しかった？」

「うん。夏のお陽さまみたいだった」

与一は本当に眩しげに目を細めた。確かにあの人は輝いている。だが、与一、おまえもだ。おれにはおまえこそ夏の陽のごとく眩しく映る。そう思えば、またちりちりと胸の中で音がした。焦げつくような胸の疼《うず》きに蓋をして、

「そうだったか。あの人はすごい人だからね。何しろ浜村屋大明神って言われてるくらいだから。おとっつぁんも尊敬してる。あの人の芝居を観て学びなさいって」

円太郎は精一杯の笑顔を浮かべてみせた。

「へえ。おいらも観られるかな。大明神のお芝居」

与一がつなぐ手を嬉しげに揺らす。

「観られるさ。今度、おとっつぁんにお願いしてみよう」

言いながら振り向くと、神社の前にもう大明神の姿はなかった。だが、その人が立っていた場所は夏の光を集めたように明るく輝いて見えた。

「洗さん。あたし、絶対に観にいくからね。『母子月』」

気づけばお夏が目を潤ませてこちらを見上げている。長い思い出の旅が終われば、洗蔵の瞼《まぶた》の裏も熱くなっていた。

「ああ、ええ話やろ」

眉間を揉《も》みほぐすふりをした後、湯飲みを摑んで冷めた番茶を喉に流し込んだ。芝居の筋を語っているうちに、色々なことを思い出してしまった。

湯飲みを置いて顔を上げると、お夏が珍しく神妙な面持ちをしていた。潤んだ目は物問いたげに揺れている。どうした、と洗蔵が訊こうとすると、居住まいを正して垂れ気味の目を少し吊り上げた。

「ねえ、洗さん。洗さんは、江戸の生まれだろ」

「なんで、そない思うんや」

なるべく柔らかに聞こえるように問い返す。江戸へ戻って三月になるが、そんなことを言われたことはない。三十年以上も上方にいたのだ。すっかり向こうの言葉になっているはずだ。

「なんでって、何となく上方訛りが無理してるっていうかさ。本当は江戸の言葉を喋りたいのにわざとそうしてるっていうか」

昔のことを思い出したからか、語り口に江戸言葉が入っちまったか。

「何言うてんねん。ほな、江戸弁で喋ったろか。てやんでぇ。こちとら深川の産でぇ。文句があるんなら、おととい来やがれ――」

「はぐらかさないで」

洗蔵の冗談はきっぱりと遮られた。

「名だってそう。洗蔵は筆名だろ。そろそろ本当の名を教えてよ」

「名なんて、どうでもええわ」

大仰に肩をすくめてみせた。思いがけず、胸に鋭い痛みが走る。

「よかないよ。名は大事だよ」

お夏はぽってりとした唇を尖らせた。洗蔵が返す言葉を探しあぐねていると、お夏はその先を続けた。

「あたしはこんな女だよ。大年増だし、学だってこれっぽっちもない。茶を入れるくらいのことしかできない。けど、洗さんが何か重たいもんを抱えてるってことくらいはわかるさ。それに」

その重たいもんを持たせてほしいって思ってる、と言ったきり俯いてしまった。白い耳たぶが桜色に染まっているのは行灯の火影《ほかげ》のせいではなかろう。今日は仲居の仕事が非番だと聞いていた。いつから表で待っていたのだろうと思えば、愛おしさがこみ上げてくる。

大坂で狂言作者として暮らしていた頃にも好いた女はいたが、洗蔵の来し方、父親を殺《あや》めたことを伝え聞くと去っていった。中にはそれでもいいと言ってくれた女もいたが、夢の世界で生きる母を見た途端、恐ろしげな面持ちで離れていった。人は表面に浮かんだ上澄みのような事実しか見ない。その底に沈んでいる真実をわざわざ掬《すく》い取ることなぞしないのだ。

けれど、この女なら。

「あのな。お夏」

洗蔵は心をこめて女の名を呼んだ。ゆるゆるとお夏が顔を上げる。果たして頬は赤く染まり、目は最前よりももっと潤んでいた。愛おしさが洗蔵を引き止める。わざわざ背負ったものを見せる必要はないと制止する。

「おれは」

逡巡《しゅんじゅん》を呑みくだした。

「父親を殺した男や」

それは上澄みかもしれない。だが、紛《まが》うことなき事実だ。

腕に食い込んだ縄の感触。岡っ引きの蛇のような目。同心の恫喝《どうかつ》。それは夢ではない。すべて我が身に起きたことだ。

父親を殺めた子ども。

それは生涯己が背負っていかなければならぬ事実だ。

さあ。どうする。お夏。おまえが目の前にしているのは科人だ。

お夏が心なし顎を反らした。

「あたしは、信じない」

声には毫《ごう》も迷いがなかった。

「なんでや」

たった三月の付き合いで、なぜそんなふうに言い切ることができる。おまえがおれの何を知っている。

「洗さんの目は綺麗だもの。人を殺すような人はそんな目をしてない」

胸を激しく衝かれた。三十四年もの間、たった一人で抱えてきた思いに、底に沈んでいた真実に、お夏の手が確かに触れたのがわかった。

科人を選んだことに後悔はなかった。だが、苦しかった。三十四年間、ずっと苦しかった。多くのものを捨てたことが、たまらなく苦しくなるときがあった。

その苦しさに、あの世に行った父を恨みそうになった。現《うつつ》の世界から逃げた母を憎みそうになった。何より、そんな己を嫌いになりかけた。

でも、その度に父の死に顔を思い出したのだ。菩薩のように穏やかに微笑んでいた死に顔を手繰《たぐ》り寄せたのだ。それは、洗蔵が父から受け取った灯《あか》りだった。大風が吹くたびに土砂降りの雨が降るたびに、洗蔵はその小さな灯りを両手で覆い、消えないように必死に守ってきた。すべてを捨ててもこの灯りがあれば何とかなる。闇に呑み込まれることはない。そう信じて今日まで生きてきた。

それがたった今、報われたように思えた。

よかった。父を恨まないでよかった。母を憎まないでよかった。己を嫌いにならなくてよかった。

おまえの生き方は間違っていなかった。

出会ってたった三月の女に、そんなふうに言ってもらえた気がした。

安堵と感謝の念が胸いっぱいに溢《あふ》れ、今にもこぼれそうになる。

だが、まだだ。ようやく闇を抜けたばかりだ。まだ真実を摑んではいない。父の、己の、そして二代目瀬川路京の真実は、この芝居を成功させた先に見えるのだ。

上澄みではない。底に眠る真実を、この手に摑んでこそ己の新しい人生がようやく始まる。けれど、真実はひとりでは摑めない。二代目瀬川路京がいなければ、彼の復活がなければ成し得ないことなのだ。そうして初めて、父から受け取った灯りが大きくなるのだろう。

喉元まで膨れ上がった熱いものを押し返し、洗蔵はお夏へ告げた。

「この芝居が終わったら教える。おまえに必ずおれの名を伝える。だから観にきてくれ」

上方訛りは抜けていた。それで心の一端は伝わったのか。お夏は潤んだ目をしたまま頷いた。

「そしたら、あたしはその名でおまえさんのことを呼ぶよ」

ずっと呼ぶよ、と洗蔵の手に触れた手は泣きたいほど温かい。その温かさを一掬《いっきく》も洩《も》らさぬように、女の手を強く握り締めた。

三

その日、二代目瀬川路京は、屋敷で弟子の松丸に稽古をつけていた。

『母子月』の二幕。松丸演ずる初太郎が鳥屋から花道を駆けてくる場だ。さほどに込み入ったせりふや所作はない。「かかさま、かかさま」と母の名を呼びながら駆け回り、川に落ちるだけなのだが、それが却って難しい。突然いなくなった母を探し回る子の必死な思いを総身で表さなくてはならぬからだ。

「お師匠様。いきます！」

母屋のほうから松丸が手を上げた。屋敷の外廊下を花道に見立てているのは、三十四年前と同様だ。初代瀬川路京の屋敷に倣《なら》い、己も稽古場を離れにし、母屋と外廊下でつないだ。

路京は松丸に向かって手で合図を送った。

とん、と廊下を踏む音がここまで届く。その足取りも軽やかだ。美しい顔にも悲哀がこめられている。ここまでは悪くない。

だが――

「かかさま、かかさま、どこにおじゃる」

せりふを発した途端に、走りが疎《おろそ》かになる。表情が死んでしまう。よかったものがすべて消えてしまう。いっそのことせりふがないほうがいいのでは、と思うほどだ。

「かかさまぁ」

ここで川面に飛び込むはずなのだが、そんな必死さが伝わってこない。

「どうでしたか」

息を弾ませ、松丸は問う。

「駄目だ」

考える間もなく返していた。美しい顔にみるみる落胆の影が差す。

「お師匠様。あちきはどうすればいいんでしょうか」

松丸がすがりつくような目になった。どうすればいいか――自らの手で掴みとるしかない。それこそ、何遍も何遍も繰り返して。

「もういっぺん」

路京は母屋のほうを顎でしゃくった。はい、と頷き、松丸は戻っていく。

幼い与一がどんなふうに演じていたのか。己自身のことなのに、あまりよく憶えていない。だが、必死な思いだけは心の奥に残っている。どうすればいい演技ができるのか。懸命に小さな頭を巡らせていた。

——お師匠様。おいらはどうすればいいですか。


「与一、おまえは円太郎の動きをよく見ておけ」

稽古場の前でお師匠様はぶっきらぼうに告げた。

その円ちゃんは渡り廊下の突き当たりに立っている。背筋はいつにも増してぴんと伸びていた。

お師匠様からの合図に従い、円ちゃんがこちらに向かって駆けてくる。やはり、綺麗な走り方だ。どうすればあんなふうに綺麗に走れるのだろう。自分の動きはお師匠様や円ちゃんからどんなふうに見えるのだろう。そんなことを与一が考えているうち、円ちゃんはもう稽古場の前に着いていた。息を弾ませ、きらきらと輝く目でお師匠様を見上げている。

けれど、お師匠様は「もういっぺん」と母屋のほうを顎で指し示しただけだった。

円ちゃんの目には明らかに落胆の色が浮かんだが、素直に頷き、再び廊下の突き当たりへと戻っていった。それでも、「もういっぺん」を繰り返すうち、与一の目にもそうとわかるくらいに動きがよくなった。円ちゃんは飲み込みが早いのだ。幼い頃から舞台に立っているから、お師匠様の言わんとしていることがよくわかるのだろう。「もういっぺん」と言われただけでどこをどう直せばいいのか、頭に閃《ひらめ》くのだ。

果たして、何度目かでお師匠様は「よし」と頷いた。

今度は与一の番だ。母屋のほうへ歩きながら小さな心の臓はとくとくと鳴っている。円ちゃんみたいに上手くできるだろうか。お師匠様は何と言うのだろう。そんなことが頭の中をぐるぐる回り、手のひらには冷たい汗をかいている。

だが、廊下の突き当たりで目を閉じると、揚幕《あげまく》を引く音が頭の中で渦巻く余計なことを吹き飛ばしてくれた。気づいたときには、夜具の中で繰り返し思い描いた光景が広がっていた。

芒の野原の向こうには黒々とした川が大蛇のようにうねっている。その腹の真ん中には柔らかな月がたゆたい、川面の揺らぎに合わせて形を変える。あの月が目印だ。あそこにかかさまがいる。

無言で誘《いざな》う月の光を目指して初太郎は走る。かかさま、かかさま、と愛する人を呼ばわりながら走る。

かかさまぁ。

月影に飛び込んだと思った途端、夏陽が差し込む稽古場の前に立っていた。あまりの眩しさに目をしばたたくと、お師匠様と円ちゃんがこちらを見ていた。

「もういっぺん」

お師匠様はそれだけを言った。それだけか、とがっかりしながら与一が廊下を引き返している途中、

「円太郎は、作りすぎるな」

お師匠様の低い声が耳に入った。

だが、与一にはその意味がよくわからなかった。これまで役を作ったことなどないからだ。揚幕の前に立った瞬間に見物席からジワが来る。そのうちに「与一坊！」と声が掛かる。すると与一の身の

内で音が鳴り、知らぬ間に手足が動くのだ。だからと言って「作りすぎるなとはどういうことですか」と直《じか》に訊くことは憚《はばか》られ、お師匠様が言葉を掛けてくれるのを待っていたのだが、結局、与一には指南らしい指南は何もなかった。それが与一にはいささか物足りなく、当然のことながらやっぱりお師匠様は円ちゃんが可愛いのだろうと思い、心の内側がからんと乾いた音を立てた。

そんな外廊下での稽古が何日か続いた後、

「ねえ、円ちゃん。今晩、一緒に稽古をしようよ。『母子月』をどんなふうに演ったらいいのか、教えてよ」

所作の稽古が終わり、いつもの調子で与一が甘えると、円ちゃんは困ったような面持ちで口を引き結んでしまった。何か都合の悪いことでもあるのだろうか、と与一が訝しく思っていると、

「おれはおれの初太郎。与一っちゃんには与一っちゃんの初太郎があるだろう。だから、あまり話さないほうがいいと思うんだ。同じような役になったら見物がつまらないから」

円ちゃんはそう言って、すげなく去っていった。

それでも諦めきれずに、その晩、与一はこっそりと稽古場に足を運んでみた。けれど、やはり円ちゃんの姿はなく、やけにがらんとした稽古場がよそよそしい顔で出迎えただけだった。

それ以降、円ちゃんはどことなく他人行儀だ。それでも、稽古場に立ち、身の内でりんりんと音が鳴れば、諸々《もろもろ》の雑音なぞどこかへ吹き飛んでしまう。「かかさま、かかさま」と叫びながら屋敷の〝花道〟を駆けているときは自身が与一であることを忘れた。

そして、寛政《かんせい》三年（一七九一）七夕の節句。『母子月』は初日を迎えた。

楽屋に上がろうとすると、梯子段《はしごだん》のところで〈クロ〉が待っていた。小道具方の部屋にいついてい

る黒い仔猫《こねこ》だ。クロの毛はびろうどみたいになめらかで抱くと心地いい。衣装や小道具が鼠《ねずみ》に食われ
なくていいとみんなに可愛がられているのだが、とりわけ与一のことが大好きらしく、会えば飛びついてくる。今日もそうだ。

与一、だっこしてよ。

そんなふうに言わんばかりに、みゅうみゅうと足元にまとわりついてくる。

「よしよし。おまえも一緒に楽屋に行こう」

与一はクロを抱き上げると、梯子段をひと息に駆け上った。

本二階の大部屋で真っ先に目に入ったのは、書抜を手にしている円ちゃんだ。与一はクロを抱いたまま円ちゃんへ近づき、

「円ちゃん、せいぜい気張りなよ。おいらは舞台の袖で観てるからね」

精一杯の明るい声で励ました。その声に唱和するように腕の中でクロがみゃおと鳴く。

だが、集中しているのか、円ちゃんは書抜にじっと目を落としている。長屋暮らしをしている子どもの役どころだから、衣装と言ってもあちこちに継ぎの当たった縞の袷《あわせ》である。だが、日頃は仕立てのよい小ざっぱりした着物姿の円ちゃんが身に着けていると、いかにも衣装に見えた。ふっくらしていた頰も少しこけているようだ。もしかしたら、これも円ちゃんなりの役作りなのかもしれぬと思えば、このふた月ほどの自分の過ごし方が生ぬるく感じられ、俄《にわ》かに不安になってきた。

円ちゃん——

またぞろ名を呼びかけたとき、円ちゃんがきっと顔を上げた。今まで見たこともないほど吊り上がったまなじりに与一の心の臓はきゅっと縮んでしまった。しかも寝不足なのか、目が真っ赤である。

「悪いけど、せりふをさらいたいんだ」

与一の傍から離れると、円ちゃんは部屋の隅に腰を下ろしてぶつぶつとせりふを口にし始めた。

戸惑いながら与一は楽屋をそろそろと見回した。他の役者たちも化粧《かお》をしたり、衣装の検めをしたりと忙しそうだ。自分が邪魔者だということにようやく気づき、与一はクロを抱いたままそっと楽屋を辞した。

初日は舞台袖から芝居の流れを見ていろとお師匠様には言われたけれど、今行ったところで、やはり裏方の邪魔になるだけだろう。

木戸から表へ出ると、往来は賑々しい色と音で溢れ返っていた。軒に吊るされた鮮やかな提灯、その下には薦樽《こもだる》や俵物が山となって積まれているのはいつもの景色で、それにさらなる彩りを与えているのが七夕飾りだ。小屋の軒では五色の短冊を吊るした大きな笹《ささ》が誇らしげに風に揺れている。

ああ、何て楽しげなんだろう。

小さく声に出してから名題看板を見上げれば、堂々とした揮毫《きごう》で芝居の名題、さらに周りには名題役者たちの絵姿が描かれている。無論、白紗に身を包んだお師匠様、瀬川路京もいる。

鼠木戸の前には行列ができ、両脇の大木戸も人が途切れる様子はない。これから小屋に入る見物の多くは二番目狂言の『大川秋野待夜月』を目当てに来ているのだ。

一番目狂言の時代物は『平家女護島《へいけにょごのしま》』。やはり、近松門左衛門の作だそうだ。見所は俊寛《しゅんかん》が島を去る船を見送る場である。凡夫の心を断ち切り、島に残ることを決めたものの、いざとなると突き上げるような寂寥《せきりょう》に耐え切れず巌頭《がんとう》から絶叫するのだ。その凡夫心、言い換えれば煩悩こそが二番目狂言の『大川秋野待夜月』の眼目でもあるという。

すべて円ちゃんからの受け売りだが、人にはなかなか断ち切れぬ凡夫の心があるそうだ。その最たるものが欲だ。

綺麗な着物を着たい。美味《おい》しいお菓子をたらふく食べたい。大きな屋敷に住みたい――お金で購《あがな》えるものだけじゃない、誰かに好かれたい。優しくされたい。人はたくさんのものを欲しくてたまらない。

じゃあ、自分がいっとう欲しいものとは何だろう。すぐに思いつくのは、おっかさんの顔だ。死に別れてから四年が経っているけれど、おっかさんにもういっぺんでいいから会いたいと思う。そんなふうに手に入らないものを欲しがることを、凡夫の心というんじゃないだろうか。

なあ、クロ。おまえもおっかさんに会いたいかい。

腕の中で気持ちよさそうに目を閉じるクロの背中を撫でたときだった。

「あら、与一坊じゃないかえ」

甲高な声にびろうどの背中がびくりとした。クロは与一の腕から飛び出し、小屋の裏手へと走り去っていった。

すぐそこに薄縹《うすはなだ》色の夏紬《なつつむぎ》に紺の紗献上《けんじょう》を締めた女がにこやかな表情で立っていた。大きな出目にずいぶんと顔が長い。見知らぬ小母さんだ。

「こんなところでのんびりしてるってことは、今日はあんたの出番はないのかえ。なぁんだ。つまんない。楽しみにしてきたのに」

馬面の小母さんは大きな唇を尖らせた。何だ。与一の出番を楽しみに芝居小屋に来てくれたのか。くすぐったいような気がするけれどやはり嬉しい。ありがとう、と与一がにっこり微笑むと、あら、可愛らしいと小母さんは目を細めた。

「でも、実子のほうも芸達者と聞いてるから楽しみだ。まあ、両方観て比べなきゃ、どっちがいいか、わかんないもんね。かわりばんこって聞いてるから、あんたの出るときにもう一回観に来るさ」

そいじゃね、と小母さんは手を振り、連れの女人とお喋りをしながら軽い足取りで木戸のほうへと去っていった。

往来をうねる人波を見ているうち、胃の腑がでんぐり返るような気がした。むかむかとした不快の元がわからぬままその場に突っ立っていると、

「あら、与一坊だよ！　楽しみにしてるからね！」

人波の中から女の声が飛び出してきた。

「え、与一坊だって。まあ、可愛い！」

さっきは嬉しかった見物の声援が俄かに耳障りになった。でんぐり返った胃の腑がかき回されるようだ。ここにいるのは嫌だ。きんきんと響くような見物衆の声から一刻も早く遠ざかろうと、与一は小屋の裏へと駆け急いだ。

その翌日。

朝の六ツ半（七時）頃に与一は芝居小屋に入った。白々明けの時分、一番太鼓の音と共に小屋は開き、番立《ばんだち》と呼ばれる三番叟《さんばそう》、さらに稲荷町《いなりまち》の役者たちが演じる脇狂言が続く。

朝早くから舞台に立つ稲荷町の役者たちと違い、本狂言、しかも世話物の二番目狂言で子役を務める与一の出番はずっと後なのだが、そわそわして居ても立ってもいられず、お師匠様にお願いして早く屋敷を出させてもらったのである。どんな芝居であれ、人の演技を見るのはいいことだとお師匠様

は承諾してくれた。

舞台袖まで赴くと、浅葱《あさぎ》幕の前では脇狂言が行われているようだった。

「ああ、与一坊。ずいぶん早ぇじゃねぇか」

声を掛けてきたのは細縞の着物を尻端折《はしょ》りした若い男だ。書割の裏にある櫓の具合でも確かめていたのか、手には木槌《きづち》を持っている。与一は曖昧に頷いた後、あそこで芝居を観てもいいですかと舞台袖を指した。

「おう。おまえの兄弟子が稲荷町に交じって出てらぁ」

舞台の上で座付きの役者たちに交じり、寸劇に出ているのは直吉さんだった。初めて会ったときには十四歳だった兄弟子は十八歳になっている。元々大柄だったが、こうして見ると立派な大人の男だ。

『おう、兄者、おれも連れてってくれよお』

兄役にすがりつく直吉さんの面持ちには必死さがこめられているのに、少しも胸に響くものがない。どうしてなんだろう――

「あいつは声が悪ぃな」

囁き声に振り向くと、いつからそこにいたものか、さっきの男が立っていた。男は木槌を手の中で弄びながらにやけた面持ちで与一に近づく。

「声が?」

「ああ。声が通らないのさ。あれじゃ、いつまで経っても本狂言には出られねぇ。まあ、出たとしたって、せいぜいせりふのない役だろうな」

「お稽古しても駄目なのかい?」

「まあ、多少はよくなるだろうけどな」男は脂の浮いた鼻の頭をかいた。「けど、どっちみちあいつは駄目だ」

「どうして？」

声が尖ったことが自分でも不思議だった。四年前に鯨尺《くじらじゃく》で折檻されたことは未《いま》だにくっきりと与一の胸に残っていて、思い出しただけでぞっとする。それなのに、直吉さんの演技をどっちみち駄目だ、と一言で切り捨てられてしまうのは、悔しいし悲しいし腹立たしい。そんな自らの心の内を訝しんでいると、どうしてってあの面を見ればわかるだろ、と男が乾いた笑いを洩らした。同時に熟しすぎた柿の実みたいなにおいが与一の鼻をついた。昨夜の酒が残っているのだ。

「白粉を塗りたくってもあばたは隠しようがないだろ。声も駄目、面も駄目じゃ、救いようがないだろうよ」

おまえは綺麗でよかったな、と男は嫌なにおいのする息を残して去っていった。

救いようがない。駄目だと言われたときよりも悔しかった。だったら、稽古場で流した汗もお師匠様たちの指南も、何にもならないというのだろうか。

ほとんど人のいない土間席はがらんとしているのに、

『あにじゃぁ』

必死に顔を歪《ゆが》ませ、発したせりふはやはり響かない。

そのことが悲しいし腹立たしいのに、与一にはどうしていいのか、よくわからない。わからないまま拳を握り締めた——そのときだった。

床にうずくまっていた直吉さんとかちりと視線がぶつかった。こちらを睨《ね》めつけた目の色におのののき、ひくりと喉が鳴る。咄嗟に踵《きびす》を返していた。

ああ、あのときと同じ目だ。あの真っ赤な目の奥にある冷たい炎が直吉さんに折檻をさせたのだ。七歳のときにはよくわからなかったものが、四年経ってようやく目の前に形を成して現れたような気がした。

そして、昨日見た円ちゃんの目にも同じようなものが宿っていたように思う。いや、昨日ではなくもっと以前から、円ちゃんの目の奥には冷たい色の炎が点《とも》ってはいなかったか。

——おれはおれの初太郎。与一っちゃんには与一っちゃんの初太郎があるだろう。だから、あまり話さないほうがいいと思うんだ。同じような役になったら見物がつまらないから。

突き放すような言葉の意味がようやく重みを持って胸に落ちてきた。そこへ、芝居小屋の前で馬面の小母さんに言われたことがずしりと積み重なる。

——両方観て比べなきゃ。

それは優劣をつけることだ。どっちの瓜《うり》がいい瓜か。たっぷり実の詰まった美味しい瓜か。秤《はかり》にかけられ、重さを量られるのだ。

——円ちゃんと同じ役を演れるなんて嬉しいな。

軽々しくもあんなふうに言ったことが心の底から悔やまれた。月下で寂しげに佇んでいた円ちゃんの姿が脳裏に浮かべば、その後悔がいっそう深く胸に食い込んでくる。

本当は——円ちゃんは同じ役なんてやりたくないのだ。衆人の前で秤に載せられるのなんて真っ平だと思っているのだ。

——今日はあんたの出番はないのかえ。なぁんだ。つまんない。

あの小母さんはそうも言った。

円ちゃんが勝つのならいい。でも、万が一、自分が勝ってしまったら。こっちの瓜のほうが美味しそうだと言われてしまったら。

円ちゃんの面目は丸つぶれだ。

そうなったら――

と、きょきょきょきょ。

久方ぶりに、本当に久方ぶりに頭の中でホトトギスが鳴いた。おっかさんの魂を連れていったときみたいに、おまえは独りぼっちなんだ、と与一を嘲笑《あざわら》うみたいに高い声で鳴いた。すっぽんを跳び越えた日に円ちゃんに抱きしめてもらって以来、鳴りをひそめていたのに。そのホトトギスが甲高い声で鳴いた。

もしも自分が勝ったら――

円ちゃんはきっと離れていってしまう。おっかさんが死んだときと同じように、また自分は独りぼっちになってしまう。もし何かがあっても、今度こそ自分を守ってくれる人間はいないのだ。

それだけじゃない。

――おまえの、その面も舞台度胸もあたしは気に入った。いずれも天賦のもんだよ。

そう言って養子にしてくれた、お師匠様にも嫌われてしまうかもしれない。お師匠様だって円ちゃんに勝って欲しいと思っているはずだもの。実の子の円ちゃんのほうが大事なんだもの。

でも、どうすればいいんだろう。どうすれば円ちゃんにもお師匠様にも嫌われずに済むのだろう。

ぐちゃぐちゃの頭の中から飛び出したのは。

——ああ。声が通らないのさ。

今しがた聞いたばかりの男の声だった。

そうだ。声が通らなければ見物の胸に届かないんだ。そうすればいい。そうすれば、誰が見たって円ちゃんのほうが上手だと思うはずだ。

我ながら名案だと思うのに、なぜだか胸が苦しくなって瞼の裏がじわりと膨らんだ。こらえ切れずに涙がほろりと転がり落ちる。

与一は楽屋へ上がる梯子段の前を通り過ぎ、まだ見物のいない大木戸から表へ飛び出した。

「おっ、与一坊、どうした。ずいぶん早ぇじゃねぇか」

つぶれた声が与一を呼び止める。見慣れた藍地の印半纏《しるしばんてん》がぼやけて見えた。ああ、佐吉だ。与一の大好きな半畳売りだ。でも、大好きだからこそ泣いている顔なんか見せられない。佐吉は与一の芝居をいつも楽しみにしているのだから。大好きな人に嫌われるのは耐えられなかった。慌てて拳で涙を拭う。

「どうした？　何かあったか」

ずんと温かい手が頭に置かれた。

「何でもないよ」

顔を上げてにっこり笑ってみせると、青く澄んだ左目が心配そうにこちらを見下ろしていた。

「今日はおいらの出番だから。ちょっとだけ、心配になっちゃった」

わざと不安そうに眉をひそめると、

「大丈夫だ。この佐吉さまが舞台下でずっと見てるからな」

佐吉は温かい手で与一の頭をくしゃりと撫でた。またぞろ涙がこぼれそうになったが、与一は笑顔を無理やり繕った。分厚い胸に飛び込んで、思い切り泣ければどんなにいいだろう。

「うん！　ありがとう！」

声に明るさをまとうと、優しい大男から離れ、与一は小屋の裏手へと回った。

入り口の傍まで行くと、天水桶の前で澄ました顔つきのクロが座っていた。まるで与一がここに来るのを知っていたみたいに。

おいで、と手を差し伸べると黒い猫はまっしぐらに腕に飛び込んできた。柔らかく小さな体をそっと抱きしめれば、こらえていた涙がつうと流れ落ちる。温かくざらざらしたものが濡れた頰を優しく拭ってくれた。

二日目の芝居がはねた後、与一は中二階の大部屋に呼ばれた。何だろう、と思っているとお師匠様が仏頂面で立っていた。白い紗の着物は菩薩を思わせる美しい扮装《こしらえ》だ。でも、その顔に柔らかな笑みはない。何事か、と見守る周囲の女形たちの顔も強張っている。慌ててお師匠様の前に座ると、

「与一！　おめぇは何様だ！」

大部屋の空気を震わせるほどの怒鳴り声が降ってきた。日頃は穏やかなお師匠様とは思えなかった。何より投げつけられた言葉の意味が与一にはわからない。ただ、その形相の恐ろしさに思わず胴震いした。

「答えろよ。おまえは何様なんだ！」

白粉を施したほっそりした手が与一の胸倉を掴み、立ち上がらせる。返答どころか、喉がすぼまり

息すら出せなかった。

「なあ、与一。おまえと初めて会ったとき、おれが何と言ったか憶えてるか」

紅の塗られた口を思い切り歪めてお師匠様は問う。顔は女のままでも、どすの利いた声は男のものだ。

——おまえの顔は滅法界綺麗だ。

——おまえの、その面も舞台度胸もあたしは気に入った。いずれも天賦のもんだよ。

そうじゃない。そんなことをお師匠様は言ってるんじゃない。白い手で胸倉を摑まれたまま、与一は四年前のことを必死で手繰り寄せようとした——そのときだった。

野次馬の前面に立つ、直吉さんの顔が目の端をよぎった。

——声も駄目、面も駄目じゃ、救いようがないだろうよ。

兄弟子を貶《おとし》めた声は柿の腐ったようなにおいがした。

「腐る」

すぼまった喉からようやく絞り出したのは、そんな言葉だった。

「おう。わかってりゃ、上等じゃねぇか。言っただろう。神様がくれたもんでも放っておいたら腐る。どろどろになって異臭を放つ。今日のおめぇは途轍《とてつ》もなくくせぇんだ。鼻が曲がりそうなくれぇだ。ぜんたい、おめぇはいつからそうなっちまったんだ。おい」

与一、とお師匠様に鼻を思い切りつねり上げられた。容赦ない力に蛙《かえる》のような声が出てしまい、周囲から失笑が洩れた。それに合わせたようにお師匠様は与一を突き飛ばし、背中を蹴った。

「おとっつぁん、やめておくれよ。与一っちゃんは、精一杯気張ってたじゃないか」

円ちゃんの声が近づくと、痛む背中に温かい手が触れた。涙が出そうになる。

「なんだい、円太郎。おめぇの目は節穴か。だから、こいつに嘗《な》められるんだよ」

「嘗められるって、どういうこと――」

わかんねぇのかい、とお師匠様の呆《あき》れたような声がした。

「おめぇはな、円太郎。この乞食小僧に馬鹿にされた、いや、足蹴にされたんだよ」

馬鹿になんてしていない。足蹴になんてしていない。秤に載せられるのが嫌だから。比べられて、万が一、円ちゃんが負けたら嫌だから。ううん、円ちゃんに嫌われて独りぼっちになりたくないから。だから、だから。

抗弁が幾つも幾つも頭に浮かんだが、恐ろしくてどれも声に出すことができなかった。

「おい、乞食小僧。おめぇはこのままじゃ、本当に乞食になっちまうぞ」

お師匠様が屈んで、与一の顔を覗き込む。

「おれたち役者はな、河原乞食なぞと言われてきたさ。けど、本当の乞食に成り下がったらいけねぇんだ。わかるか」

乞食に嘘《うそ》も本当もあるものか。与一にはお師匠様が何を言いたいのか、皆目わからなかった。ただ、憧れのお師匠様から、曲がりなりにも父と呼べる人から乞食小僧と貶められたことが何よりも胸にこたえた。胸の真ん中が抉《えぐ》られたみたいに痛くて苦しくて仕方ない。

「おめぇのその腐った性根を叩き直してやる」

来い、とお師匠様は与一の腕を乱暴に摑んだ。

強い力に抗《あらが》うこともできず、与一は中二階の梯子段を引きずり下ろされ、舞台の中央に連れていかれた。大勢の見物を吐き出したばかりの小屋にはまだ熱が残り、窓から差し込む初秋の陽が舞台のそこかしこに四角い模様を象《かたど》っている。お師匠様が舞台の中央に立つと白紗の着物がところどころ炎の色に染まった。

「いいか、与一。揚幕の辺りから駆けてこい。おっかさんを探す場だ。おめぇの一番の見せ場だ」

そら、と背中を強く押された。

野次馬たちもぞろぞろと後をついてきて、舞台の端で遠巻きにして見ている。粘ついた好奇の目にさらされながら、与一は花道をのろのろと揚幕のほうへ歩き出した。

ところが、揚幕の前に立った途端、恐怖で足がすくんでしまったのである。こんなことは初めてだった。ここに立つだけで土間席の空気が感じ取れて、そのうちに身の内でりんりんと音が鳴って——どうしてだろう。音が鳴らない。少しも鳴らない。

与一は恐る恐る舞台を見遣った。舞台中央に立つお師匠様。その横で頼りなげに立つ円ちゃん。舞台の端で好奇の目を向ける野次馬たち。円ちゃんのもの以外、温かな眼差しはひとつもなかった。背中を冷たいものがそろそろと這《は》い上る。

もしかしたら、お師匠様は——

評判を呼ぶために座元が仕組んだ子ども二人の競演を、心の底では嫌悪しているのかもしれない。だから、こうして皆の前でわざわざ叱り、稽古をやらせようとしているのではないか。与一を役から降ろそうとして。

ほら、こいつは下手くそだろう。こんなやつを舞台に上げちゃいけないよ。明日からは円太郎だけでいこう。

お師匠様は座元や帳元にそう言いたいんだ。そうだ。きっとそうだ。そう思えばひどい仕打ちも腑に落ちた。

けど、それで、いい。おいらは円ちゃんと一緒にいたいだけなんだ。

凡夫の心。本当に、本当に欲しいものは。

死んだおっかさんじゃない。

円ちゃんだ。すぐ傍にいてくれて、温みを感じられて、確かな腕で抱きしめてくれる円ちゃん、その人なんだ。

だったら、いっそ音なんか鳴らないほうがいい。

もう、音なんか要らない。

音なんか――

与一は歯を食い縛ると、思い切り床を蹴って花道を駆け出した。

「かかさま。かかさま。どこへおじゃる。初太郎を置いてどこへ行かれた。かかさま。かかさま。どこへおじゃる」

声を抑え、闇雲に駆けた。

芝居がはねた後だから、既に川は片づけられている。この辺りが川沿いだと思う場を与一はせりふを口にしながら出鱈目《でたらめ》に駆け回った。

「かかさま。かかさま。初太郎のかかさま――」

「やめ、もういっぺん、鳥屋の前からだ」

途中でお師匠様の声が入り、仕方なく与一は揚幕のところへ戻る。

「何してる。夜になっちまうぞ」

窓から覗く空はまだ昼間の青さを残していた。だが、じきに小屋には薄闇が忍び込んでくるだろう。早く終わりにしなくては、と与一はまた走り出す。かかさま、かかさま、と呼びながら花道を駆ける。

「駄目だ。そんなんじゃ、呆れて見物は帰っちまうぞ。もういっぺん」

舞台に乗る手前で制止の声が掛かった。

駄目だ。もういっぺん。

おめぇは馬鹿か。もういっぺん。

何度言わせるんだ。もういっぺん。

陽が沈んじまうぞ。もういっぺん。

もういっぺん、もういっぺん。もういっぺん。

何度同じ言が繰り返されただろう。いつしか芝居小屋の中は薄藍に沈んでいた。見上げれば窓から見える空も青藍に染まり始めている。ぼんやりと見える野次馬の影は心なしか減っているようだった。興行が始まってからの稽古になど付き合っていられないと帰った者もいるのだろう。明日も芝居小屋は早朝から開くのだ。

朦朧《もうろう》とした頭の中はぐちゃぐちゃだった。お師匠様の真意も、何がよくて何が悪いのかも、わからなくなっていた。

花道と舞台を何遍も駆けた足は棒切れのようになり、与一は舞台の中央で手をつき、うずくまった。髪や顎をしずくが伝い、床にぽたぽたと滴り落ちる。それが汗なのか涙なのか、与一自身にもわからない。ただ胸が苦しくて苦しくて仕方なかった。

もういいです。おいらはもう舞台には立ちません。

そう言おうとしたときだった。雨粒の落ちたような床に大きな黒い影がぬっと映った。包み込むような気がふわりと降りてきたかと思うと背中に温かな手を感じた。円ちゃんではない。もっとずしりとした大人の手だった。

「もうやめてくだせぇ。この子はまだほんの子どもじゃないですか」

半畳売りの佐吉の声だった。与一の演技を最初に褒め、『重の井子別れ』では舞台下で見守ってくれた。

――大丈夫だ。この佐吉さまが舞台下でずっと見てるからな。

今朝そう言って、頭を撫でてくれた。その人が、今もまた与一を守ろうとしている。

「おめぇは黙ってろ」

お師匠様の怒鳴り声がした。

「いいえ。このままじゃ、つぶれちまいます。明後日、舞台に立つどころの話じゃなくなっちまいますよ」

しゃがれた声は微かに震えていた。

「これくらいでつぶれるんなら、それまでってことだ」

邪魔するんじゃねぇ、とお師匠様がまた怒鳴った。背中から大きな手が離れ、与一はゆるゆると顔を上げる。佐吉とお師匠様が物凄《ものすご》い形相で睨《にら》み合っていた。

「半畳売りだから、いや、こんな顔だから口出しするなってことですかい」

佐吉は歪んだ唇をぐいと引き上げた。顔の半分を覆っている稲妻のような火傷《やけど》の痕がますます引きつった。多くの人が怖いと言って遠ざける、その顔が与一には今しも泣き出しそうに見える。

「違うよ。おまえさんだからってわけじゃない」

お師匠様はそこでいったん切った後、

「他の誰にも口出しをさせない。座元であってもだ。おれはこいつの慢心を叩きのめさなきゃ、気がすまないんだ」

切れ長の目で与一を真《ま》っ直《す》ぐに見下ろした——


そこで追想は途切れてしまった。

慢心か。確かにあの頃の己はそうだったのだろうと二代目路京は思う。円太郎に勝ってしまったならと考えること自体、思い上がっていた。だから、初代——師匠は「円太郎を馬鹿にし、足蹴にした」と与一に憤ったのだ。

「かかさま。かかさま」

松丸は懸命に稽古を繰り返している。苦しいのか、駆けながら美しい顔が激しく歪んでいた。そこに己の姿を重ね合わせてみる。あの佐吉が初代を止めたくらいなのだ。恐らく師匠にしごかれた日の己もこんな表情をしていたのだろう。苦しかったことだけは憶えている。だが、その先が思い出せない。どうやって師匠が与一の「慢心」を叩きのめしたのか。どうやって与一が初太郎役を摑んだのか。

記憶を手繰り寄せようとするが、頭の中は靄《もや》がかかったようで、手を伸ばしてもそれ以上先には届かない。だが、そこに真実はある。

己が今知るべきは、円太郎の心だけではない。師匠の心もだ。多くを語らず常に淡々としていた師匠がなぜあのときばかりは激昂《げっこう》したのか。あの稽古で幼い与一に何を伝えたかったのか。師匠の心と友の心。二人の心の中にきっと真実がある。己が身の内に音を取り戻し、松丸が初太郎役を摑むための真実が。

「お師匠様、どうですか。どうすればよくなりますか」

額に汗を浮かべ、松丸がこちらを見上げている。

どうすれば、いいのだろう――

――円太郎は、作りすぎるな。

ふと師匠が円太郎へ告げた言葉が脳裏をよぎった。

「作りすぎるな」

「作りすぎるな、ですか」

「うむ。上手に見せようと思うな。おまえにはおまえの初太郎がある」

もういっぺんだ。そう言うしかなかった。

「はい」

松丸は素直に渡り廊下を戻っていく。だが、このままでは難しい。

帳元の茂兵衛が言ったように美しいから絵にはなる。ただ、それだけだ。見ている者の胸に迫るものがない。今のままでは羽左衛門の足元にも及ばぬだろう。七歳で初舞台を踏み、九歳で座元として「市村羽左衛門」の名跡を継いだ少年には、十四歳とは思えぬほどの風格と技がある。間の取り方も上手い。見物を引きつける手練手管は大人の役者も舌を巻くほどだ。

勝てないまでも、いい勝負をしたい。いい勝負を――

二代目路京は右手を上げて愛弟子に合図を送った。

# 四

半畳売りの佐吉は美しく飾られた芝居小屋の前に立ち、嘆息をついた。

三十四年ぶりの『母子月』の再演で市村座のある葺屋町《ふきやちょう》は沸いている。中村座の『四谷怪談《よつやかいだん》』を凌ぐほどの前評判らしく、夕刻間近の往来は賑々しい色と音で溢れ返っていた。軒に吊るされた鮮やかな提灯、その下には御贔屓連《ごひいきれん》から贈られた薦樽や俵物が山となって積まれている。ただ、三十四年前にはここに七夕飾りがあった。小屋の軒で五色の短冊を吊るした大きな笹が誇らしげに風に揺れていたのを思い出せば、時の流れがやるせない。

人生で最も光り輝いていたはずの時を、科人として過ごした円太郎の胸の内を佐吉は想像することしかできない。だが、想像すれば、それだけで胸が強く締めつけられた。すると、何としてでもこの芝居を成功させて欲しいという願いが突き上げてくる。

いよいよ明日は総ざらいである。総ざらいは舞台ではなく本二階の楽屋や芝居茶屋の座敷で行われることが多い。だが、『母子月』だけは舞台で行うそうだ。二代目路京が言い出したと聞いているが、恐らく初めての宙乗りがあるからだろう。念には念を入れたいということだ。

いや、不安なのは宙乗りだけではなかろう。附立での二代目は所作もせりふもいまひとつだった。稽古だから気持ちが入っていないというのではない。心の中に迷いがあるようだ。

愛弟子の松丸も仕上がっていないように思える。眉目の美しさだけなら座元の羽左衛門に負けていないが、せりふを口にした途端、その輝きを失ってしまう。たぶん、自信がないのだろう。そこはあの頃の二代目――与一とはまったく異なる。初めて舞台に上がったときも。三吉役ですっぽんを跳び越えたときも。そして『母子月』で初太郎役を演ったときも。与一は堂々としていた。

この二年ほどは別として、佐吉の知る限り、与一が頼りなかったのはあの一度だけ。『母子月』の二日目、与一が初太郎役で初めて舞台を踏んだ日だけだ。あのとき、与一は明らかに迷っていた。だが、その迷いは偉大な師匠である初代瀬川路京――太夫《たゆう》によって断ち切られたのだ。

だから、今もここに太夫がいればと佐吉は心底思う。

思いながら、あの日のことを手繰り寄せる――

「与一！　おめぇは何様だ！」

中二階の楽屋だろうか。与一を怒鳴りつける太夫の声が一階にまで響き渡った。客を出した後の土間席で掃除をしている佐吉の耳にまで聞こえたほどだ。一緒に片づけをしていた木戸番や火縄売りなども手を止め、眉をひそめている。太夫があんなふうに怒声を上げたことなぞあっただろうか。いったい何が起こったのか。楽屋を覗いてみようかと案じているうち、太夫が与一の襟を摑み、引きずるようにして舞台へ連れてきた。その形相はさながら鬼のようで、周囲の者たちも呆気《あっけ》に取られていた。

佐吉がはらはらしながら見ていると、

「いいか、与一。揚幕の辺りから駆けてこい。おっかさんを探す場だ。おめぇの一番の見せ場だ」

厳しい口調で太夫は言い放ち、与一の背を強く押した。だが、花道を歩いていったものの、与一は揚幕の前で立ちすくんでしまったのである。何があったのだろう。普段の与一からは想像できぬ様子に佐吉は当惑した。

確かに今日の与一は精彩を欠いていた。

――あの子でも、あがることがあるんだねぇ。がちがちだったよ。

――そら、そうさ。円太郎が初日にあんないい演技をしちまった後だからねぇ。

土間席の見物衆も不満げに囁いていたほどだ。

だが、与一は本当にあがっていたのか――佐吉がそう思ったのは、今朝のことが心に引っかかっていたからだ。

――おっ、与一坊、どうした。ずいぶん早ぇじゃねぇか。

佐吉が声を掛けたとき、与一の目は真っ赤だった。だが、泣いているのを必死で押し隠し、明るく振舞っていた。あの子は人前で、佐吉の前でさえ涙をこぼすことがない。泣いたら人に嫌われると思っている。いや、嫌われたら独りぼっちになってしまうと怯《おび》えている。だから、泣かない。つらくても必死にこらえて笑顔を作る。もう、それが習い性となっているのだ。

でも、今朝はうまくいかなかった。

――何でもないよ。

――今日はおいらの出番だから。ちょっとだけ、心配になっちゃった。

そう言って笑ったけれど、それは見ている佐吉の胸がぎゅっと絞られるくらい、下手くそな笑い方だった。

与一はあがらない。あがったところなぞ、見たことがない。

恐らく、何かがあったのだ。与一の心を萎縮させるほどの何かが――

「やめ、もういっぺん、鳥屋の前からだ」

花道の途中で太夫は与一を止めた。揚幕の前へと戻る与一の足取りは蹌踉《そうろう》として今にも倒れてしまいそうに見える。当たり前だ。どんなに才があったとしても、まだ十一歳の小さな身で一芝居を終えた後なのだ。心身共に疲れきっているだろう。

だが、太夫の「もういっぺん」はいっこうに終わる気配がなく、精根尽き果てた与一はついに舞台の中ほどでへたり込んでしまった。

っとく、付き合ってられんな。高村屋《こうむら》も高村屋だぜ。ちゃんと仕上げとけよな。そろそろ帰ろうぜ。

そんな声が野次馬からちらほら聞こえ、佐吉は思わず両の拳をきつく握り締めていた。

このままじゃ、与一坊がつぶれちまう——いや、もしかしたら太夫は与一をわざとつぶそうとしているのではないか。そんな推測が脳裏に浮かんだ。仄聞《そくぶん》では、太夫は実子と養子の競演に乗り気ではなかったらしい。それが本当だとしたら、与一を降ろして円太郎一人に初太郎役をさせたいと考えたのではないか。いくら太夫と言えども、血を分けた我が子のほうが大事だろうから。

だとしても、まだ十一歳の子にあんなひどい仕打ちをするなんて。

立女形《たておやま》らしからぬ所業に怒りを抑えきれず、佐吉は与一に歩み寄っていた。うずくまった華奢な背にそっと手を置くと、哀憐《あいれん》の情が胸を突き上げてくる。髪はざんばらになり、藍地の単衣《ひとえ》は汗でぐっしょりと濡れていた。苦しげに息を喘《あえ》がせ、背中は激しく上下している。

可哀相に。ぼろ雑巾みたようになっちまったじゃねぇか。

「もうやめてくだせぇ。この子はまだほんの子どもじゃないですか」

傍に立つ太夫へ嘆願していた。我ながら驚くほどの大きな声だった。

太夫は一瞬だけ、切れ長の目を瞠《みは》ったが、

「おめぇは黙ってろ」

小屋が震えるほどの大声で言い返した。

帰りかけた野次馬たちの足が止まるのが佐吉の目の端をよぎる。己が見世物になるのがわかったが、ここで引くわけにはいかない。この子に出会ってから、己は久方ぶりに幸せというものを思い出したのだから。佐吉、佐吉、と慕ってくれる屈託のない笑顔と跳ねるような演技を見て、大火事の日以来、初めて生きていてよかったと思えたのだから。

だから、この子をつぶさせるわけにはいかない。たとえ、相手が立女形であっても。

「いいえ。このままじゃ、つぶれちまいます。明後日、舞台に立つどころの話じゃなくなっちまいますよ」

反駁する声は僅かに震えた。当たり前だ。相手は立女形だ。恐ろしくないはずがない。

「これくらいでつぶれるんなら、それまでってことだ」

邪魔するんじゃねぇ、と太夫が顔を歪め、怒りを露《あら》わにした。

半畳売りごときが。

そんなふうに聞こえた。それで怯懦《きょうだ》は消し飛んだ。

何か見えぬ力に背中を押されるように佐吉は立ち上がっていた。

「半畳売りだから、いや、こんな顔だから口出しするなってことですかい」

唇をぐいと引き上げる。火傷痕が引きつる。恐ろしい顔がなお恐ろしくなっているだろうと思う。

案の定、おお、怖い、と野次馬から茶化したような声が上がった。

この化けもんが。

眼前の太夫もそう思っているだろう。己は確かにただの化けもんだ。ただの醜い木偶《でく》の坊《ぼう》だ。だが、誰よりもこの子の孤独を知っている。あんたなんかより、よほどよく知っている。

佐吉は眼前の太夫の威厳に負けぬよう、歯を食い縛り、顎を反らした。

すると、太夫の面持ちが変わった。まるで菩薩のような、得も言われぬ優しい表情で諭すように言った。

「違うよ。おまえさんだからってわけじゃない」

その眼差しに心の臓が激しく揺さぶられ、ようやく佐吉は気づいた。太夫が見ているのは右頬の火傷痕ではなく佐吉の目だということに。しかも火傷でただれていないほうの目、その奥にあるものを真っ直ぐに見つめながら太夫は静かに告げた。

(大丈夫だ、佐吉)

紅を引いた唇だけがそんなふうに動いた。佐吉にだけわかるように、微かに、けれど確かに動いた。

刹那、食い縛っていた口元がひとりでにほどけ、同時に胸の中の張り詰めていたものも呆気なくほどけた。

太夫は微かに頷き、与一へとおもむろに視線を転じる。

「他の誰にも口出しをさせない。座元であってもだ。おれはこいつの慢心を叩きのめさなきゃ、気がすまないんだ」

誰に言うともなく告げた後、いいか、小僧、と声色を変えた。

「舞台に立ったら余計なことを考えるな。親も子も、兄弟も、それこそ師匠も弟子もねぇ。同じ役者だ。魂と魂のぶつかり合いだ」

魂のぶつかり合い——その凜《りん》とした声音が佐吉の胸をしたたかに打った。

太夫は与一をわざとつぶそうとしているのでは。そんなふうに思った愚かさを、己の浅薄さを心から恥じた。

太夫は自らの魂を懸けているのだ。与一という子どもに。

どうして忘れてしまったんだろう。四年前のことを。『重の井』の舞台のことを。

——こう、ここへおいで。

太夫が打掛を開いて、名もなき幼子を呼んだことを。

この人は与一を、否、神の子を。その広い懐に抱いたではないか。

そして、今日まで慈しんできたのだ。いや、これからも大切に大切に守り、育てていくのだろう。

それが、この厳しい稽古なのだ。

「いいかえ。初太郎」

太夫の声色が変わった。

「おまえは捨てられたんだ。このあたしに。愛する母親に置き去りにされたんだ。だから、あたしのことだけを考えな」

その声色の凄《すさ》まじさに佐吉の総身に鳥肌が立った。泣きそうだった与一の目元が引き締まる。萎えていた足に力がこもり、再び花道を辿《たど》っていく。

かかさまぁ！

再び肌が粟立《あわだ》った。心の臓がぎりぎりとねじ切れるような痛みが走る。

次の瞬間、佐吉の眼前には芒の野が広がっていた。

おお、と声がこぼれた。

野には月が照り、芒の穂を白銀に染めている。冷たい秋の風が肌を刺す。

そして、そこにいるのは神の童だ。風になびく銀色の穂をなぎ倒すようにして神の童は駆けてくる。

彼の後には芒が分かたれ、まさしく風の通り道が見える。

そう。神の童は風を味方につけてどこまでも駆け上がるのだ。

かかさまぁ。かかさまぁ。どこへおじゃる。初太郎を置いてどこへ行かれた。かかさまぁ。初太郎のかかさまぁ。かかさまぁ——

母の名を呼びながら、神の童は太夫の腕へと飛び込んだ。

あのときと同じく。

——こう、ここへおいで。

その広い懐に。

柔らかで温かな魂に。

神の童は、ただ真っ直ぐに飛び込んでいった。

刹那。佐吉は信じられぬものを見た。何よりも尊く美しいものを見た。

涙だった。与一の魂を受け止めた太夫の目には確かに光るものがあったのだ。

その途端、佐吉は己の頬にも熱いものが伝うのがわかった。左の目だけではない。とうに死んだはずの右目からも涙は後から後からこぼれてくる。

背後でぱん、と音がした。すると、それに唱和するかのように今度はぱちぱちと別の音がした。幾つもの音がひとつになり、やがて大きく膨らんでいく。野次馬たちが見物衆に変わっていく。二階桟敷でもなく土間席でもない。舞台の袖から生まれた賞賛の拍手が与一をすっぽりと包みこんでいくのだった。

すげぇや。与一も太夫も本当にすげぇ。

佐吉が頰の涙を拳で拭いたときだった。

うなだれた円太郎が輪の中から離れていくのが目に映った。

佐吉は大きく息をつき、小屋前の絵看板を見上げた。三十四年前、初代瀬川路京の絵姿が飾られていたのと同じ場所に二代目瀬川路京の絵姿がある。壮絶とも言えるあの稽古とその果てに流した初代の涙を思い出せば、五十八歳になった今でも佐吉の胸は震え、目には涙がにじむ。

あの場ではきとわからなかったが、今ならわかる。

与一は葛藤していたのだろうと。

十一歳の小さな心は、円太郎への愛情と舞台に懸ける熱意との間で思い悩んでいたのだ。自分の演技が円太郎の面目をつぶすかもしれない、その挙句、円太郎が離れていくかもしれない。そんなふうに恐れ、怯えていたのは、孤独ゆえだ。神が与えし孤独が、やはり神が授けたきらめく才を吞み込もうとしていたのだ。

では、今はどうなのだろう。二代目瀬川路京として、美しい女形として地歩を築いてきた男の心の中にはどんな迷いがあるのだろう。ここ数年、人を惹きつけてやまない光が薄れているのはなぜなんだろう。

初代亡き今、どうすれば二代目を救うことができるのだろう――


「佐吉さん、ですか」

柔らかな女の声で我に返った。

はっとして振り返ると、桜鼠《さくらねず》色の着物に身を包んだ小柄な老女が立っていた。歳は六十過ぎくらいだろうか。色白のふっくらした面差しに柔らかな色がよく映えていた。その隣には三十路前後の男が寄り添っていた。小ぶりな目鼻がよく似ているから親子なのかもしれない。

「どちらさんで」

訝りながら訊ねると、

「ああ、すみません。わたし、以前に初代瀬川路京のお屋敷で働いていた者です。お駒と申します」

女はぺこりと頭を下げる。さようですか、と返しながらもまだ女の顔は思い出せない。すると、お駒と名乗った女は思い切ったように告げた。

「初代が亡くなった日、二代目を、いえ、与一さんを迎えに行ったんです。その際、頭取《とうどり》部屋であなたがずっと付き添ってくださったでしょう」

ああ、そうだ。初代が亡くなった際に与一を迎えにきた女中だ。たった一度しか会っていないし、事件の直後で動転していたから顔までは憶えていなかったのだ。お駒のほうは、己の火傷痕が記憶に残っていたのだろうが、それにしてもよく「佐吉」という名まで憶えていたものだ。佐吉が半ば驚きながら女中の顔を見つめていると、

「わたし、あれから数日ほど、与一さんの養い親が迎えに来るまでお屋敷で過ごしたんです。その際、あの子は、あなたの、佐吉さんのことをよく話してくれました」

お駒は昔のことを手繰り寄せるように目を細めた。

――佐吉がずっとついていてくれたから大丈夫だよ。

――佐吉はいつも舞台下で見守ってくれるんだ。

――いい演技をするといつも真っ先に拍手をしてくれるんだよ。

「だから、佐吉が大好きなんだ、と与一さんは言っていました」

鼻の奥がつんとするのをこらえながら、佐吉はそうでしたか、と静かに返した。

「だからでしょうね。つい懐かしくて声を掛けてしまいました」

お駒はにっこりと微笑んだ。それではっきりと思い出した。優しげな女が血相を変えて頭取部屋に飛び込んできたのを。「大丈夫?」と与一を抱きかかえるようにしたのを。この女中もまた与一を守ろうとしていたのだ。

「小屋にはよくいらっしゃるんですかい」

佐吉の問いかけに、一拍置いた後、

「いえ、実は与一さんの芝居を観たのは一度きりなんです。すっぽんを跳び越えたときです。女中でしたからなかなか芝居なんて。あのときも旦那様のご厚意でした。でも」

この芝居は必ず観に来ます、とお駒は絵看板を眩しそうに見上げた。

そこには、白い紗に身を包んだ与一――二代目瀬川路京が月を背にして夜空で舞う姿が描かれていた。

「この絵看板を描いたのが、息子の知り合いなんです」

お駒が傍らを目で指すと、よく似た面差しの息子は黙って頭を下げた。

「さようでしたか」

佐吉が頷きを返すと、

「いい絵ですね。これを見ているといっそう芝居を観たくなりますね」

お駒が顔をほころばせた。

「ぜひ、観にきてくだせぇ。二代目もお喜びになると思います」

「はい」とお駒は絵看板よりさらに高い場所を見上げて言った。「ここで佐吉さんに会えたのも、旦那様がお導きくださったのかもしれませんね」

そうかもしれません、と頷きながら佐吉は祈る。心から祈る。

太夫。亡魂でもいいから芝居小屋へ姿を現してくれませんか。そうして、あの日のように二代目を、与一をその深い懐に抱いてくれませんか。

こう、ここへおいで、と。

そうすれば、与一はもう一度輝き、天翔《あまか》けることができるはずです。

だって、あの子は神の童なんですから。

太夫が見出《みいだ》した大切な大切な神の子なんですから。

太夫、芝居小屋へ戻ってきてください。

どうか、どうか、お願いします。

## 五

『母子月』の総ざらいという日、狂言作者の奈河洗蔵は三光稲荷神社へと向かっていた。参拝するのは実に三十四年ぶりか。しみじみと懐かしく思っていると、

「小父ちゃん！　その猫、捕まえてっ！」

叫ぶような童女の声がした。

見れば、洗蔵の足元では、丸々とした三毛猫が胡乱《うろん》なものでも見るような目でこちらを眺めている。

「おい、みけ、そんな目で見るなよ」

手を差し出すと、猫は存外におとなしく洗蔵の腕におさまった。見た目以上にずしりと重い。すぐ傍では童女が息を切らしてこちらを見上げている。前髪を残して頭頂部を玉結びにしている。

「嬢ちゃんに抱けるかい」

うん、と童女はさらさらの前髪を揺らしながら頷き、洗蔵の手から猫を抱き取った。歳の頃は五つか六つ。赤い小花を散らした小袖は仕立てがいいし、色白の頬はすべすべでふっくらとしている。奉公人ではなさそうだから、大きな芝居茶屋の娘だろうか。

童女は猫の背を撫でながら、

「ねえ、小父ちゃんも猫を探してるの？」

首を傾げてこちらを見つめる。その眸は秋の陽を吸い込んだような明るいハシバミ色をしていた。

いいや、と返しそうになった言を呑み込んだ。

「そうだね。ここに来れば猫が見つかるって聞いたんでね」

ゆっくりと首を巡らせる。小さな鳥居が変わらずそこにあった。

「嬢ちゃんは見つかってよかったな」

「うん。けど、この子、すぐにいなくなっちゃうのよねぇ」

大人の女のように眉をひそめたかと思えば、

「小父ちゃんはどんな猫を探してるの？」

と明るい色の眸を輝かせた。屈託のない表情を見ているうち、洗蔵は気づいた。懐かしさだけでここへ赴いたのではないことに。ここには己の真実につながるものがある。

「白い猫だ。青っぽい綺麗な目をしてる」

ずいぶん前にいなくなっちまったから見つかるかな、と肩をすくめた。何しろ三十四年もの時が経っているのだ。

「そう。早く見つかるといいね」

童女がにこりと笑ったとき、

「おけい。そんなところで何をしてるんだい」

母親らしき女が三軒先の茶屋の前から大きな声で呼んだ。明るい藍色の鰹縞《かつおじま》を着こなした女はずいぶんと背が高いが、なかなか器量がいい。

「あ、おっかさんだ」

小父ちゃん、またね、と童女は手を振り、下駄を鳴らして去っていった。

あのね。けいたろうが逃げちゃったの。そうかえ。けど、あんたが迷子になったら困るだろう。勝手に出ていっちゃ駄目だよ。

娘は「おけい」で太った猫は「けいたろう」というのか。洗蔵はくすりと笑い、器量よしの母子に背を向けて、三十四年ぶりの鳥居をゆるりとくぐった。

短い参道の先には、以前と変わらぬ大きなクスノキがあった。

——円ちゃん、遅いよ。早く。

神木の股に腰掛けた与一が口を尖らせて、手招いているような気がした。

ああ、懐かしい。

声に出せば、洗蔵の心は三十四年前へ戻る。円太郎と呼ばれていた十四歳のあの日へと。


拍手の鳴り止《や》まぬ舞台から離れ、円太郎は夕刻の芝居小屋を飛び出していた。

——与一！　おめぇは何様だ！

そう言ったくせに、父は泣いていた。与一の演技を見て涙を浮かべていたのだ。円太郎の胸はずきずきと痛み、息をするのも苦しいほどだった。けれど、駆けずにはいられなかった。なるべく芝居小屋から離れたい。その一心で駆けているうちに三光稲荷神社へと来ていた。

息をついてクスノキにもたれかかる。見たばかりの光景が拭っても拭っても頭の中から消えてくれなかった。

——かかさまぁ、初太郎のかかさまぁ。

母の名を呼びながら飛び込んできた与一を父はその腕で抱きとめた。まるで愛おしい我が子と再会し、感極まった実の母親のように。そして涙まで浮かべていた。もちろん、舞台上の野次馬たちの多くも涙し、与一へ賞賛の拍手を送っていた。

恐らく、あの場にいた皆が月明かりで白銀色に輝く芒の野を目の当たりにしたのだろう。

もちろん円太郎も与一の演技に心を激しく揺さぶられた。だが、皆のように拍手を送れなかったのは、心の内側を刃物で傷つけられたような痛みがあったからだ。しかも、何箇所も。

――おめぇはな、円太郎。この乞食小僧に馬鹿にされた、いや、足蹴にされたんだよ。

馬鹿にされた。足蹴にされた。重い言葉が、実の父によって円太郎の胸の真ん中に過たず振り下ろされた。そして、

――いいかえ。初太郎。

――おまえは捨てられたんだ。このあたしに。愛する母親に置き去りにされたんだ。だから、あたしのことだけを考えな。

真に迫ったせりふと凄まじいまでの美しさに打ちのめされた。

あれは、紛《まぎ》れもなくお栄だった。父は与一のためにわざわざお栄になったのだ。

誰のためでもなく。ただ与一のためだけに。

何より、円太郎の胸を深く抉ったのは父の涙だった。父が円太郎の演技に涙を流したことなぞ、これまで一度でもあっただろうか。

今日、父につけられた無数の傷からは血だけではない。膿《うみ》まで流れている。どろりとした嫌なにおいのする膿だ。あの男と同じにおいのする汚いものだ。

中二階の楽屋から与一を引きずり下ろした父を円太郎が追っていこうとすると、あの男が、直吉が近づいてきた。

――坊ちゃん、よかったですね。

あばたの浮かんだ頬は緩み、切れ長の目は嬉しそうに輝いていた。

この男は何を言っているのだ。円太郎が返す言葉を失っていると、直吉は続けた。

――お師匠様は坊ちゃんを勝たせたいから、あんなふうにみんなの前で小僧を罵ってるんじゃないですか。茶番ですよ、茶番。これで明日から『母子月』は坊ちゃん一本になりますぜ。

くつくつと笑いながら肩を揺すった――そのときだった。

不意に辺りに青くさいにおいが漂った。奈落の底にあった、ねっとりとした闇に漂っていたにおいによく似ていた。

――おまえもあの場にいたんだろう。

円太郎は笑う男を睨めつけていた。揺れていた肩が不意に止まり、直吉は警戒するような目をこちらへ向けた。

――おまえも、あの稲荷町と一緒にすっぽんを下げたんだろう。

円太郎が言い直すと、直吉が目をたわめた。

――何を馬鹿なことを言ってるんです。あっしがそんなことをするはずないじゃないですか。曲がりなりにも瀬川路京の弟子ですぜ。師匠の大事な舞台をぶち壊しにするはずがないでしょう。

以前と同じように白を切り、その後はつらつらと与一の悪口を並べ立てた。

――まあ、すっぽんを下げた伊三郎ってのは、与一を心の底から嫌ってましたからね。伊三郎だけじゃないですよ。稲荷町の奴らはみんなあの小僧を嫌ってるんです。だって顔が綺麗だってだけで何の芸もないのに、ああして舞台に立ってるんですから。坊ちゃんだって、本当はそう思ってるんでしょう。

粘りつくような声だった。

今もその声が執拗《しつよう》に耳に絡みついている。

ねえ、そうなんでしょう。

うるさい。うるさい。うるさい。

おまえなんかに、おまえなんかにおれの何がわかる。

おまえなんかに――

そのとき、背後に柔らかな気配がした。

はっとして、振り向くとあの美しい人がいた。

「あら、円太郎じゃないかえ。こんなところで何をしておいでだい」

いつものようにうっすらと化粧をし、髪をゆるく結い上げた三代目瀬川菊之丞、浜村屋大明神だ。今日は肌の色に近い香色の着物に路考茶《ろこうちゃ》色の縞帯を締めている。路考茶は二代目菊之丞が舞台で身に着けていた衣装の色で、俳名の「路考」から命名された緑がかった茶色だ。秋を思わせる渋い色が肌によくなじんでいた。その手には真っ白な猫を抱いている。

「浜村屋の小父さん」ついふた月ほど前にもこの神社の前で会ったことを思い出した。「ここによく来るんですか」

心の中の膿に蓋をして、笑みを作る。この人の前にいると、己の小ささと醜さがいっそう際立つように思えた。

「そうだねぇ。芝居のないときはよく来るよ。ここは何だか落ち着くんだ。猫の神社だからかねぇ」

「それ、小父さんの猫ですか」

「いや、残念ながら違うのさ。どうやらここに迷い込んじまったみたいだね。ご主人さまが現れるのを待っているのかもしれないね」

ねぇ、おまえ、と大明神は白猫の喉をくすぐった。その姿を見ると、女でも男でもないこの美しい女形こそが、この神社の守り神ではないかという気がした。もともと人ならぬものだから、美しい娘にでも大蛇の姿にでも猫の神にでも変幻自在なのかもしれないが。

この人になら自分の胸にあるものを話しても大丈夫だろうか。いや、やはりこんな汚いものを晒《さら》すのは——

「さて、坊のその顔は何かあったかえ」

心の奥まで見抜く眼力があるのか、大明神は嬉しそうに問うた。

無邪気なその笑みに背を押されるように、

「わたしは役者には向いていません。父の名跡は継げません」

そんな言葉が転がり落ちていた。与一には敵《かな》わないから。さすがにそこまでは言えなかった。

なるほど、と大明神は深々と頷いた後、

「だったら、やめればいいじゃないか」

あっさりと言った。本音では別の答えを期待していたのだろう、円太郎は半ば驚き半ば失望して、眼前の美しい人を見つめた。

「なんだい。その顔は。そんな弱音を吐かずに精進しろ、とでも言われると思ったかえ」

くすくすと笑んだ後、大明神は小さな鳥居の向こうへおもむろに視線を投げた。四角く切り取られた往来には数多《あまた》の人がひしめいている。その中から探し人を見つけるかのように美しい人は目を細めていた。

長い沈黙に耐え切れず、円太郎は続く言葉を吐き出していた。

「父は泣いていました。与一の演技を見て泣いていたんです。おれはこれまで――」

父の涙を見たことがないんです。最後は声に出せなかった。声にすれば、まだ血のにじんでいる傷口に自ら爪を立てるような気がしたから、いや、そこから膿が顔を覗かせるのが嫌だったからだ。言えぬ言葉を押し込めるように両の手を固く握り締め、代わりに詫びの言葉を絞り出した。

「すみません」

「いや、いいよ」と大明神はおもむろに円太郎に向き直った。「あんたの心の中はよくわかった。あの人が涙を流すなんて、与一の演技は滅法界よかったんだろうね。そんなものを目の当たりにしちまったんじゃ、さぞつらかろうよ」

つらかろうよ。

その言を円太郎が受け止めるのを待つかのように、しばらく間を置いてから、あたしの兄さんはね、と言葉を継いだ。

「あたしと同じ役者だったんだ」

円太郎も知っている。この人より先に江戸に下り、二代目瀬川菊之丞の弟子になった実の兄のことだ。瀬川七蔵、瀬川乙女と改名するが、役者を廃業し、天明三年（一七八三）に狂言作者となった。瀬川如皐《じょこう》として、弟のこの人にたくさんの狂言を書いているそうだ。まことかどうかはわからぬが、その兄の口添えがあって、この人は上方から江戸へ下り、三代目瀬川菊之丞を襲名したという。そうして浜村屋大明神と言われるまでの女形になった。

「兄さんの心の声を聞いたことはないけどね。役者を辞めたのはあたしのせいかもしれないって思ってるんだ。あたしがあの人の傍にいたから、役者の道を降りちまったんだろうなって」

燦然《さんぜん》と光り輝くものを遠くから見る分には楽しいけれど、その傍らに立つのはつらい。黒々とした闇と同じように、強い光もその周囲に在るものをすべて呑み込んでしまう。いったんそうなったら、己がどこにいるのかさえわからなくなってしまうから、光を避けようとその場を離れることになる。

「でも、それは逃げたんじゃないんだ。別の場所を選んだだけの話さ。己の姿がしかと確かめられる場所をね」

大明神は切れ長の目を細めた。

確かに、別の場所を選んだ、と言えば恰好はつくかもしれない。

「でも、そうは思わない人もいるんじゃないでしょうか」

もし円太郎が役者を辞めたとしたら、

――あの子は、与一に負けたから逃げたのさ。

大方の者はそんなふうに陰口をたたくはずだ。

「そうかもしれないね。でも、他人《ひと》さまの目や口なんか気にしなきゃいい。己で思っていればいいのさ。おれは逃げたんじゃなく選んだんだって。ただね」

そこで大明神は言葉を切った。

円太郎を真っ直ぐに見つめると、

「何かを選ぶってことは何かを捨てることなんだ。それほど生易しいことじゃない。覚悟もいるし、心も痛む」

　柔らかく微笑んだ。

　何かを選ぶってことは何かを捨てること。

「小父さんも何かを捨てたことがあるんですか」

「そりゃ、あるよ。数え切れないほどたくさんのものを捨ててきた。だから、ここにこうしているのさ」

　微笑んだまま言う。

　数え切れないほどたくさんのものを捨ててきた。その度にこの人は何かを覚悟し、心を痛めたということになる。

「それとね」と大明神は微笑みを仕舞う。「光り輝くほうも楽じゃないんだってことは知っておきな」

「光り輝くほうも？」

　声が裏返った。役者として光り輝いているのは、誇らしく気持ちのよいことではないのか。

「そう。逆さまの立場で考えてごらん。懸命に輝きを放って放って、その挙句、気づいたときには誰もいなくなっちまって、たった独りで立っている。そうなると、何のために懸命に輝いたのか、どうして舞台《ここ》にいるのか、不意にわからなくなっちまうこともある。己の発した光のせいで己の居場所を見失っちまうのさ」

　それは、大明神自身のことを言っているのだろうか。どこにいても美しく輝いて見えるこの人も居場所を見失い、途方に暮れることがあるのだろうか。

　大明神は慈愛のこもった目で猫を見下ろしている。その腕の中で白猫は幸福そうに目を閉じていた。

ああ、何だか余計なことまで喋っちまったね、と名女形は苦笑した後、

「ともあれ、あんた自身が役者の道が向いていないと思うのならやめればいい。ただ、やめる前にもういっぺんだけ考えてごらん。あんたはこの道を、役者の道を見切るほどの苦労をしているかえ」

顔を近づけて円太郎の目を覗き込んだ。黒々とした眸の中に円太郎が映っている。それは笑いだしたいほどに、ちっぽけだった。

沈黙を答えと解したのか、

「そりゃそうだよねぇ。だってあんたはまだ子どもなんだもの」

大明神はころころと笑う。その声で白猫がうっすらと目を開け、首を巡らせて抱いている人を見上げた。

「まあ、選ぶのはもう少し先でいいんじゃないのかえ。あんたは真面目だから。おとっつぁんみたいないい役者になるかもしれないからねぇ」

喉に笑いを残したまま猫の首を撫でている。ごろごろと喉を鳴らし、猫は再び目を閉じた。

「おとっつぁん、いえ、父はいい役者ですか」

この人から父の名が出たことが意外だった。父はこの人を名女形として認め、円太郎にこの人の演技を見て学べと言う。でも、江戸かぶきの女形の頂点に立つこの人にとって、三代目瀬川菊之丞を継げなかった父なぞ、所詮は格下の女形ではないのか。

「もちろんだよ。あんたの前だからおべんちゃらを使ってるわけじゃないよ。瀬川路京は本物の女形、いや、本物の役者だよ。あんなに人の心を表すのが巧《うま》い役者は他にいないもの」

何しろ人の心は厄介だから。惚れた男を殺したいほど憎いと思うこともあるし、目に入れても痛く

ないほど可愛い我が子を思わず叩いちまうこともある。死ぬほど悲しいことがあったってちゃんとおなかは空《す》くし眠たくもなる。悲しいとか嬉しいとか人は簡単に言い表すけれど、一言には収まりきらぬ正体不明の心もあるだろう。

そんな心の内を表すことに長《た》けているのが瀬川路京なんだ、と大明神は我が事のように胸を張った。父親を褒められて嬉しくないわけがない。円太郎は黙って頭を下げた。

けどね、と頭上で語調が変わる。

「そのすばらしい技量を、あんたのおとっつぁんは何もせずに得たと思うかい」

「いいえ」

顔を上げた円太郎はきっぱりとかぶりを振った。父が早朝稽古を休む日はない。きっと円太郎が知らぬところでも精進に精進を重ねているはずだ。

「そうさ、あれは、あんたのおとっつぁんが人の何倍も稽古に励んできた末に、築き上げたもんだ」

言い終えると、大明神はすいと首をもたげた。そんな何気ない仕草でも見惚《みと》れるほどに美しい。これも一朝一夕に身についたものではないのだろう。

白い月のようなうなじの先には美しい空があった。昼間の名残は藍に溶け、深い色に染め上げられていた。その空の低いところに、宵の明星がぽつんとひとつ輝いている。

視線を空から転じると円太郎は不思議なことに気づいた。鳥居の向こうはすっかり夜の気配に沈みつつあるのに、境内だけは仄かな明るさが漂っているのだ。その明るさのお蔭で、小さな社殿の傍に立つクスノキも短い参道の傍らにずらりと並んだ猫の置物も輝いて見える。そう言えば、

——あの人、何だか眩しかったんだ。

与一がそんなふうに言っていたっけ。夏の陽のようだとも。

この輝きはこの人の発する光のお蔭なのかもしれない。燦然と光り輝くものの傍にいたら、こんなふうに美しい景色が見られることだってある。

円太郎は再び首をもたげる。吸い込まれるような青藍の空も、その空でひときわ輝きを放つ宵の明星もいつもよりずっとずっと綺麗に見える。

泣きたいほど美しい空を見つめながらふと思った。

父とこの人との違いは何だろうと。

量ることはできないけれど、同じように血のにじむような稽古を積んできたとしたら。

なぜ、この人は三代目瀬川菊之丞を継ぐことができて、父は継げなかったのだろう。

それは――最初から持っているものの違いではないのですか。

稽古を積まずとも、舞台の上に芒の野を自在に描ける者が、この世の中にはいるのではないですか。

そんなもやもやはまだ胸の中に残っているし、大明神の言葉で胸の痛みがすべて消えたわけではない。

だが、もう少し役者の道を歩いてみようと思ったのは、

――おとっつぁんみたいないい役者になるかもしれないからねぇ。

そんな言葉を聞いたからかもしれなかった。

そうして、七月最後の日。円太郎は初太郎として舞台に立っていた。

大明神の言葉を胸に刻み、日々懸命に舞台を務めたつもりだった。

だが、二階桟敷には空席が目立ち、見巧者《みごうしゃ》の多い大向こうからの掛け声も初日に比べると格段に減っていた。

お栄役の父が櫓の上で舞うのを見上げながら、円太郎はさながら針の筵《むしろ》に座らされているような心持ちだった。いや、土間席から投げられる無数の針が背中に刺さっているようだった。

お栄の舞を美しく見せるのは初太郎なのだ。初太郎が亡魂になったお栄を切なく見上げているからこその舞なのだ。そもそも子は母の身から分かたれたもの。だからこそ、お栄が悪母から善女に戻った「もどり」の場では母子がひとつにならねばならなかった。ゆえにこの狂言は『母子月』と名づけられているのだろう。

――善行を積んだお蔭でお栄は現世での苦しみから解き放たれ、死んだはずの初太郎は生き返るんだ。切ないけど、すれ違いも人の世の習いなんだよ。

したり顔で与一に語ってみせた己の何と愚かなことか。

すれ違っては駄目なのだ。

ここは母子の魂がひとつにならねばならない。

だが、自分にはそれができなかった。最後まで初太郎になりきることができなかった。お栄と心を通わせることができなかった。父の言う「魂と魂のぶつかり合い」ができなかった。

見物はそれをちゃんと見抜いている。

だからこそ、この空席なのだ。

だからこそ、小屋の中が白々と冷たいのだ。

手を抜くことなく、必死で務め上げたつもりだったのに、いったい自分には何が足りなかったのだろう。どうして初太郎になれなかったのだろう。

亡魂のお栄が空に吸い込まれるように消え、見物席から拍手が送られる。

だが、それは昨日に比べ、明らかに少なかった。

芝居がはねた後、円太郎は父の楽屋に呼ばれた。

父は円太郎に背中を向けて化粧を落としていた。鏡も見ずに、椿油《つばきあぶら》をすり込んだ顔を丁寧に拭っている。

「七月は、ご苦労だった。で、明日からの『母子月』だが」

そこで一拍置いた後、父はこちらを振り向いた。その眼差しは真っ直ぐに円太郎へと向いている。

「初太郎は与一いっぽんで行く」

きっぱりと言った。

呼ばれたときから覚悟はしていた。だが、実際に父から伝えられると、胸奥が激しく痛んだ。その痛みから何とか逃れようと円太郎は自分の胸に必死に言い聞かせた。こんなことは珍しくはないんだ。怪我《けが》をしたり病に罹《かか》ったりすれば代役を立てることはあるし、評判が悪ければ役者を降ろすこともある。

だが、その降板は誰が決める。

座元か帳元か座頭か、あるいは。

「それは、誰が決めたんですか」

祈るような思いで円太郎は訊ねた。少しの間があった。父は、小さく息を吸い込んだかと思うと、

「――おれが決めた」

静かな声で告げた。

「承知しました」

円太郎はその場で気丈を装い、床に手をつき辞儀をした。出口でもう一度振り返ると父は鏡台に向かっている。俯いているから顔は見えない。だが、襦袢《じゅばん》から覗いた白いうなじは僅かに震えていた。

父の楽屋を出ると、いつもは騒がしい大部屋がしんと静まり返っている。その前を駆け抜けたかったが、円太郎は唇を嚙《か》んで突き上げるような思いをこらえて歩いた。皆、知っているのだ。円太郎がたった今、実の父親に何を言い渡されたのか。知っていながら知らぬふりを決め込んで、ちらりちらりと円太郎を盗み見ているのだった。

梯子段まで来るともうこらえ切れなかった。駆け下りると、円太郎は楽屋口から表へ飛び出した。二丁町の大通りから楽屋新道へ抜け、三光稲荷神社までひと息に駆けていく。

鳥居を抜け、短い参道を駆け上がったが、夕刻間近の神社には誰の姿もなかった。輝く人がいないだけで、ここはこんなにも暗く沈んで見える。

輝く人。あの人は、選ぶことは一方を捨てることだと言った。

それは覚悟のいることで、心の痛むことだとも――

そのとき、父の双面の舞が脳裏に浮かんだ。左右から強い力で引っ張られ、今にも裂かれそうなほどに張り詰めた背中には深い葛藤が滲《にじ》み出ていた。

やはり、母は与一を殺そうとしたのだ。その思いは確信となって円太郎の胸を激しく突き上げてきた。

――こんな賤しい乞食小僧に三吉役をさせるなんて、酔狂もいいところさ。あたしは許さない。絶対に許さない。

許さない、という言葉通りに、息の根を止めようとしたのだ。

だが、父に気づかれ、その思いは遂げられなかった。そして、父は母を実家に帰したのだ。母を落ち着かせ、与一を守るために。

与一か女房か。

それは父にとっては苦渋の決断だったのではあるまいか。だから、あの日、父は双面を舞ったのだ。

どちらかを選ぶことが、いや、どちらかをきっぱりと捨てることができなかったから。

そして、捨てられなかった母は再び父のところへと戻ってきた。

だが、今度こそ、父はきちんと捨てたのだ。

与一を選び、円太郎を捨てたのだ。

震えていたうなじを思えば、その心は相当に痛かったのだろう。

でも、捨てられたほうの心はもっと痛い。実の父親に痛めつけられた胸からはひりつくような冷たい涙がとめどなく流れている。これ以上、傷つけられるのは嫌だ。このままどこかへ消えてしまいたい。

円太郎が拳を握り締めたとき。

みゃう、と甘えるような猫の声がした。足元へ視線を移すと、大明神の抱いていた白い猫がこちらを見上げている。青みがかった目はまるで円太郎の心の中を見透かすような色をしていた。その色を見ているうち、

——光り輝くほうも楽じゃないんだってことは知っておきな。

大明神の言葉が胸の底から立ち上った。

懸命に輝きを放って放って、その挙句、気づいたときには誰もいなくなっちまって、たった独りで立っている。

もし、このまま自分がどこかへ消えてしまったら。

与一は本当に独りぼっちになってしまう――

すると胸につかえていたものがすとんと落ちた。

そうか。そうだったのか。

興行の二日目。なぜ与一の演技が精彩を欠いていたのか、ようやくわかった。

あれはわざとだ。わざと下手な演技をしたんだ。

おれの心を慮《おもんぱか》って。いや、おれが離れていくのを案じて。

独りぼっちにならないようにと、おれより下手な初太郎を演じたのだ。

そんなことにも気づかないなんておれは馬鹿だ、大馬鹿だ。すると稽古で父に言われたことの意味が腑に落ちた。

――円太郎は、作りすぎるな。

与一が孤独を恐れて「下手を作ろう」としていたのなら、己は見物に気に入られるために「上手を作ろう」としていたのではないか。力もないくせに小手先だけで上手く見せようとしていた、そんな己の姑息《こそく》な考えを見抜いていたからこその指南だったのだ。

父にしごかれた日。与一の演ずる初太郎は上手いとか下手とか、そんな言葉で表せるものではなかった。恐らく、与一は役を作ったのではなく役そのものになったのだろう。孤独な初太郎そのものに。

でも、それはきっと与一にとってつらいことだったに違いない。初太郎になりきるということは、自らの孤独や寂しさと正面から向き合うことに他ならないのだから。初太郎として舞台に立つたびに、与一の心は何かからもぎ離されるような痛みを覚えるに違いない。

——懸命に輝きを放って放って、その挙句、気づいたときには誰もいなくなっちまって、たった独りで立っている。

大明神の言葉が今頃になって深く胸にしみていく。

輝けばこその孤独——つらいのは自分ばかりじゃない。

円太郎は涙のにじんだ目を指先で拭い、

「何だ。おまえ、まだご主人さまが迎えにこないのかい」

両腕を伸ばして猫を抱き上げた。美しい白猫は円太郎を慰めるかのように胸に鼻をこすりつけてくる。白く小さな生き物は柔らかくて温かい。ずきずきと痛む胸にその温かさがしみて、円太郎の頰を再び涙が伝い落ちた。

それは、最前流した涙よりもほんの少しだけ温かかった。

気づけば、クスノキの股に腰掛けていた幼い与一の幻は消えていた。

洗蔵は大木の幹にそっと手を触れ、樹上を見上げる。三十四年の間に二丁町も火事の憂き目にあったはずだが、幸いにして災厄を逃れたのか、クスノキは昔と変わらず青々と葉の茂る立派な枝を空へと張り出していた。

だが、あの美しい人はもういない。

三代目瀬川菊之丞が亡くなったのは、十五年前の文化七年（一八一〇）だ。享年六十。瀬川菊之丞の名跡は譲り、瀬川仙女と改名していた。

洗蔵は空を見上げた。宵の明星にはまだ少し早い。クスノキの枝先にはどこまでも高く青い空がある。その空に向かって洗蔵は呼びかける。

浜村屋の小父さん。

あなたはまだこの芝居町のどこかにいるんじゃないですか。だって、あなたは大明神なんですから。美しい姫にも恐ろしい大蛇にも何にでもなれるんですから、ここで猫の神様になっていてもおかしくはないでしょう。白く美しい猫に姿を借りて、おれの前に現れてくれませんか。

すると、懐かしい声が耳奥からくっきりと蘇った。

――どうして舞台《ここ》にいるのか、不意にわからなくなっちまうこともある。

それでも、三代目瀬川菊之丞は瀬川仙女として最期の最期まで舞台にいたのだ。文化五年（一八〇八）には女形ながら座頭を務め、文化六年（一八〇九）には、二代目瀬川菊之丞の三十七回忌追善として五十九歳の身ながら『邯鄲園菊蝶《かんたんそののきくちょう》』で見事な舞を見せたという。

何かを選び、何かを捨て、その度に心の痛みを抱えてもなお、命の灯《ひ》が消える直前まで精一杯舞い続けた。老いても改名しても、己が選んだ場所に最期まで居続けたこと。それは決して哀れでも何でもない。晩年になってもきっと菊之丞を名乗っていた頃と変わらず輝きを放っていたに違いない。死してなお人々の心に燦然として残っている。やはり、あの人は紛れもなく大明神だ。夏の陽のような光だ。

その眩《まばゆ》いまでの光に認められたのだ。今はもがき苦しんでいたとしても、あの男は必ずもう一度輝き、大空へと羽ばたくことができる。二代目瀬川路京として。

さて、そろそろ総ざらいが終わる頃だろうか。

目を閉じて神木の吐き出す青いにおいをいっぱいに吸い込むと、洗蔵は踵を返し、参道を歩き始める。参道もそこにいる招き猫も鳥居の向こうに見える空も、ここへ来たときよりもずっと明るく輝き、洗蔵の心も清々《すがすが》しいもので満たされている。

もう白い猫を探す必要はなかった。

# 終幕　神の音《ね》

## 一

　二代目瀬川路京は中二階の楽屋でぼんやりと座していた。腰高窓《こしだかまど》から明るい陽が差し込み、耳を澄ませば囃子《はやし》方がさらう音色がここまで届いてくる。

　昼の八ツ（午後二時）を少し過ぎた頃だろうか。朝から始まった総ざらいは無事に終わった。

　今日まで、自身の稽古にも松丸の稽古にも心血を注ぎ、できることはすべてやった。そのお蔭で松丸はずいぶん上達し、愛らしく健気《けなげ》な初太郎役を演れるようになった。羽左衛門に勝てぬまでもいい勝負にはなるだろう。だが、路京自身については——

　立ち上がり、櫓の上で舞う己の姿を思い描く。すると、胸の奥で硬いものが微かに蠢《うごめ》いた。小さな鉤針《かぎばり》が引っかかったような微かな違和は附立の際に感じたものだった。だから、通常は楽屋か芝居茶屋で行う総ざらいをわざわざ舞台でやってもらったのだった。

　そんな路京の申し出に対して、周囲は宙乗りへの不安だと解したようだがそうではない。胸に引っかかった鉤針の正体を見極めたかったのだ。だが、総ざらいが終わってからも鉤針は抜けぬままだ。

何かが違うのだ。三十四年前と。だが、その何かがわからない。

舞をさらいながら路京は記憶のかけらを集める。ばらばらになったものをひとつずつつなげ、三十四年前の芝居を組み立てていく。そうするうちに舞台の袖でぽつんと立っている幼い与一の姿が朧《おぼろ》げに立ち上がった。

なぜ、あんなに己は不安げな顔をしているのだろう――

円ちゃんはいったいどこにいるんだろう。

芝居がはねたばかりの舞台裏で与一は大好きな人が迎えに来るのを待っていた。

八月に入ってから円ちゃんは舞台に出ていない。

――与一坊のほうを観たがる見物が多いのさ。

円ちゃんやお師匠様のいないところで、与一にそんな声を掛ける裏方もいる。

人の言うことがどこまで真実かはわからぬが、見物の熱が日に日に高まっているのは舞台に立つ与一自身も感じている。それ自体は喜ばしいことだ。

でも、円ちゃんの心中を思うと与一の胸は引き絞られそうになる。何でも途中降板を告げたのはお師匠様だそうだ。そんなお師匠様を〝鬼〟だと罵る者もいる一方で、降板の憂き目に遭っても腐ることなく、真面目に小屋に通う円ちゃんの心根を立派だと褒める者もいた。

確かに円ちゃんはこれまでと変わらず、いや、以前にも増して与一に優しく接してくれている。

――今日は声がよく出ていたよ。

――早替わりのところはもっと動きを派手にしたほうがいいな。

色々と助言をしてくれるし、ことに出番の前には、

――そら、行っておいで。

ぽんと背中を押してくれるのだ。その腕に度々クロが抱かれているのは、与一がクロを好きだと知っているからだ。びろうどの毛を撫でていると心がなめらかになって、序幕から落ち着いて舞台を踏める。

だが、今日は違った。円ちゃんの腕にクロはいなかった。そればかりか、

――ごめんな。クロを探せなくてさ。

そう言った円ちゃんはどこか落ち着かない様子でもあった。

そして、芝居がはねたというのに円ちゃんは舞台袖に姿を見せない。今日は舞台を観ていなかったのだろうか。何かあったのだろうか。不安に駆られていると、

「あらかた終わったら、本二階に来いってよ」

片づけをしている小道具方の若い衆の声が耳をかすめた――そのときだった。

「ああ、与一坊。よかった」

渡り廊下のほうから息せき切って駆けてきたのは印半纏姿の佐吉だった。慌てているのか、額には汗がにじんでいる。

「どうしたの？　そんなに急いで」

「いや、その」

佐吉は言い淀《よど》んだ後に告げた。

「おれと甘いもんでも食いにいかねぇか」

「甘いもん？　急にどうしたんだい」

芝居のはねた後に佐吉が与一を誘ったことはない。何しろ佐吉は忙しいのだ。人が好《よ》いから色々と面倒なことを押しつけられるし、真面目だから何でもやってしまう。挙句、誰よりも朝が早いのに最後まで小屋に残って掃除をする羽目になる。佐吉は何も言わないけれど、ひと月も小屋に通えば、子どもの与一でもそんなことがわかってきた。

「どうしてって。ほら、与一坊は疲れてるだろうから」

ぼそぼそと言う。何だか妙だ。与一が訝しく思っていると、

「太夫がおっしゃったのさ。与一をねぎらってやってくれって。何しろ七月から舞台が続いてるだろう」

佐吉は今思い出したように大きな手を叩いた。

「お師匠様が？」

「うん。お師匠様がおっしゃったんだ」

「じゃあ、円ちゃんも一緒がいい」

おいら探してくる、と円太郎の名を出した途端、佐吉の頬の辺りが強張った。

「ちと、待て。円太郎さんは用ができちまったから小屋にはいねぇんだ」

「何の用？」

「何の用かは知らねぇ。けど、それもお師匠様の用だ」

「ふうん。そっか。わかった。そいじゃ楽屋に行って着替えてくるよ」

舞台袖から離れようとすると、

「そのままでいい」

今度は与一の袖を慌てた素振りで引いた。

「どうして？　けど、おいら衣装をつけたまんまだよ」

衣装と言ってもお師匠様みたように白い紗の着物をつけているわけじゃない。長屋住まいの子どもの着物だから、平素の恰好とそう変わらない。

「何だか楽屋はばたばたしてるみてぇだから」

――あらかた終わったら、本二階に来いってよ。

そう言えば小道具方の若い衆が言っていた。

本二階と言えば――

――役者にとっては大切な場なんだよ。

――あそこは一切の穢《けが》れを許さない場なんだ。

昔、円ちゃんがそんなふうに教えてくれた。

そんな場所に小道具方の若い衆が呼ばれるなんて、しかもばたばたしているなんて、何か厄介事があったのかもしれない。でも、きっと子どものおいらがいても役に立たないだろうな。

「うん。わかった。そいじゃこのまま行くね。衣装の替えはあるもんね」

太い腕に摑まるようにして言うと、佐吉はほっとしたように笑った。

二人で表に出ると通りはさながら光の河だった。小屋も近隣の茶屋も夜になりきらぬうちに早々と軒提灯を点《とも》しているのだが、小さな灯のひとつひとつが絵看板や緋毛氈《ひもうせん》の色を吸い込んで、いっそう鮮やかに見えるのだ。

ああ、何て美しい。何て楽しい。

光の河の中心にそびえ立つ小屋を見上げ、与一は大きく伸びをした。屋根の上には、鮮やかな青に白銀の紗をかぶせたような空が覗いている。昼間と夜のあわいの何とも言えぬ綺麗な空だ。けれど綺麗すぎてどこか作り物めいて見える。

「ねえ、佐吉。小屋の上にあると、あの空まで作り物みたいに見えるね」

思ったままを与一が言うと、佐吉も首をもたげた。背丈があるから、それでなくても遠い佐吉の顔がいっそう遠くなる。今、与一に見えるのは火傷痕のないほうの顔だ。そこに光の河が映えてものすごく綺麗だ。ああ、これは作り物じゃないと与一は思う。作り物の中にある数少ない本当のもの。

でも、佐吉の顔を悪く言う人もいる。化けもんとか怖いとか。そんな言葉を聞くと、その人の目は曇っているんじゃないかと思う。そしてものすごく腹が立って、ついには悲しくなってしまう。与一は佐吉が大好きだからだ。二人で出かけるなんて初めてのことだから、つい、そんな思いを伝えたくなった。

「ねえ、佐吉。おいらはお師匠様みたいな女形になるからね。円ちゃんと一緒にずっと役者をやるからね。佐吉はずっとおいらを観ててね。舞台下でずっと観ててね」

でも、佐吉は与一のほうを見なかった。ただ、黙って空を見上げている。

ねえ。佐吉。聞こえた?

そう言いかけたとき、与一の身がふわりと浮かんだ。

太い腕に抱き上げられたと思ったら視界がすっかり変わっていた。三光稲荷神社のクスノキの上に登ったみたいに、与一は高い場所に、がっしりした肩の上にいた。

「今日もよく芝居を務めた御褒美だ」

佐吉は言った。なぜだろう。その声がほんの少しだけ震えていた。

芝居がはねたばかりの通りにはたくさんの人が歩いている。人波を縫うようにして佐吉は歩く。そのけそこのけ、とばかりにのしのしと歩く。

「あら、与一坊じゃないかえ」

綺麗に着飾った女が甲高な声で叫べば、

「あ、本当だ、与一坊だ。今日はよかったよ。明日も観にいくからね」

伸び上がって大きく手を振る者もいた。往来を行く誰よりも与一は高い場所にいる。六尺の佐吉の肩の上にいる。

どうだ、えっへん。

与一はがっしりした肩の上で胸を張って見せる。秋の夕風が頰に当たる。心地よさに胸の中の帆が大きく膨らむ。佐吉の足がますます軽快になる。

そのときだった。

「なんだい。あの顔は。おお、いやだ。与一坊はあんな男に担がれて怖くないのかえ」

芝居がかった女の声が耳に飛び込んできた。吐きそうになるほどへたくそなせりふだった。

佐吉の肩がぴくりと動き、軽やかだった足が重くなるのがわかった。与一の胸の帆もくしゃりとうなだれた。

悲しかった。悔しかった。許せなかった。

大事なものを、数少ない本当のものを、泥だらけの下駄で踏みにじられたような気がした。

「怖くないよ！　ちっとも怖くなんかない！　佐吉は誰よりも強くて優しいんだ！」

心無い声に向かって与一は言い返していた。往来のざわめきが波の引くように静まり返り、道行く人の目が一斉にこちらを向いている。でも、声の主はわからない。どこにいるのかわからない相手に向かって、与一はさらに大きな声で叫んでいた。

「出て来い！　今言った奴は出て来い！　佐吉を馬鹿にする奴は許さない！　おいらが許さない！　おいらが――」

そこで声は途切れた。泣いちゃいけないと思うのに、こらえ切れなかった。与一は佐吉の肩の上で泣いていた。誰よりも高い場所で、光の河を見下ろしながら大声を上げて泣いていた。


「太夫。よろしいですかい」

男の声で二代目路京ははっと我に返った。取り出した記憶はほろ苦かった。目尻ににじんだ涙を慌てて指先で拭い取る。

「今じゃなきゃ駄目かい」

出した声は少しくぐもっていた。

「へえ。明日のことですから。太夫」

太夫、は立女形の呼称だ。裏方の者にそう呼ばれるのは珍しいことではない。だが、なぜだろう。やけに語尾の上がった物言いに、こめかみの辺りがちりちりと疼くような気がした。

「だったら、明日の朝にしておくれ」

済まないけど疲れてるんだ、と今にも尖りそうな声を真綿で包《くる》むようにして投げ返した。何にせよ、裏方を怒らせるのは得策ではない。

「ですが、水盃で使う水は太夫自らお入れになると伺ったんで。徳利と盃をお持ちしました」

小道具方であったか。確かに水には用心に用心を、と考えている。もしも三十四年前のようなことがあったら『母子月』は永遠に封じられてしまうだろう。それこそ羽左衛門あたりが「舞台で殺された初代瀬川路京の呪い」だなぞと嘯《うそぶ》くかもしれぬ。水を入れず、飲むふりだけをすればいいのでは。裏方にはそういう意見もあったそうだが、本物らしさを出すためにそこは譲れない。だから、水を入れる容れ物は蓋のある酒土瓶ではなく中が確かめられる徳利に、水を入れるのも幕開きの直前にすると路京が決めた。しかも、その作業は路京自らが自宅から持参した水で行う。いささか煩わしいことではあるが、舞台に集中するためにはそれくらいの手間は仕方あるまい。

だが、それこそ明日の朝で済む話だ。叱りつけそうになるのをこらえながら、

「そう。だったら、その辺に置いておくれ」

鏡台の前に座すと後ろも見ずに言った。

「へえ。ですが、検めなくていいんですかい。もしも先に徳利の中に毒が仕込まれていたらどうなさる」

なあ、太夫どの。

男の声が奇妙に上ずった。いや、嗤《わら》った。

――そうさ。うすぎたねぇ、乞食小僧だ。

湿った夜気に溶けるような笑い声が耳奥から蘇り、思わず振り向いていた。

尻端折りに紺木綿の股引姿。裏方としてはごく普通のいでたちだが、長暖簾《ながのれん》に隠されて男の顔は見

えない。

だが、その笑い声は。人をいたぶることに悦《よろこ》びを見出すような、その声は。

「あんたは――」

「ようやく気づいていただけましたか」

大きな手が暖簾をはぐる。

顔を覗かせたのは初老の男だった。三十四年の歳月は男の顔から若さを流し去り、無数の皺と陰影を与えていた。だが、そこには時の川がどうにも流せぬものがありありと残っている。人々に恐れられる病の神、疱瘡《ほうそう》の神が去り際に置いていったもの。

あばたがあった。

直吉か。

声にならぬ声が聞こえたのか。直吉はにじり寄ると、徳利と盃の載った盆を床に置いた。

「三年ほど前から市村座に厄介になっていますがね。お偉くなっちまった太夫どのには、下々の者などどうでもいいようで」

形のよい唇を歪める。

三年ほど前。どこかですれ違ったのか。

「どこであんたと会った?」

「どこでって。いろんなところで会ってますよ。まあ、一番は舞台の上でしょうかね。けど、太夫どの」

あんたはあっしを見ても知らんふりした。

「いや、そんなことはないでしょう」

いくら嫌な思い出があったとはいえ、直吉と知って無視を決め込むことなぞするわけがない。この男を怒らせて得なことは何ひとつない。ただ気づかなかっただけだ。

「まあ、そんなことはどうでもいいですよ」

直吉は昔に比してずいぶんと肉の落ちた肩をすくめると、言葉を継いだ。

「それにしても太夫どの手ずから水をお入れになるとは。ずいぶんと念の入ったことで。ですが、毒が入れられたとて、太夫に災いは及ばぬでしょう。美貌の弟子がそんなに可愛いですかね」

太夫に災いは及ばぬ――この男は何を言っているのだ。水に毒が入っていれば、いの一番に死ぬのはお栄役の己ではないか。

だが、そんな路京の胸中になど構わず、直吉は得々とした口ぶりで話を先に進める。

「総ざらいを拝見しましたがね。確かに綺麗な顔はしてるが、ありゃ、どうしようもない大根《でえこん》だ。せりふがまるで駄目だ。花道から駆けてくるところはまだいいでしょうけどね。幕開きの場はしんどいだろうなぁ」

くすりと笑ったかと思えば、

「なァ、初太郎」

声を作り、情夫役のせりふを口に上らせた。

「あい、小父さん。でも、初太郎もお別れが悲しゅうございます」

奇妙な裏声で初太郎のせりふが続く。

「泣いてくれるな、初太郎。おめぇは、小さくとも男だからなァ。しかとおっかさんを守るんだぜ」

盆の上の盃を取り上げると、直吉は大仰な手つきで宙に差し出した。

「よし、別れのしるし。先ずはおめぇからだ。しかと受け取れよ」

「あい、小父さん」

初太郎の声音を真似《まね》した後は、こらえきれずにくつくつと笑った。得体の知れぬ、ざわりとしたものが路京の胸の内に広がっていく。

見た目は老いていても、直吉の心は役者を志していた十代の頃にとどまっている。言い換えれば、この男にとって己は未だに幼い弟弟子、与一のままなのだ。

――あんたはあっしを見ても知らんふりした。

だから、偶《たま》さかに過ぎないことに心がささくれ、それがこちらにとっては理不尽な憎悪にまで育ってしまう。

「何がおかしい」

怒りとおぞましさで声が尖る。

「いえ。そんな短いせりふでさえ、まともに言えねぇ子役を使うんだなって思っただけですよ。昔も今も綺麗だってぇのは得ですね」

唇を歪めながら直吉は盃を盆に戻した。確かに松丸はまだ拙《つたな》い。だが、いずれひとかどの役者になる。いや、してみせる――

胸底から突き上げるような思いを声にしかけたとき、

「お師匠様」

麦湯をお持ちしました、と暖簾の向こうから松丸の澄んだ声がした。

「ああ、噂をすれば――こりゃ、とんだ長居をしちまいました。明日はつつがなく舞台を終えられますように。では、太夫」

これにて失礼いたしやす、と直吉は芝居がかった声色で辞儀をし、松丸と入れ替わるようにして楽屋を去った。

「すみません。お取り込み中でしたか」

松丸が申し訳なさそうな顔で訊き、麦湯を路京の前に置く。

「いや、そんなことはないよ」

「何かお手伝いしましょうか」

「もう大丈夫だ。明日は早いから明るいうちに先に帰りな。おれもすぐに戻る」

途端に松丸が当惑したような面持ちになった。何かを言いかけたが、形のよい唇をきゅっと閉じると、

「ありがとうございます。では、お屋敷でお帰りをお待ちしております」

深々と挨拶をし、楽屋を辞した。本当は舞台で居残り稽古をやりたかったのだろう。何しろ初舞台なのだから心配でたまらないのだ。だが、序幕のやり取りは決して悪くなかった。直吉は「大根」だと言ったが、彦三郎役を演ずる立役《たちやく》が差し出した盃を受け取るときなぞ、堂々としていて可愛らしかった。ほんの一刻《いっとき》前のことを手繰り寄せたとき――

胸に刺さった鉤針が抜ける音がした。

まさか――

頭の中で盃を飲み干す初代の白い喉がくっきりと立ち上った。衝撃が身の内を駆け巡る。

まさか。まさか。

混乱する路京の目に飛び込んできたのは、鏡台の横に置かれた冊子だった。徳次郎に恩着せがましく渡された台帳の写しである。前にのめりながら路京はそれを摑んでいた。

――よし、別れのしるし。先ずはおめぇからだ。しかと受け取れよ。

――あい、小父さん。

頭の中では、直吉が発したせりふがぐるぐると渦を巻いている。

序幕。情夫《いろ》とお栄と初太郎の三人が別れの水盃を交わす場。

これだ。鉤針のように胸に引っ掛かっていた違和は、この場面にあったのだ。

総ざらいでも最初にさらったはずなのだが、どうして気づかなかったのだろう。三十四年前、まさしくこの水盃の場面で芝居は途切れていたはずなのに。序幕のこの場にこそ幼い与一の魂がとどまっているはずなのに。どうして今の今まで気づかなかったのだろう。

空唾を呑み込むと路京は慌しく紙をめくった。

序幕　　深川お栄の住居《すまい》の場

役名　お栄。お栄の息子初太郎。お栄の情夫彦三郎。

本舞台、正面に長屋の障子戸。土間にはへっついと水瓶《みずがめ》。畳敷きの間の上手に彦三郎。下手にお栄と初太郎が並んで座す。

三人の間には盆に載った徳利と盃。
大拍子にて幕開く。

彦三郎　いよいよ今宵。折しも望月の晩たァ。縁起がいいねェ。

お栄　いやいや。縁起がいいなんて。ほんに今宵でお別れかいの。

ト袂《たもと》で目元を押さえる。

彦三郎　えィ、泣くな、泣くな。どうにも湿っぽくていけねェ。

ト初太郎へ向き直る。

彦三郎　なァ、初太郎。

初太郎　あい、小父さん。でも、初太郎もお別れが悲しゅうございます。

ト拳で涙を拭う。

彦三郎　泣いてくれるな、初太郎。おめェは、小さくとも男だからなァ。しかとおっかさんを守るんだぜ。

ト盆の上の盃を取り上げ、初太郎へ盃を差し出す。

彦三郎　よし、別れのしるし。先ずはおめぇからだ。しかと受け取れよ。

初太郎　あい、小父さん。

ト手を出し、盃を受け取る——

知らぬ間に台帳を持つ手が震えていた。

先ずはおめぇからだ。

あい、小父さん。

そうだ。先に水盃を受け取るのは初太郎だ。

これは今回だけじゃない。昔もだ。三十四年前の芝居もそうだった。先に水を飲むのは初太郎なのだ。

ならば――

なぜ、三十四年前に死んだのは己ではなく、お栄役の初代だったのか。

八月五日。初代が亡くなる二日前。

――おれと甘いもんでも食いにいかねぇか。

佐吉は与一を連れて表に出た。着替えに行こうとすると、楽屋はばたばたしているからと止められたのだ。小道具方の若い衆も「本二階に来いってよ」と言っていた。

何かがあったのだ。重大な何かが。

すると、沈んでいた記憶の断片が出し抜けに浮き上がった。

――いいか。与一。

頭の中で懐かしい初代の声が鳴り響き、三十四年前の情景がありありと目に浮かんだ。手にしていた台帳がばさりと落ちる。

あれは確か、八月六日だ。初代が亡くなる前日だ。

幕開きの一刻ほど前に、己は初代に楽屋に呼ばれたのではなかったか。

――今日から水盃の順番を変える。おれが最初に盃を受け取る。だが、何も案じなくていい。おまえのせりふも所作も変わらない。おまえは、ただおまえの初太郎を演ればいいだけだ。

初代はにこりともせずに言った。淡々としているのはいつものことだけれど、切れ長の目が抱いている光はいつにも増して柔らかかった。だから、自分は安堵したのだ。お師匠様の言う通りにやっていれば間違いはない。自分は初太郎になればいいのだ。

この人を、この美しい人を、心から慕う初太郎になりさえすればいいのだと。

そう。順番は変わったのだ。

どうしてか、わからないけれど、最後の二日間だけ、水盃を交わす順番が変わり、お栄が先に水を飲むことになったのだ。

だから、初代は死ぬ羽目になった。

だが、なぜだ。なぜ、最後の二日間だけ、水を飲む順番が変わったのだ。

偶さかなのか。いや、あのきっちりした初代が偶さかで芝居の筋を変えるはずがない。何かがあったのだ。順番を変えねばならぬ何かが。

それが、たぶん〈厄介事〉だ。小道具方の若い衆までが本二階の楽屋に呼ばれた出来事だ。何があった。八月五日。師匠が亡くなる二日前に何があったのだ。

路京は思わず立ち上がっていた。

楽屋を飛び出し、梯子段を一息に駆け下りる。閉まっている表木戸ではなく楽屋口へと向かう。囃子方の大さらいが廊下に響き渡る。見知った大道具方が訝り顔で路京に声を投げる。

高村屋、血相変えてどうしたんです？　太夫、何かありましたかい。

そのどれもが耳をすべっていく。

おまえらじゃ駄目だ。あの男じゃなきゃ、駄目なんだ。

息が苦しい。大きな手で心の臓を摑まれたように苦しくて仕方ない。

もしもあの変更がなかったら、三十四年前の舞台で死んでいたのは己だった。十一歳の与一だったのだ。

光の河が目に浮かぶ。

目もあやな絵看板が。鮮やかな緋毛氈の色が。

そして、小屋の先にあった作り物のような美しい空が。

たった今見てきたかのように、くっきりと思い浮かぶ。

――佐吉。おいらはお師匠様みたいな女形になるからね。円ちゃんと一緒にずっと役者をやるからね。佐吉はずっとおいらを観ててね。舞台下でずっと観ててね。

あの日の与一の声が耳奥から蘇る。

佐吉、佐吉、どこにいる。あの日、何があったのか、教えてくれよ。

稲荷町の溜《たま》りを抜け、裸足《はだし》で三和土《たたき》に下りると裏庭に飛び出していた。

夕刻にはまだ早い。秋の明るい陽が降り注ぐ場所に立っていたのは、求めていた人ではなかった。

いや、ずっと求めていたのだ。この人を。

佐吉よりも、もっと真実に近い人。恐らく、事件のすべてを知っているであろう人。

その人は、柿の木を見上げていた。キリキリと鳴く声はカワラヒワの群れだ。一心に鳥を見上げる、その背筋はぴんと伸びていた。

円ちゃん。

心の中で呼んだとき、青い葉をつけた柿の枝が揺れた。蓬色《よもぎいろ》の美しい翼をまとった鳥たちが、一斉に空へ飛び立つ。

申し合わせたようにその人が振り返った。まるで路京がここへ来るのを知っていたみたいに驚きもしなかった。

半白の髪、痩せて尖った頬と顎、三十数年分の苦労を吸い取ったような眸。どれだけ相貌が変わっても奈河洗蔵などと名を変えても、決して変わらないものがある。

この人もまた初代に、実の父であり師匠でもある人に言われたはずなのだ。

——糸だ。頭のてっぺんの糸を忘れちゃいけない。

もういっぺん。もういっぺん。

上手くできるまで、何遍でも言われたはずなのだ。だから、今でも背筋にはしなやかで強い糸が通っている。同じ人の手で通された同じ糸だから、どんなに細くなってもそこにあるのが手に取るようにわかる。

「与一っちゃん、久方ぶりだね」

その人はにっこり笑った。

二

その頃、直吉はひとりで小道具方の部屋にいた。

綺麗だ、綺麗だとさんざんもてはやされた与一もずいぶんと歳を食ったじゃねぇか。美貌が廃ればただの人、ってか。

声に出して独りごつと、直吉は板の間に腰を下ろした。

刀や薙刀《なぎなた》など大きなものから、扇子や団扇《うちわ》、草履に下駄などの小さなもの、果ては花のついた桜の枝まで、役者が身につけるありとあらゆるものがここにはあった。

雑然とした部屋の真ん中で直吉は忍び笑いを洩らしつつ、茶碗《ちゃわん》類の中から盃を手に取った。

――毒が入れられたとて、太夫に災いは及ばぬ。

だが、別の災いが及ぶやも知れぬ。災いはどこにでも転がっているのだ。そうしてたんぽぽの綿毛のようにふわふわと飛んできて、知らぬ間に人の懐に忍び込み、芽吹き、毒々しい花を咲かせるのだ。

己の場合もそうだった、と直吉は自らの頬に指を這わせる。どうして己だけがこんな目に遭うのだと、何度神を呪ったかわからない。

そんな己に初代は言った。

――その面でも、悪役ならできるだろう。

だが、その言は嘘だった。悪役なぞただの一度も回ってこなかった。初代も見物も顔が綺麗だというだけであの小僧を猫かわいがりした。

何だ、結局は面のよしあしじゃねぇか。

そう思うとすべてがつまらなくなって稽古にも身が入らなくなった。己の不遇はこの小僧のせいだ。この小僧がいなくなればいい、と心から願った。

だが、小僧はなかなかいなくならなかった。面の皮が厚いのか、いじめてもいじめても音を上げずに屋敷にとどまった。

——すっぽんを下げようぜ。

持ちかけたのは伊三郎だが、引きずられるままに直吉も手伝った。見つかっても逃げおおせる自信があったからだ。己は夜目が利く。いざとなったら、真っ暗な奈落を灯りなしで突っ走ることができる。だが、あの男は、愚かなにきび野郎は逃げ損ねて小屋を追い出されたのだった。

そうこうしているうちに、小僧はついに『母子月』で実子の円太郎と競演するまでになってしまった。

そんなとき、

——これをおまえにやる。彦三郎役はいい稽古になるだろう。

師匠がそう言って己に書抜を渡したのだった。彦三郎とはお栄をたぶらかす情夫の役だ。言うなれば生粋の悪人だ。その悪人のせりふが抜き書きされたものを受け取りながら、直吉は少しだけ期待した。

——その面でも、悪役ならできるだろう。

言葉通り、師匠は己を彦三郎役に推してくれるのではないかと。

だが、これも期待外れだった。直吉に回ってきたのは、稲荷町の男らが出る脇狂言の小さな役でせりふはふたつだけ。

——おう、兄者、おれも連れてってくれよお。

——あにじゃぁ。

客のほとんどいないがらんとした小屋に己のせりふは虚しく響くだけだった。少ないせりふを口にしながら直吉は己が師匠に虚仮《こけ》にされたのだと思った。直吉が決して出られることのない本狂言の書抜を渡し、稽古に励めなどといかにも善人面を繕ったのだ。偽善は悪だ。期待させた分だけ、相手を深い闇へと突き落とす。

だが、師匠よりももっと憎かったのはあの子ども、弟子の与一だ。

奴は直吉の演技を舞台袖から見て失笑を洩らしたのだ。人を小馬鹿にしたような笑い声を聞き、心の底からこいつをこの世から消したいと思った。

そう、あの小僧はいつだって高慢だったのだ。

稽古場を覗いたときも。

鯨尺で叩かれたときも。

三年前に舞台で無視を決め込んだときも。

――だらしないね。

直吉に向かってそう言ったのだ。

だから、『母子月』の舞台で使う酒土瓶の水に毒を入れようと考えた。だが、考えただけでできなかった。他の奴が先に入れてしまったからだ。恐らく稲荷町の誰かだろう。もしかしたら何人かでやったのかもしれない。

小屋の最下層の北側、楽屋口に近いじめじめした場所に稲荷町の楽屋はあった。そこには、汚泥のような鬱憤が溜めこまれており、何かの拍子にそれが噴き出すのだった。あのときもそうだった。

――円太郎さんを降ろすなんて、納得がいかねぇ。

一人が声を上げた途端、我も我もと憤懣《ふんまん》を口にし始めるのを、直吉は冷ややかな目で眺めていた。

――どう見たって円太郎さんのほうが上手だろうよ。見物の目は節穴だぜ。あんな小僧をのさばらせておく座元も座元だ。円太郎さんが可哀相だ――云々。

円太郎さんが可哀相だと。ちゃんちゃら可笑《おか》しかった。誰もそんなことは思っちゃいない。円太郎をダシにして、あの小僧を檜舞台《ひのきぶたい》から引きずりおろしたいだけ。円太郎のような坊ちゃんがもてはやされるのは許せるが、与一のような孤児が取り立てられるのは許せない。人は己と近い境遇のものに嫉妬を抱くものだから。奴らの本音が見え隠れして反吐《へど》が出そうだった。

本当に、だらしねぇ奴らだった。てめぇの力でのし上がることをせず、人を引きずりおろそうってんだから。

けど、もっとだらしねぇのはおれだ。おれは心底だらしねぇ奴だ。五十路《いそじ》を過ぎてるってぇのに、何ひとつ身についちゃいねぇ。大根役者にもなれなかった。ただの棒鱈《ぼうだら》よ。

だが、二代目路京さんよ。

今のあんたもだらしねぇじゃねぇか。

いじめてもいじめても泣かなかった、あの頃のあんたはどこへ行ったんだよ。

気を失うほどに尻を叩かれても。無理やりお菜《かず》を奪われても。理不尽にすっぽんを下げられても。

一粒の涙もこぼさずに、悠然としていたあんたはどこへ行っちまったんだよ。ぞくりとするほど綺麗な目で、高みからおれを見下ろしたあんたはどこへ消えちまったんだよ。

しょぼくれた、ただのじじぃなんざいじめたところで面白くもなんともねぇじゃねぇか。

まさかこの芝居を、『母子月』を、てめぇの墓場にしようってんじゃねぇだろうな。

許さねぇ。そんなの断じて許さねぇ。

ちくしょう。また苛々《いらいら》する。

独りごちたとき、床の軋む音がした。盃を元の場に戻し、仄暗い入り口の辺りに目を凝らすと人が立っていた。背丈はあるが、ずいぶんと撫で肩だ。まだ八ツ過ぎだというのに、男の周囲だけ、その肩に影をまとわりつかせたように暗かった。

誰だ――

言いさした言葉は喉の辺りに絡まった。

「あんた――」

「ああ、憶えておいでかえ。あたしだよ。伊三郎だよ」

撫で肩を揺らしながら男は中へ進み、一段高くなった板間の端に立った。老いた塩辛声になっているが、くねくねした喋り方は変わらない。いくつになったのだろう。直吉よりも五歳ほど上だったから、五十七か八。近くで見るともっと老けて見えた。髷はやせ細り、鬢《びん》の辺りは真っ白だった。粋を気取ってか、臙脂《えんじ》のよろけ縞を身につけているが、ずいぶんと着古したものだし、何よりも似合ってはいなかった。

「何で、ここにいるんだ」

「あら。ずいぶんな言い草じゃないかえ。裏切ったくせにさ」

裏切った。確かにそうなのかもしれなかった。だが、もう三十六年も前の話だ。ふん、と直吉は横を向き、寄りかかってきそうな影をはねつけるようにして立ち上がった。

「あたしは、ひと月前からここにいるのさ」

狂言方だという。この歳で力仕事はしんどいからね、と伊三郎は立ったまま口に手を当てて笑う。筋張った手には染みが浮いていた。

「今から立作者になるなんて、大それたことは考えちゃいないよ。南北大センセイみたいな才がありゃあ別だけど。まあ、狂言方は人手が足りないみたいでねぇ。もうあたしのことなんざ、憶えているもんは誰もいないからすぐに雇ってくれたのさ。けど、あんたのことは、その面を見てすぐにわかったよ」

ねえ、直吉さん、と伊三郎は嬉しげに喉を鳴らした。

「悪ぃが、おめぇの昔話に付き合ってる暇はねぇんだ」

男の傍を通り過ぎた。そのときだった。

「あんたも、あたしと同じなんだろう」

他に行くところがないから、ここにいるんだろう。

その声にしなはなかった。

直吉の去りかけた足が止まる。横を見ると、たるんで広がったにきび痕は黒ずみ、皮膚は総じて鉛色をしていた。白粉を、しかも粗悪なものを長いこと塗りたくった面だ。ああ、そうか。この男は役者をやめなかったのだ。二十歳を過ぎて小屋を追い出されたところで、行く宛などどこにもない。たぶん、在方回りの役者として生きてきたのだろう。で、ついでに田舎芝居の台帳も書いていたってことか。役者を諦めなかった分、おれよりましだ。

「同じじゃねぇや」

短く吐き捨てると、直吉は廊下へ向かう。

「二代目に引導を渡さなくていいのかえ。あんた、あの子が嫌いだったんだろう。だから、すっぽんを下げたんだろうに」

声色にまたしながが加わる。それが、細い蛇のごとく直吉の首筋にまとわりついた。

あの子が嫌いだったんだろう。

じとりとした声はまとわりついたまま離れない。ぎりぎりと直吉の首を締めつける。

「引導なんざ、いらねぇよ。何もしなくても、あいつは早晩、死ぬさ」

舞台の上でな、と直吉はまとわりついたものを振り切るように言った。

ちっ、と薄汚い舌打ちに背中を叩かれたが、振り返らなかった。

舞台で飛び跳ね、輝いていたかつての与一はもういない。どうしてかわからねぇが、高慢な邪神はくたばっちまった。舞台にいるのは、脱《ぬ》けがらになったただのじじぃだ。

引導は——

見物が渡してくれる。

三

奈河洗蔵は再び三光稲荷神社に来ていた。今度は一人ではない。

「ここは、変わらないねぇ」

懐かしそうに目を細め、二代目路京はクスノキの幹に手を当てた。

「来ることはないのかい」

こんなに近くなのに、と洗蔵は二代目を見る。

「ああ。三十四年ぶりだよ。三代目瀬川菊之丞、大明神に会ったとき以来、来てないね」

どこかが痛むようなしかめ面になった。

「大明神には稽古をつけてもらったんだろう」

「うん」と子どもに戻ったような表情で二代目は頷いた。「実にあの人らしかったよ」

――まずは道成寺を毎日さらいな。

「最初の稽古でそう言われた」

そうして、十日おきにその成果を見せるように告げられたそうだ。

ただ、その指南の仕方はお民とは逆さまだったという。どこがいいとか悪いとかは一切言ってくれず、稽古場で与一が踊るのを眺めているだけで、日によってぷいと姿を消すこともあれば、踊り終えるまで楽しげに見ていることもあるという具合だった。最初、与一にはそれが気まぐれのように思えたが、通ううちに菊之丞の胸の内が読めてきたそうだ。与一の所作がよければ最後まで見てくれるが、悪ければ途中で退出してしまう。

「だから、大明神に最後まで付き合ってもらえるように、指先まで必死に気を張り詰めたよ。もう、足も手も攣《つ》りそうだった」

二代目はくすくすと笑った。十一歳の与一に戻ったような無邪気な笑い方だ。

指南が始まって八年ほど経ったある日、菊之丞は稽古場で与一にこう言ったそうだ。

――今からあたしが踊ったものをなぞってごらん。

舞って見せたのは『祇園祭礼信仰記《ぎおんさいれいしんこうき》』の「雪姫《ゆきひめ》」だった。赤い振袖を身に着けるがゆえに赤姫と呼ばれる姫役の中で、雪姫だけが鴇色の振袖をまとう。

雪姫は雪舟《せっしゅう》の孫である。金閣寺の天井に龍を描けと敵役の松永大膳《まつながだいぜん》に命じられるが、それに背いた雪姫は縄で縛られてしまう。だが、満開の桜の大木につながれた雪姫が散り敷かれた桜花の上に爪先で鼠を描いたところ、その鼠が縄を食いちぎってくれる。

芝居の見所は雪姫の所作だ。縛られ、不自在がゆえの抑制された舞と、解き放たれてからの伸びやかな舞。それぞれに美しさと難しさがある。

「大明神の舞を見てそう思ったんだけど、いざ舞ってみると思った以上に身が動いた。ああ、今日のために、この八年間の稽古があったのかと気づいたよ」

そうして、舞い終えたときには身の内を何かが突き抜けるような喜びがあったそうだ。

歓喜の波を抑えきれぬ与一に向かって、

——日々の稽古をこれからも大事におしよ。

菊之丞はにっこり微笑んだという。

それから間もなくして、与一は舞台の上で華麗に「雪姫」を舞い、二代目瀬川路京を襲名したのだ。もちろん、その話は上方にいる洗蔵の耳にも届いた。

「お民さんは厳しかったかい」

「ああ、もちろんだ。鯨尺で叩かれた日は数え切れないよ。でも、稽古漬けの日々がありがたかった」

余分なことを何も考えずに済んだから、と切れ長の目をたわめた。稽古漬けの日々。懐かしく愛おしく羨ましい。そんな思いがない交ぜになり、洗蔵が黙していると、

「ああ、本当に懐かしいなあ」

二代目はクスノキの樹上を真っ直ぐに見上げた。刹那、秋めいた風が吹き、青い葉がさわりと音を立てる。

「なあ、円ちゃん。あんたはお師匠様を殺してなんかいないんだろう」

いつの間にか、澄んだ目がこちらを見ていた。

「どうして、そう思うんだい」

その眼差しを受け止めながら洗蔵は問う。

「どうしてって——おれたちの間に理由が要るのかい」

昔のような屈託のない笑みに胸が強く衝かれた。

だから、微笑み返そうと思ったのに上手くいかなかった。笑うなんて簡単なことだと思っていたのに、何十年も笑っていないと無様な笑いしかできないのだと知った。そんな洗蔵の胸中を知ってか知らずか、二代目が不意に真面目な顔になった。

「おれが知りたいのはさ」

そこでいったん切った。舞台上の役者のようにたっぷりと間を取った後、はきと言葉を継いだ。

「真実なんだ」

円太郎がなぜ、父親を殺してもいないのに殺したと言ったのか。

そして、もうひとつ。

——半畳売りの佐吉がお役人に言ったそうだよ。円太郎さんが酒土瓶に何かを入れるのを見たって。

なぜ佐吉はそんな嘘をついたのか。

「二人の心の中を知りたいんだ。そうしないと、おれはこの舞台に立てない」

切なげな顔に今度は胸が強く揺さぶられた。

真実を知りたい。

二代目も己と同じふうに思っていてくれたことが嬉しかった。江戸へ来てよかった、と心から思った。

二人の心——

佐吉の心の中は疑うべくもない。与一を守りたい。その一心だった。それはきっと今でもそうなんだろう。

だが、己の心の中にあったのは何だ。

己の真実とは何だったのだ。

クスノキの樹上を見上げながら洗蔵は自問する。

十四歳の己は何を一番に守りたかったのだろう。

それを知らなければ、己もまたこの舞台を観ることができない。

三十四年前にあったことを、洗蔵はゆっくりと振り返り始めた。

己と二代目瀬川路京のために。

八月五日の幕開きの前、円太郎は与一のためにクロを探していた。

『母子月』を降板してからの円太郎の役目は、出番前の与一を励ますことだった。舞台にいったん立てば、初太郎になりきり、圧巻の芝居を見せる与一も出番前は落ち着かない。そんな与一の心を平らかにするのは、クロのなめらかな毛並みだった。クロもそれをわかっているのか、与一の腕に抱かれると素直に目を閉じている。もともとは小道具方の誰かが拾ってきたらしく、たいていは小道具方の部屋にいるか、でなければお気に入りの天水桶の傍にいた。だが、今日はどちらにも仔猫の姿はなかった。

あいつ、どこへ行ったんだろう。

天水桶から離れ、円太郎が楽屋口から小屋へ戻ろうとしたときだった。

三間ほど離れた場所で若い衆が鍬《くわ》で地面を掘っているのが見えた。大柄なほうが弥太郎で小柄なほうが寅之助。二人とも小道具方の若い衆だ。近頃、円太郎は小道具方によく顔を出すので、そこで働く者の名をあらかた憶えた。最初は腫れ物に触るようだった男衆たちも、円太郎さんは偉いね、と言ってくれる。降板の憂き目にあっても明るく振舞っているからだろう。もちろん胸は痛い。まだずきずきと疼《うず》き、熱を持っている。でも、逃げたくはなかった。逃げたくなったら、

――光り輝くほうも楽じゃないんだってことは知っておきな。

そんな大明神の言葉を思い出すようにしている。

もしも、己がつらそうにしていたら、ここで逃げてしまったら与一が苦しむだろう。その苦しみはこの芝居を害することになる。それは、円太郎にとっても悲しいことだ。

あの二人ならクロを知っているかも。円太郎が傍へ駆け寄ったときだった。

「深く掘れよ。犬が掘り返すとうっとうしいからな」

弥太郎の低い声が円太郎の胸をざらりと撫でた。

「どうしたの――」

背後から掛けた声は途切れた。

掘りかけた地面の傍にクロがいたからだ。だが、なめらかだった毛は光沢を失い、四本の脚は奇妙に強張っている。何より、一回りも縮んで見えた。

「小道具部屋で死んでたんでさ」

円太郎を見上げ、弥太郎がいかつい肩をすくめた。

「どうして、死んだの」

円太郎の問いに、二人の男は顔を見合わせたが、

「与一坊には言わないでくだせぇよ」

寅之助が思い切ったように言った。言わないよ、と言ったつもりだが、ごくりと喉が鳴っただけだった。

「土瓶の水に毒が入ってたみてぇです」

「毒が？」

声がかすれた。

「へえ」と頷き、寅之助は事の顛末《てんまつ》を語る。

最初に見つけたのは弥太郎だ。酒土瓶に水を入れるのは彼の役目だったそうだ。大体、幕開きの一刻前くらいに、前の日に鉄瓶で沸かした白湯を入れるという。腹を下す心配がないからだ。だが、弥太郎が部屋を訪れたとき、既に土瓶に水は入れられていた。いや、盆の上で倒され、中の水はすべてこぼれていた。そして、その傍ではクロが死んでいたのだという。

「たぶん、てめぇで土瓶を倒して水を舐めちまったんでしょう。混ざってたのは猫いらずじゃねぇかと思います。何しろ小屋のどこにでもありますから」

無論、小道具方では大騒ぎになった。もしもクロが酒土瓶を倒さなければ死んでいたのは役者だ。しかも最初に水を飲むのは――

「誰かが与一を殺そうとしたってことかい」

我知らず声が大きくなった。怒りが腹の底から突き上げてくる。

「まあ、そういうことになりますね」寅之助は渋面を刻み、先を続けた。「太夫が命じたそうです。与一坊には断じて報《しら》せるなと」

動揺してしまうからだ。知れば、与一は恐らく舞台に立てなくなってしまうだろう。

「誰がやったか、わからないのかい」

円太郎は二人の顔を代わる代わる見た。

「へえ、今のところは」

大柄な身をすくめ、弥太郎が目を泳がせれば、

「まあ、疑わしい輩《やから》は大勢いますからね」

寅之助が朋輩《ほうばい》の弱気を打ち消すようにきっぱりとした物言いをする。

「大勢だと？」

何と剣呑な。

「そりゃ、そうでしょう」

怒ったような口吻《こうふん》の寅之助を、おい、と弥太郎が小声で制止する。だが、言わせてくれ、と寅之助は怒りを含んだ目をして朋輩を睨み、先を続けた。

「与一坊をよく思わない役者は結構いるんですよ。ことに稲荷町なんかはね。二年前にもいたでしょう。与一を妬んですっぽんを下げた奴が。あいつらは何の後ろ盾もなくてくすぶってますからね。で、円太郎さんが役を降ろされたとあっちゃ、あいつらのくすぶってたもんに火がついたって、ちっとも

おかしかありやせん」

寅之助は一気にまくし立てた。

なるほど。もともとあった与一への妬み嫉《そね》みが、己の降板を機に煽《あお》られたと言いたいのか。だからと言って、水に毒を入れるなんて――

言いさした言を呑み込んだのは、こちらを見上げる寅之助の冷ややかな眼差しに気づいたからだ。

――あんただって、疑われている一人だよ。

そんなふうに言われた気がした。

――ねえ、そうなんでしょう。

粘ついた物言いが耳奥から蘇った。与一が父にしごかれた日の直吉の声だった。

――だって顔が綺麗だってだけで何の芸もないのに、ああして舞台に立ってるんですから。坊ちゃんだって、本当はそう思ってるんでしょう。

いや、違う。顔が綺麗なだけじゃない。与一は神の童だ。だから、間違っても消そうなどと考えてはいけないのだ。そのことは、与一の身近にいる己が一番よくわかっている。

けれど、己の心の中なぞ、真実なぞ、誰にもわかるはずがない。

わかってくれるのはただひとり――

「おとっつぁん、いや、太夫はどこにいるか知ってるかい」

粘ついた声を振り切るように円太郎は問うた。

「楽屋頭取と話してましたけど――」

寅之助が言い終わらぬうちに円太郎は駆け出していた。

頭取部屋は中二階の楽屋へ上がる梯子段の傍にある。その入り口に立ち、円太郎は息を大きく吐いた。

「円太郎です。太夫はいらっしゃいますか」

声を掛けると、一拍置いた後、

「お入り」

父の声がした。座元や座頭も顔を揃えていると思ったが、案に相違してそこにいたのは楽屋頭取と父だけだった。出番の一刻前だというのに、父が顔を作っていないことに狼狽《ろうばい》し、
おとっつぁん――

思わずそう呼びそうになってしまった。

「聞いたか」

いつもと変わらぬ声色だった。泣きそうになるのをこらえながら「はい」と円太郎は返事をした。小さく頷きを返し、父は立ち上がる。

「芝居がはねたら、本二階に来い。だが、与一には絶対に言うなよ」

円太郎の傍らを通り過ぎ、出口へ向かう。

「おとっつぁん――」

こらえていたものが、言葉となってこぼれ落ちた。

ゆっくりと父が振り向く。ほんの少しだけ屈んで円太郎の目を覗き込んだ。そう、ほんの少しだけだ。以前はもっと屈まなければいけなかった。もっともっと屈まなければ、父は円太郎と視線を合わせられなかった。円太郎が今よりずっと小さかったからだ。

――円太郎。それでいい。

――円太郎。糸を忘れるな。

――円太郎。よく聞けよ。

円太郎に大事なことを言うとき、父はこうして腰を屈めた。そして、必ず円太郎の目を真っ直ぐに覗き込んだ。降板を伝えたときでさえも父は目を逸《そ》らさなかった。

そして、あのときもそうだった。二年前に『重の井子別れ』で与一を三吉役に抜擢《ばってき》すると伝えたときも。

庭でその日習った舞をさらう円太郎を父は縁先から呼んだ。

――今年の三吉は与一でいく。

何を言われているのか、すぐにはわからなかった。聞き間違いではないかと父の顔を見つめていると、

――与一に三吉役の手ほどきをしてやってくれ。おれが教えるより、おまえが教えたほうがいいだろう。

父はいつもと同じく淡々と続けた。でも、あとひと月しかない、と円太郎が不満を洩らすと、父はおもむろに屈み、視線を合わせて言ったのだ。その眼差しで抱きしめるようにして言い聞かせたのだ。

――できるさ。おまえならできる。円太郎、おまえならな。

こちらを見つめる黒々とした目は春の陽のような優しさをたたえていた。

今、眼前にあるのは同じ目だ。あの日と同じ泣きたいほど優しい目で、包み込むような眼差しで、父は円太郎の心の奥を見つめている。

父だけはわかっている。円太郎の心の中を。その中にある真実を。

「与一を守ってやれ」

父は円太郎の肩に手を置くと、今度こそ部屋を去った。

——おまえならできる。円太郎、おまえならな。

言葉には出さなかったけれど、円太郎の耳には確かにそう聞こえた。


クロが死んだ日、芝居がはねた後の本二階の楽屋には人がひしめいていた。早く帰りたいのだろう、口元や目元に不満の色を滲ませている者も多かった。ことに脇狂言に出ている稲荷町は朝が早い。若い衆の中にはぶつぶつと文句を言う者もいた。直吉もあからさまに仏頂面をしていたが、父が姿を現した途端、あばたの浮いた顔に緊張を走らせた。

父は大切りの扮装、「お栄」のまま皆の前に立った。白い帷子《かたびら》に緋色《ひいろ》の帯、その上には純白の紗を羽織っていた。嘆息を洩らした者もいる。それくらい神々しく美しかった。

「みんな、ご苦労さん」

父は柔らかな声音で皆をねぎらった後、

「ここに集まってもらったのは、大事なことを報せるためだ」

語調を変え、皆をぐるりと見渡してから凛とした声で告げた。

「明日から水盃を飲む順番を変える」

板の間の空気がざわりと揺れた。

それが大事なことだっていうのかえ。本二階の楽屋に人を集めてわざわざ伝えることでもないだろうよ。こちとら疲れてるのにさ。

口にこそ出さないけれど、不満や疑問が場に広がっていくのが見えるようだった。

「土瓶に」

父が再び口を開いた。淀んだものをひと掃きするような毅然《きぜん》とした物言いだった。

「毒が、入れられた」

続く言葉で座がぴんと張り詰める。

「だから、水盃を飲む順番を変える。最初に飲むのは、このあたしだ。いいかえ」

父が切れ長の目で再び座を見渡した。そして、言った。

「この場所で、あたしがそれを伝える意味がわかっているね」

その場にいる大勢の男たちを居すくませるほどの、凄みのある響きだった。恐ろしいほどの静寂が楽屋を駆け抜けた。息をするのも憚られるほどの静けさの中で、俯き、青ざめている者がいた。稲荷町の若い衆だった。

皆わかったはずだ。

父は、いや、瀬川路京は。

こう言いたかったのだと。

——与一を殺したい奴は、このおれを先に殺しな。

わざわざこの場所を選んで、伝えたのだと。

ここではかつて、寄初《よりぞめ》や曽我《そが》祭などの大事な行事が行われていた。曽我荒人神《あらひとがみ》が祀《まつ》られた場だ。ゆえに女形は内草履を脱がねばならぬほどの神聖な場だ。

皆が立っているこの場は。

一切の穢《けが》れを許さぬ場だ。

知らぬ間に、円太郎の胸は激しく震えていた。畏怖が、はっきりとした神への畏《おそ》れが身の内を貫いていた。

ここにいるのは。

今、眼前にいるのは。

父ではない。神の依《よ》り代《しろ》だ。

神はお怒りになっている。

神聖な芝居を穢され、いや、神の童を傷つけられ、心底からお怒りになっている。

それを伝えんがために、父は依り代になったのだ。

命を賭した依り代に。

そんな神の依り代を前にして、再び毒を入れられる者などいようはずがなかった。


ここまでを洗蔵は一気に話し終えた。

見れば、クスノキに触れた二代目路京の手がぶるぶると震えていた。白くなめらかな手だ。父の手によく似ている。女形の手だ。傷ひとつないなめらかな美しい手を父も持っていた。傷つかぬように、荒れぬように、父は日頃から気を遣っていた。冬には丁寧に椿油をすりこんでいるのをよく見かけた。

血はつながっていないのに、二代目には父の手がきちんと受け継がれている。

それが嬉しい。でも、少し寂しい。

震えていた手が幹から離れたかと思うと、二代目はつと面を上げた。

「でも、土瓶に毒は入れられてしまった。だから、初代は、お師匠様は亡くなってしまった。入れたのは――」

そこで言葉を濁した。水に毒を入れた者が誰だか、わかったのだろう。

「そうさ」円太郎は深々と頷いた。「神に楯突《たてつ》けるのは、神に近づけなかった者だけだ」

楽屋入り口の梯子段のところに貼り紙がある通り、

――二階、中二階へ女中方 幷《ならびに》 他所者堅無用
女は楽屋に入れない。

「水に毒を入れたのはおっかさんだ」

おっかさんだけは、あの場にいなかったから。水盃の順番が変わったことを知らなかったから。

――先ずはおめぇからだ。

台帳通り、最初に水を飲むのは与一だと思っていたから。

許さない。与一を許さない。三吉役ばかりではなく、今度は初太郎役まで奪われた。

そんな思い込みで心ががんじがらめになって、何も見えなくなってしまった。

毒を入れたのはたぶん早朝だろう。中二階や本二階の楽屋には入れなくても、一階にある囃子方や小道具方の部屋なら入れたのではないか。高村屋の内儀だって言えば誰も咎《とが》める者はいない。何食わぬ顔して家に帰ったものの亭主が死んだと聞いて小屋にすっ飛んできた。

そのときのことは今でもはっきりと憶えている。

「それこそ死人のように真っ白な顔をしてたよ。で、おとっつぁんの亡骸を見て言ったんだ」

――どうして。

何のことだか、他の者にはわからなかっただろうが、己には手に取るようにわかった。

ああ、土瓶に毒を入れたのはおっかさんなんだと。

――どうして、あの子じゃなくて、うちの人が死んでるんだ。

おっかさんはそう言いたかったんだろうなと。

「本当に済まなかった」

洗蔵は深々と頭を下げた。

「円ちゃんが詫びることじゃない」と二代目は首を横に振った。「お内儀さんに嫌われているのはわかってたよ。おれの首を絞めたのも、あの人だ」

「知ってたかい」

「知らいでか」

二代目は苦笑した後、

「でも、トリカブトはお内儀さんとは思わなかった。円ちゃんではないとは思ったけど」

悲しげな顔で溜息交じりに呟いた。

「おとっつぁんがあのとき離縁していたらって、今でも思うことがある。でも、おっかさんはおとっつぁんに心底惚れていたから、おとっつぁんは突き放すことができなかったのかもしれない」

言いながら、洗蔵の胸にはこの三十四年間の思いがこみ上げてくる。

己を産み、育ててくれたかけがえのない人を憎みそうになった。恨みそうになった。それもまた己の真実だ。

大坂の実家に戻ってからしばらくして母は正気ではいられなくなった。

父が死んだことを、いや、自らの手で殺したことを認めたくなかったのだろう。父の名を呼びながら深更に家中を探し回ることがあった。

——あんた、あんた。あたしを置いてどこへ行ったんだい。

外にも聞こえるくらいの大声だった。

洗蔵は必死で耳を塞いだ。現の声を聞かないようにと耳を塞いだ。それでも、母の声は耳に流れ込んでくる。洗蔵を責めるみたいに、これでもかと流れ込んでくる。

おっかさん、勘弁してよ。おとっつぁんはもうこの世にいないんだ。どんなに呼んでも出てこないんだ。あんたがあの世に送ったんじゃないか。お願いだから正気に戻っておくれよ。

心の中で叫びながら夜具に突っ伏して洗蔵は耳を塞ぎ続ける。祖父母もまた聞かぬふりをする。娘の狂態に目を塞ぎ、耳を塞ぐ。おまえのせいだ。おまえが何とかしろ、と洗蔵を無言で責める。

だから、洗蔵は仕方なく部屋を出るしかなかった。

でも、廊下にうずくまっているのは母なんかじゃなかった。

小娘だった。めくれた裾から太腿《ふともも》を露わにし髪を振り乱し鼻水を垂らしているのは、どこから見ても小娘にしか見えなかった。

あんた、あんた、どこに行ったんだい。

あたしを置いてどこに行ったんだい。

お願いだから帰ってきておくれよ。

いつまでもいつまでも悲しそうに泣いているのは、もはや洗蔵の知る母ではなかった。

「おっかさんはね、上方の狂言作者の家に生まれたんだ。偶さかおとっつぁんが大坂の中座に出ることがあって、そこで出会ったそうだよ。おっかさんから押しかける形で女房になったらしい。けど、役者の女房には向いてなかったんだろうね。役者になんか惚れなければ幸せな一生が送れたのかもしれない」

三年前に六十五歳で死んだ母。死ぬまで小娘のままだった母。最期まで父を探していた母。

その母はお上には罰せられなかった。

だが、天に罰せられた。

そう思って洗蔵は母を赦《ゆる》した。赦すしかなかった。どれほど憎もうにも母は己を息子だとわかってはいなかったから。

「円ちゃんは、お内儀さんを、いや、おっかさんを庇《かば》ったんだね」

二代目が苦しげな面持ちで言う。

「そういうことになるね。あんな女でも、おれにはおっかさんだから。おまえの首を絞めた手は、おれを慈しんでくれた手なんだ」

だから、どうしても。

どうしても、おっかさんを死罪にさせるわけにはいかなかった。

「おれがおとっつぁんを殺ったことにすればいい。十四歳だから死罪にならないことは確かだったから。それにね、もしかしたら遠島も逃れられるかもしれないという目算もあったんだ」

——円太郎、おまえがやったんじゃないのかい。正直にお言い、正直に言いさえすれば遠島になんかさせない。おまえを絶対に守ってやる。

何人かの大人がそう言った。

「おっかさんが殺ったのと子どものおれが殺ったのとでは、お上や世間の受け止め方は違うだろう。親殺しの罪は重いけど、おれにはおとっつぁんを〝殺す〟理由があった。実際、見物や御贔屓の中には、途中で役を降ろされたおれに同情してくれる人も多かったのさ。そういう人たちが御番所に掛け合ってくれたから、江戸払いで済んだんだ」

ただ、そこにいくまでにはひとつだけ壁があった、と洗蔵は二代目を見た。

「壁?」

「ああ、調べにきた役人が不審を抱いていたんだ」

——トリカブトは薬としても使われるが、猛毒だから不慣れな者には取り扱いが難しいんだ。庭になければどこかで手に入れるしかねぇ。ただ、水に入れるには根を粉末にしなきゃならねぇ。芝居小屋には猫いらずがたくさんあるってぇのに、子どもがわざわざそんな骨を折るか。おまえは誰かを庇ってるんじゃねぇのか。

「そんなふうに役人はおれを疑ったんだ。だから」

おれは必死に考えた。

この嘘を。一世一代の大嘘を。真実にできるものはないかと。

そうして、厠に行くふりをして佐吉にこっそり頼んだんだ。おれが土瓶に何かを入れるのを見た、と役人に言えと。馬鹿がつくくらい正直なあの男は悲しげな顔をして訊いたよ。何でそんなことをするんですかと。

与一を守るためだ。

その一言で佐吉は頷いた。

「あれは利いたよ。小屋のみんなはもちろん、役人も渋々納得したようだった」

「そうだったか」

二代目は静かに言い、何かを振り切るように首をもたげた。クスノキの枝葉から光が降りてくる。木漏れ日が白い肌に美しい模様を象る。風が吹くたびに光の模様がゆらゆらと揺れる。

ああ、こんなことが前にもあった、と洗蔵は思う。

——ねえ、円ちゃん、憶えてる？

幼い与一が問う。

憶えてるさ。

秋の蟬をここに止まらせたことも。その蟬がじっと動かなかったことも。そのときの悲しげな与一の顔も。小さな後ろめたさもすべて憶えている。それだけじゃない。稽古場の前で並んで月を見上げたことも。屋敷の外廊下で稽古をしたことも。同じ舞台を踏んだことも。忘れるはずがない。

ぜんぶ、ぜんぶ、憶えてるさ。

我知らず、洗蔵は二代目路京の、いや、与一の背を抱いていた。

すっぽんが下げられた日と同じように、与一の背をしかと抱いていた。

大丈夫だから。おれがいるから。おまえをずっと守ってやるから。

あのとき告げた言葉。これこそが己の真実だ。

——与一を守ってやれ。

父に言われるよりもずっと前に、己の心の奥にあったものだ。

だから、伝わる。何も言わなくても伝わっている。
――おれたちの間に理由が要るのかい。
与一がそう言ってくれたように。
誰かを守りたいと思うことに、理由なんかないんだ。
でもな、与一。ひとつだけ、言わせてもらってもいいかな。
おれはおっかさんを庇っただけじゃないんだ。
言い換えれば、おれはその道を「選んだ」んだ。
おっかさんの罪をかぶることも。
役者を辞めることも。
上方に行って狂言作者になることも。
すべて己自身で選んだことなんだ。
けど、何かを選ぶってことは、何かを捨てることだろう。
だから、ごめんな。
おまえを。大好きな与一を捨てることを選ぶしかなかった。
でも、ただ捨てたわけじゃない。
心の底から信じられる人たちに頼んだんだ。
何があろうとも与一を守ってくれと。
絶対に守り抜いてくれと。
だから、おまえはここにいるんだ。

二代目瀬川路京として。

再び、大空を舞うために。

## 四

三十四年ぶりの『母子月』の初日は無事終わった。座元の市村羽左衛門は麗しい初太郎役を務め、見物の喝采を浴びた。

ただ、二代目瀬川路京の身の内に音は戻らない。だが、己の初日は明日なのだと胸に言い聞かせ、路京は楽屋を出た。

円太郎の心。そして、己の探し求めていたもうひとつの真実はすぐそこにある。靄の向こうにあったものは、既にその姿を現している。だが、一人では手が届かない。

師匠の心。

それに触れるにはもう一人の手が必要だ。

舞台へ近づくと子どもの絶叫が耳朶《じだ》を打った。下手の橋掛かりから舞台に足を踏み入れると、今しも松丸が花道から本舞台へと駆けてくるところだった。

美しい顔が苦しげに、切なげに、いや醜く歪んでいる。醜く歪めば歪むほど、生来の美しさが際立つ。『四谷怪談』のお岩《いわ》がそうだったように。

醜さのもとは孤独だ。松丸の内側には孤独がしたたかに根を張っている。父が死に母が死に、血縁とは名ばかりの鬼の間をたらい回しにされ、折檻に耐えた恐ろしいまでの孤独だ。

かつての己も同じだった。孤独は常にそこにあった。弟子部屋で折檻されたとき。母の死を実感したとき。師匠と円太郎を同時に失ったとき。頭の中でホトトギスが鳴いた。あれは孤独への恐れだった。

「くたびれたか」

近寄って声を掛けると、松丸は弾かれたように立ち上がり、

「お師匠様」

相すみません、と深々と頭を下げた。

「なぜ、詫びるんだ」

問いかけても肩を落としてうなだれたままだ。窓から差し込む斜光が細いうなじに降り注ぎ、ほつれた髪を金色に染めている。汗で光るそのひとすじひとすじまでもが得も言われぬほどに美しい。そのほつれ毛が頼りなく揺れたかと思うと、松丸は思い切ったように顔を上げた。

「怖いんです」震える声で言った。「あちきが下手くそだから、この狂言を駄目にするかもしれないって。そう思うと怖くてたまらないんです」

「確かにおまえは下手くそだ」

松丸がはっと顔を上げた。

「下手くそが、座元の羽左衛門に張り合おうなんざ、十年早い」

「はい。それはわかってます。けど、揚幕の前に立つと怖くて怖くて足が震えちまうんです。上手く演れなかったらどうしようって。お師匠様の足を引っ張ったらどうしようって。そればっかりを考えちまって」

ばかやろう！　叱咤《しった》は声にならなかった。

代わりに懐かしい初代の声が頭の中で鳴り響いた。

――おれはこいつの慢心を叩きのめさなきゃ、気がすまないんだ。

そう言って、初代は己を見下ろした。澄んだ目で己の心の中にあるものを見透かした。

円ちゃんより下手な演技を演ろう。それは紛れもなく慢心だ。思い上がりだ。

だが、師匠はどうやってそれを叩きのめしたのか。

己は、師匠から何を得たのか。

思い出せ。

あのときの気持ちを。

あのときの師匠の声を。

――いいか、小僧。

師匠の声が胸底から立ち上る。長い時の川をまたぎ越え、今、路京を叱咤する。

――舞台に立ったら余計なことを考えるな。親も子も、兄弟も、それこそ師匠も弟子もねぇ。同じ役者だ。魂と魂のぶつかり合いだ。

魂と魂のぶつかり合い――

ふと、何かに導かれるように首をもたげれば、四角い窓の先には空があった。青く澄み渡った美しい空だった。

こんな空をいつかも見たような気がする――

ああ、そうだ。あのときの空だ。初めて稽古に加わった日の空だ。

庭には緋色のつつじが咲き誇り、足元にはむしったばかりの青草がむせ返るようなにおいを放っていた。美しい初夏の庭でどうしていいかわからずに立ちすくんでいる己に、お師匠様は言ったのだ。

――糸を忘れるな。

あれは、単なる姿勢のことだけではなかった。

敬愛する師匠は、役者としてどう生きるべきかを教えてくれたのだ。

――おれたち役者はな、河原乞食なぞと言われてきたさ。けど、本当の乞食に成り下がったらいけねぇんだ。

糸は――どこへつながっている。

路京は背筋を伸ばして頭上に広がる空へと手を伸ばした。小屋の外には果てしない空が続いている。

己を観ているのは見物ではない。

天だ。

ただ天のために舞台に立てばいい。

身の内の音を授けてくれた天に感謝し、天のために舞い踊る。

我が身を通し、天の恵みを見物に渡すのだ。

そうすれば「本当の乞食」に成り果てることはない。

ゆっくりと視線を戻す。

「いいかえ、初太郎」

喉から出た声は女の声だった。慈悲の心を忘れ、情夫にたぶらかされた愚かな女の声だった。

「おまえは捨てられたんだ。このあたしに。愛する母親に置き去りにされたんだ。だから」

あたしのことだけを考えな。

かつて師匠はそう言ったはずだ。

円太郎より下手に見せようとしたことが慢心ならば。

羽左衛門に近づこうとすることもまた思い上がりなのではないか。

松丸。おまえは舞台に立てば初太郎だ。誰かと比べるべくもない。唯一無二の存在だ。

だから、誰のためでもなく、天のために舞台に立てばいい。

すると、眼前の子どもの面持ちが変わった。頰に生き生きとした血の色が上り、輪郭のくっきりした眸に強い光が戻る。路京は、いや、お栄は子どもの背中を力強く前へ押し出した。

小さな背中が花道を軽やかに駆けていく。

揚幕の前に立つと、子どもは大声で叫んだ。

かかさまぁ！

胸が張り裂けるような、身が引きちぎられるような孤独な声だった。

と、きょきょきょきょ。

同時にホトトギスが頭の中で鳴いた。

すると、眼前に芒の波が広がった。銀色の穂は疾走する馬のたてがみのごとく、風になびいている。

その美しい穂波の中を子どもが駆けてくる。

音が聞こえる。さやさやさや、と。芒の踊る音が微かだけれど、確かに己《おの》が耳を打つ。

親を喪《うしな》い、孤独になった子どもの魂が奏でる音がそこに在る。

今、ようやく気づいた。天が己に与えたものは身の内の音だけではなかったのだと。

孤独もだ。

孤独も、神が己に与えたものだったのだ。

孤独は忌まわしいもの。そんなことは誰が決めたのだろう。

あの孤独があったからこそ、幼い与一は初太郎になりきれたのだ。

あの孤独があったからこそ、己はここにいるのだ。二代目瀬川路京としてここに立っているのだ。

稽古場で。屋敷の廊下で。庭で。舞台で。

初代に。円太郎に。佐吉に。お駒に。お民に。三代目菊之丞に。

様々な場所で様々な人に注ぎ込まれた濃密なものが己の中には脈々と流れている。

血のつながりを超えた、確かなつながりがこの身を支えている。

神が与えた孤独があったからこそ。

――何があろうとも与一を守ってくれと。絶対に守り抜いてくれと。

己は彼らにずっと守られていた。ずっと彼らとつながっていた。

そのことに気づけなかった――それこそが慢心ではなかったか。

だから、心に空洞ができたのだ。だから、神から賜った身の内の音が消えたのだ。

けれど、大事な人々から受け取った、この濃密なものをここで途切れさせてはいけない。その先へとつなげなくてはならない。そのために今、己にできることはただひとつ。

それは、あの孤独な魂に寄り添うことだ。尊く美しい魂に合わせて一心に舞うことだ。

かつて師匠がそうしてくれたように。

孤独な魂は走る。ただ一心に走る。ただ母を求め、走り続ける。

いつしか舞台の上には黒々とした夜の川が横たわっていた。ゆたりゆたりと流れる川面には大きな月が落ちている。美しい月、波と戯れる月、仄白く輝く柔らかな月。

そう、三十四年前にもここに月はあった。

そして、あの人も、敬愛する初代瀬川路京も。

己と同じ月を見ていたのだ。

だから、憶えている。あのとき、師匠が今にも泣き出しそうな目をしていたことを。

父と子でもなく。師と弟子でもなく。ただ、「お栄」と「初太郎」として二人はこの場に立ち、互いに魂をぶつけ合った。初代は己のちっぽけな魂を受けとめ、己も初代の魂をしかと受け取ったのだ。

かかさま、かかさま。待っていてね。初太郎のかかさま。

子どもは淡い月影に向かって飛び込んだ。

ずしりとした温かいものが路京の腕の中に、そして、胸の中にもあった。

人は、人の魂とは。

懸命に生きる、孤独な魂とは。

これほどまでに、重く温かかったのだ。

頬に一筋の涙を感じたとき、身の内でりんと音が鳴った。

それは長いこと忘れていた、清らかな音だった。

# 五

「おまえさん。そろそろですよ」

角帯《かくおび》を締めたところで、廊下から女房のおよしに声を掛けられた。千穐楽《せんしゅうらく》にふさわしく、亀甲紋《きっこう》の着物を身につけている。『祇園祭礼信仰記』の「雪姫」を思わせる明るい鴇色だ。朝の陽を受けているからか、桜花のような色はたった今染め上げげたかのように際々しく見える。

「ああ、すぐ行く。松丸はどうした？」

「もうとうに表で待ってますよ。千穐楽ですから落ち着かないんでしょう」

およしがくすりと笑んだ。泣きぼくろまで笑って見える。ああ、こいつはこんなふうに笑うのだったか、とどこか懐かしい思いで女房を眺めた。

「あら、あたしの顔に何かついていますかえ」

およしが怪訝《けげん》な面持ちで頬に手を当てる。まるで少女のような仕草だった。

「いや」

笑いながら路京が廊下に出ると、

「ああ、おまえさん」

およしがすっと近寄り、襟元を直してくれた。

「はい。これで大丈夫」

その声が驚くほど近くで聞こえた。いや、ずっと近くにいたはずなのに、気づかなかっただけなの

だ。己の目も耳も長いこと塞がれていたのだろう。そう思えば、

「今日は楽日だ。必ず観においで。西の二階桟敷は取ってある」

素直な言葉がすらりと口をついて出る。およしが驚いたように目を瞠った。何だ、泣きぼくろまでびっくりしてやがる。

胸の内で苦笑していると、

「はい、必ず参ります。行ってらっしゃいまし」

泣きぼくろがもっと笑った。

晴れやかな気持ちで朝の陽が溢れ返った廊下に出ると、その眩しさに思わず目を細めた。ふと庭へ目を遣ると、ぽつぽつと蕾《つぼみ》をつけ始めた萩《はぎ》が一身に秋の光を浴びていた。その美しさに目を奪われていると不意に青草の爽やかなにおいが胸に立ち上った。

いつの間にか、庭の中ほどにひとりの少年が立っていた。背筋をぴんと伸ばし、空を見上げている。少年がこちらを振り返る。屈託のない笑顔だった。

「おまえさん？　どうしました」

およしの声ではっと我に返る。少年の姿は消えていた。だが、その場所は秋の陽でひときわ明るく輝いて見えた。

「いや、何でもない」

行こう、と路京は廊下を歩き出す。

今日は一片の雲もない空だ。瑠璃色の空だ。

あの夏の日と同じ空の色だ。

大丈夫だ、与一。大丈夫だ、松丸。

あの空に向かって。

思い切り手を伸ばせ。


もう、千穐楽か。

半畳売りの佐吉は舞台下で『母子月』の芝居を観ていた。安堵と寂しさがない交ぜになったような心持ちだった。だが、きっと近いうちに再演になるだろう。

何しろ、この舞台は何遍見ても見飽きることがない。初代瀬川路京の「重の井」以上に二代目の「お栄」は心の奥底に沁みる。何遍も斬りつけられ、盛り上がった心の傷痕を芯から温めてくれるのだ。

あの子が——与一が以前の輝きを取り戻してくれたことが佐吉には何より嬉しい。

己の孤独はあの子のお蔭で小さくなった。

——怖くないよ！　ちっとも怖くなんかない！　佐吉は誰よりも強くて優しいんだ！

三十四年前のあの言葉があれば、与一の出る芝居を観ていれば、この先も佐吉は堂々と生きていける。孤独に心を食い破られることはない。

そして、今思う。

神があの子に与えた光り輝く才は孤独と一対のものなのかもしれないと。

ちょうど鏡の表裏のように。

でも、大丈夫だ。孤独を消すことはできなくとも、孤独な魂に寄り添うことはできるのだから。初代路京が与一の魂に寄り添ったように。

そして己は、死ぬまで舞台の下に立ち続け、二代目瀬川路京を見守り続けるのだ。

三十四年前に円太郎さんと固く約束したのだから。

与一を、あの光り輝く夢を絶対に守り抜くと。生涯を懸けて守り抜いてみせると。

おおっ！

小屋が揺れるほどのどよめきが沸いた。川で溺れた童女が初太郎に早替わりしたのだ。

松坊！　待ってました！

大向こうから見巧者たちの声が飛ぶ。ここ数日の松丸の評判は上々のようだ。当初は座元の羽左衛門に比べると、いまひとつ所作が垢抜けないと難癖をつける見物もいたが、そんな評判などどこかへ消し飛んでしまった。そして、途中から座元の羽左衛門は出なくなった。

——後半はあたしは出ないからね。

羽左衛門自らそう言ったらしい。

——座元のくせに何を言ってるんだい。

取り成す祖父の茂兵衛に向かって、若き座元は啖呵《たんか》を切ったそうだ。

——祖父ちゃんこそ、何言ってるんだい。座元っていうのはね、御見物衆が喜ぶものを出すんだよ。

若くてもさすがに市村座の座元、十二代目市村羽左衛門だ、と周囲は恐れ入ったという。

『かかさまぁ！』

舞台上で初太郎の絶叫が響いた。胸が震えるほどの声だ。いいぞ、松丸。

ふと視線を感じて振り向くと、平土間の一番前に見覚えのある顔があった。目が合い、そっと会釈を寄越《よこ》す。

お駒だった。中日にも来ていたから、今日で二度目か。後できちんと二代目に伝えておこう。お駒さんが今日も観にきてくれましたよと。

中日、芝居がはねた後、木戸の前で佐吉はお駒に声を掛けられた。当人は遠慮したけれど、楽屋口まで案内して二代目に会わせたのだった。

そのときの二代目の顔といったら。まるで幼い子どもに戻ったように涙ぐんでしまったのだ。もちろんお駒も。千穐楽には二階桟敷を、と二代目は勧めたがお駒はそれを固辞した。これからも観にくるつもりだし、なるべく近くで観たいからと。

近く、と言えば、舞台袖から芝居を眺める直吉の顔がちらりと見えた。二代目の「お栄」を食い入るように見つめる目は真剣そのものだった。あの男もかつては役者のはしくれだったのだから、この芝居の凄さをわかっているはずだ。舞台上のこの光が、冷たく暗い奈落から抜け出る目印になってくれればいい。

そんなことを思っているうちに、三味の音が高くなった。

義太夫の語りが切々と響く。小屋中に張り詰めた静寂が広がる。

さあ、そろそろ大切りだ。

二代目瀬川路京の見せ場が始まる。

その頃、直吉は舞台袖で芝居を眺めていた。

小道具方の直吉が忙しいのは芝居の中ほどまでだった。序幕の水盃を交わす場面。三幕目、お栄が酌婦として働く場面だ。

それにしても、二代目路京はどうしてここまで持ち直したのだろう。今頃、奈落を通って書割の裏へと向かっているのだろうが、髪を振り乱し「善行、善行」と口にしながら川へ飛び込む姿は狂気すら感じられ、思わず見入ってしまった。

何だよ。何で立ち直れるんだよ。ただのじじぃに成り下がったはずじゃねぇのか。

ちっ、面白くもねぇ、と舌打ちをしたときだった。

黒衣を身にまとった後見の一人が舞台後方から移動するのが見えた。その撫で肩に見覚えがあった。伊三郎だった。

にきび痕の残るくすんだ面は見たこともないほどに張り詰めている。どこへ行くのだろうと思っていると、伊三郎は天井裏へと続く梯子段のほうへと向かっていった。

伊三郎の奴、何で天井裏なんかに――胸裏で独りごちたとき、頭の中でかちりと音が鳴った。

――二代目に引導を渡さなくていいのかえ。

思わず後を追おうとした、その足をもう一人の己が引き止めた。

追いかけてどうする。あんな奴、放っておけばいいじゃねぇか。

そうだ。放っておけばいい。伊三郎が二代目に引導を渡してくれるのなら、願ったり叶ったりだ。

そう胸に言い聞かせたときだった。

白く眩いものが目の端をよぎった。

振り返ると、艶やかな髪をひとつに束ね、白紗の着物を羽織った二代目が櫓のほうへ向かっていくところだった。美しい女形は直吉には一瞥《いちべつ》もくれなかった。神々しいまでに不遜な面持ちだった。

またぞろ――無視を決め込みやがった。

——あんた、あの子が嫌いだったんだろう。

伊三郎に投げられた一言が、今も首にまとわりついている言葉が、直吉の喉をぎりぎりと絞め上げる。

嫌いだったんだろう。嫌いだったんだろう。嫌いだったんだろう。

そうさ。おれはあの小僧が大嫌いなんだ。

顔が綺麗なだけでのし上がっていった、どこの馬の骨ともわからぬ乞食小僧が大嫌いだったんだ。

だから、ずっと苛立たしかった。いや、今も苛立たしい。

考える間もなく、直吉の足は梯子段へと向かっていた。

狂言作者の奈河洗蔵は書割の森の背後にいた。

たった今、白い絹帷子《きぬかたびら》に緋色の帯、その上に白紗を羽織った二代目瀬川路京が櫓を上っていったところだ。洗蔵へは一瞥も寄越さなかった。当然だろうと思う。今の二代目はお栄の亡魂になりきっているのだから。彼は、櫓ではなく余人には見えぬ天への階《きざはし》を上っていったのだ。

三十四年前、父が死ぬ前日。水盃の順番が変わった日。己は舞台の袖ではなく大向こうから与一の演技を観た。一人の見物として正面から与一の演じる初太郎を受け止めようとした。それではきとわかったのだ。

神の童と思っていたものは。

天が民に授けた玉《ぎょく》だったのだと。

この美しい玉を傷つけんとする者がいれば、それが実の子であろうとも父は刃《やいば》を向けるだろうと。

恐らく、父は水に毒が入っていると知っていたのだろう。知っていて飲んだ――いや、飲み干したのだ。最後の一滴まで飲み干して、そうして斃《たお》れてみせた。まかり間違って与一がこの水を口にしないように。

そうでなければ、毒を喰らってあんなに穏やかな死に顔をしているはずがない。

父の頭の中にあったのはただひとつのこと。

天が授けた玉を、何としてでも守り抜きたい。

それが、父の唯一無二の真実だった。血のつながった己に託したものだった。

己は、瀬川路京の名跡は継げなかったけれど。

初代瀬川路京の、父の真実はしかと受け継いだのだ。いや、その崇高な遺志を継げるのは息子の己しかいなかったのだ。

そして、その遺志は、この『母子月』を、魂が震えるほどの美しい物語を通して見物にも伝わっている。いや、この先も伝わり続ける。父が命を賭して守ったのはそういうものだ。

だから、己もまた――

そこまで考えたとき、平土間にいるお夏の顔が目に入った。ああ、しょうがねぇな。せっかくめかしこんできたのに、化粧が涙でぐしゃぐしゃだ。

なあ、お夏。今日こそ本当の名を教えてやるからな。ずっとその名で呼ばせてやるからな。

そう。おれは、円太郎としてこれからもあの男の傍にいる。今度こそ傍にいて、死ぬまで見守り続ける。

狂言作者の瀬川如皐が、名女形の三代目瀬川菊之丞の傍に寄り添っていたように。

狂言作者の瀬川円太郎として、輝く玉の傍に立ち続ける。

玉をますます輝かせてみせる。

いつからだって、いくつになったって、人は道を選べるんだ。

瀬川円太郎は櫓下から二階桟敷へ、輝く玉の近くへと足早に向かう。

光り輝くものの近くにいるからこそ。

誰よりも美しい景色を目にできるはずだから。


直吉が梯子段を上り切ったとき。

「直前の検めは怠ってないな」

大道具方の頭、権三《ごんぞう》が轆轤番に問う声が聞こえた。そもそもここは薄暗い場所だ。すのこの隙間から僅かに光が入ってくるだけだから互いの顔はよく見えない。だが、闇に慣れれば、そのいかつい顔が直吉にははきと見えた。

「ええ、朝もきっちりしましたし、今もしかと、見ましたよ」

破鐘《われがね》のようながらがら声に答えた轆轤番は三人だ。古株一人と若い衆が二人。今日は千穐楽だ。いつもより念を入れて宙乗りの縄を検めたのだろう。だが、四人も天井に張り付いているのに、あの男の姿は捉えられなかったのか。

黒衣に身を包んだ、あの男の姿が。

直吉は四人から離れた場所を選んで進んでいく。三味の音がますます高くなる。義太夫の語りが切々と響く。それとは反対に土間席はしんと静まり返っていく。そろそろ二代目路京が櫓に立つ頃だ。

すると、伊三郎が鳥屋の方角へ這うように進んでいくのが目に飛び込んできた。直吉には見える。夜目が利く己には奴が黒衣を着込んでいてもどこにいるかはきとわかる。

恐らく。

奴は宙乗りの縄を切るつもりなのだろう。

――あんた、あの子が嫌いだったんだろう。

あいつこそ、与一を嫌っていたのだから。

――あいつ、気にいらねぇな。

そう言って、すっぽんを下げたのだから。

だが、どうにも気に入らねぇのは、伊三郎、おめぇだ。

還暦も間近になって、天井裏をこそこそと這い回っているおめぇこそが、いっとう気に入らねぇ。

何だっておれは伊三郎みてぇな男の尻を追っかけてるんだ。

ああ、くそっ。どいつもこいつも苛立たしい。

胸の中で毒づいた。そのときだった。

三味がひときわ高くかき鳴らされた。天井の板が揺れる。いや、小屋全体が揺れたような気がした。

風だ。見物席から熱い風が吹き上げてくる。その風に乗り、得も言われぬほど美しい音が耳に流れ込んでくる。三味の音ではない。かそけき音だ。けれど、心が洗われるような美しく澄み切った音色が小屋に満ちていく。直吉は思わずすのこに這いつくばって下を覗いた。

そこには眩いばかりの月があった。書割の月のはずだ。ただの紙のはずだ。だが、直吉の目には澄んだ夜空いっぱいに輝きを放つ望月に見える。

そして、その月を背にして立っているのは天女かと見紛うほどに美しい女だった。ただ立っているだけなのに、真っ白な紗に身を包まれた姿は神々しいほど、いや得も言われぬほどに美しい。

鳥肌が立ち、総身がぶるぶると震えだした。唇からは呻《うめ》き声とも泣き声ともつかぬ声が洩れていく。気づけば。頬に温かいものが流れていた。

何だ、これは。

こんなもので泣くなんておれらしくねぇ。そう思うのに、涙は幾筋も幾筋も流れ落ちていく。

涙は温かかった。それが直吉には信じられなかった。疱瘡に罹ったときも、三代目瀬川菊之丞に弟子入りを断られたときも、母が死んだときも流れなかった涙が、今どうして流れているのかわからなかった。大嫌いなはずの与一の演技を見て、こんなに温かい涙が出るわけがわからなかった。

けれど、もっとわからないことがある。どうしてか最前までの苛立たしさが消えていく。十三歳で頬に咲いたあばたの花を見たときから、ずっと心に巣くっていた苛立たしさが綺麗に流されていく。

後に残ったのはたったひとつのものだった。気づいていながら、長いこと見て見ぬふりをしてきた心の奥底にあったもの。三代目瀬川菊之丞が見抜いたように、あばたの下にあったもっと醜いもの。

そんなものが見通しのよい心の中にぽつねんとうずくまっていた。

やっぱり、おれはあいつが大嫌いだった。

身の程知らずで、不満ばかりを垂れ、いつまでも昔にこだわっている。

不遇をあばたのせいにし、人の才を妬み、何も身につけてこなかった。

そんな己自身が大嫌いだった。

涙を拭い、直吉は顔を上げた。眼差しの先には伊三郎がいる。その手が懐を探っているのがはっきり見える。そうだ。あいつは己の亡霊だ。だったら、潔く成仏させてやらなきゃいけねぇ。

己が己を討つなんざ、なかなか粋な筋立てじゃねぇか。

そう呟いたとき、薄闇で細長いものが鈍く光を放った。

おれぁ、てめぇがいっとう嫌ぇなんだ！

直吉は大声で叫びながら伊三郎に向かって突進していた。

女のような撫で肩がびくりと動く。薄暗がりの中でにきび面が恐怖に引きつるのがわかった。

ずん、と腹に大きな衝撃が走った。女とも男ともつかぬ奇矯な叫び声が耳朶を打つ。

刹那、背後で誰かの声がした。破鐘のような声だ。

何だ！　何があった！

早く！　早く、その物騒なもんを取り上げろ！

おい、あんた大丈夫かい。しっかりしろ！

男たちの声が直吉の耳をかすめる。なぜだろう、光が弾けたみたいに目の前が白っぽくなっていく。

心の臓が胸を突き破りそうなほどにどくんどくんと鳴り、腹からは温かいものが流れ落ちていく。

腹を刺されたはずなのに痛みを少しも感じない。ああ、そうか。これは芝居なんだ。だから、辺りが眩しいくらいに輝いて見えるんだ。

おれは、ようやく本狂言の舞台に、光の当たる場に立てたんだ。悪役はたいてい最後には討たれるもんだからな。

こんちくしょう。やけにいい気持ちじゃねぇか。

舞台で毒を飲み干したとき、きっと師匠もこんなふうだったんだろうな。だから笑みを浮かべていたんだ。あの人は最期の最期まで役者の中の役者だったんだ。いや、違うな。最期の最期まで「お栄」だったんだ。初太郎を守る母親の「お栄」だった。どれほど男にほだされようが、いざというときには愛する我が子を命がけで守るのが母親だから。あの人は真の母親として、「お栄」として死んでいったんだ。

なあ、お師匠さんよ。

おれも命がけで討たれてやったからな。

褒めてくれよ。よくやったって言ってくれよ。

あんたの言う通り。

真の悪人になってやったぜ。

今、どこかで叫び声がしなかったか。

土間席にいた見物の一人が呟き、辺りを見回した。しばらく耳を澄ませていたが、聞こえるのは三味の音だけだった。何事もなく芝居は続いている。

ああ、気のせいだったか、とすぐに彼の心は舞台へと戻った。

今日が初めての芝居見物だった。六十五歳になるまで遊びもやらず、女房も貰《もら》わず、真面目にお店のために働いてきた。こつこつと貯めたお給金と辞めるときに主人からいただいた心付けがあるから暮らしには困っていない。だが、仕事のない日々は退屈だ。気晴らしに芝居見物でも行ったらと近所の人に勧められたものの、あまり気乗りがしなかった。けれど、いつだったか、市村座の前で会った男に「面白いですよ」と言われ、その気になったのだった。あの男、役者だったのかな。どことなく、今日のシテ、二代目瀬川路京に似ていたような気もするが。いや、まさかな。

さあ、芝居はこれから佳境に入る。

今まさに、二代目瀬川路京が月を背にして舞っている。

おお、と彼は深々と嘆じた。いつの間にか、小屋には茫漠《ぼうばく》とした芒の野が広がっていたのだ。美しい秋の野を貫くように月光を抱いた川がゆったりと流れている。

彼は思う。これを見ているのは、きっとおれだけじゃないのだろうと。ここにいる誰もが同じものを目にしているのだろうと。

不意に川面にさざなみが立ち、芒の穂が秋風に蕭々《しょうしょう》と哭《な》いた。

その拍子に二代目路京がくるりと回り、凜然と輝く月に手を伸ばした。その舞に合わせてたおやかな音色が耳を打った。美しく優しい音色は、まるで二代目の身の内からこぼれてくるようだった。

手が今まさに月に届かんとしたとき、二代目路京が身を翻し、宙へふわりと飛び立った。

これは――

彼は思わず声を洩らした。

美しい女形は紛うことなく空を飛んでいた。月の輝く秋の夜空を舞っていた。この世のものとは思えぬ、美しい音色を奏でながら。

あれは神だ。

芝居小屋にはまさしく神がいたのだ。

ああ、真面目に働いてきてよかった。長生きをしてよかった。この場に居合わせたのは何と幸福なことだろうと彼は心から思った。その頰を一筋の涙が流れたとき。

神が純白の紗を脱ぎ、芒の野に立つ少年に向かって投げかけた。淡い光の中で白紗は羽根のように柔らかに舞い、少年の腕の中にふわりと落ちた。微笑む少年もまた音を奏でていた。さやさやと青草が揺れるような音を。

今、神と少年のふたつの音が柔らかに溶け合う。

神の音色は、得も言われぬ優しい奏でとなって、彼と、そこにいるすべての人々を包み込んだ。

本書は、書き下ろしです。

**麻宮 好**（あさみや・こう）

群馬県生まれ。大学卒業後、会社員を経て、中学入試専門塾で国語の講師を務める。二〇二〇年、第一回日本おいしい小説大賞応募作である『月のスープのつくりかた』を改稿し、デビューを飾る。二二年に、『泥濘の十手』（刊行時、『恩送り　泥濘の十手』に改題）で、第一回警察小説新人賞を受賞した。

編集　永田勝久
　　　幾野克哉

**母子月**《ははこづき》　**神**《かみ》**の音**《ね》**に翔**《と》**ぶ**

二〇二四年一月二十七日　初版第一刷発行

著者　麻宮 好
発行者　庄野 樹
発行所　株式会社小学館
〒一〇一-八〇〇一　東京都千代田区一ツ橋二-三-一
編集 〇三-三二三〇-五九五九　販売 〇三-五二八一-三五五五
DTP　株式会社昭和ブライト
印刷所　萩原印刷株式会社
製本所　株式会社若林製本工場

　ISBN 978-4-09-386706-1